風神的玩笑

朱和之 著

無鄉歌者江文也

目錄

【第二部】

【第三部】

推薦序

紙上鋼琴家

謝里法

接到印刻出版社寄來《風神的玩笑》，是朱和之先生以江文也作模特兒所寫的小說，令人意外終於有人以這音樂家寫成小說。所謂論文已不再感興趣的我，最期待的就是小說，真想拿到手就開始讀下去。

可是近年我的眼力已無法作長時間的閱讀，只要是兩頁以上的文字都由內人依凡代讀後把大意告訴我，她對江文也的好奇心，書一拿到手就開始讀了。

在我腦裡也沒閒著，隨著出現當年出校門在中學任教時，住我隔壁宿舍的江老師，好幾回來提及他叔叔江文也。這名字在我聽來像哪裡聽過，是中學時代鄭校長的講話中提到臺灣人在日本永遠只拿第二名，寧願讓第一名從缺也不給臺灣人得第一的日本作風，舉的就是江文也的例子！還有在大學時，我偷聽對岸的對臺廣播時正好是江文也在吹口琴，不止一次聽隔壁江老師說起江文也沒有音樂方面學歷，所以在履歷上永遠只填在柏林得到的獎，就勝過其他人任何學校證明。江老師小時曾跟父親到北平探望江文也，一起上萬里長城，那天看到的夕陽令他終生難忘，是我最初所認知的江文也。

後來在巴黎遇見早年到過北平的楊英風，形容江文也時只說他的嘴異於常人，張開來可放進自己的一個拳頭，這種人生來就是會唱歌的，其實楊英風的嘴也不小，可惜做別的去了。

紐約設有臺北新聞處，我偶而會去那裡翻閱刊物或看展覽，與管理員熟了之後，也會送我紀念品。我曾經得到一套六張唱片的禮物，是許常惠編的《臺灣鄉土交響曲》，幾年之後我聽到更多江文也的音樂，才知道這是江文也的作曲，他的作品其實早在臺灣廣為流行了，只是我們沒有去注意。

一九七〇年代我撰述臺灣美術史期間訪問了幾乎所有能找到的他們那一代畫家，又發現幾乎全都知道江文也，更有人道出他作過什麼曲子，和哪位影星有過交往，可見雖然遠離臺灣這麼多年的他並沒有被遺忘。

後來我發表文章，收到讀者來信，南部教堂的修女，相約合唱江文也寫的聖詩錄音由報社轉來給我，附了一封信，說：「多年來每天唱的聖詩，作者原來是所敬仰的大師江文也……」臺灣人對他不但有印象，且一直唱著他的歌。

那年紐約臺灣人柔道團到中國表演，我託他們利用行程在北京時去拜訪江文也。這是相隔多年後第一次江文也與臺灣來的友人相見，此時江文也已於不久前中風臥病形同植物人，江夫人後來託學生柯大楷寫了三張紙的江文也生平和幾本樂譜印本寄來美國給我，拿到樂譜之後就找人彈奏講解。此時聯合副刊正在邀稿，就寫一篇文章寄過去，卻一直沒有刊出，有一天來了兩位音樂界人士，我看自己的文章登不出來，就將柯大楷寫的資料給他們。果然不到兩週《聯合報》主編來電，說《中時》副刊登了他們文章，我的明天就要見報，刊出後反應非常熱烈，由報社轉來幾封讀者來信，自從寫文章還是第一次有如此熱烈迴響。

又將江夫人的樂譜寄給報社，轉寄給前來索取的讀者，於是江文也的樂譜也進入了臺灣。這一年裡就聽說多處在舉辦江文也作品的音樂會，臺北縣文化中心也演奏他的交響曲，我正好回臺，被安排坐在前排，設若作者本人在場看到今天的場面，未知又作何感想！

這期間我託人帶臺灣民謠錄音帶和抗生素去北京，他當時最需要的是同鄉的關懷，當寄去我的《日據時代臺灣美術運動史》，江夫人在信中告訴我其中一頁有關郭柏川與學生們合拍照片是江文也拍的，她本人也在照片裡，感到自己與臺灣又增一層關係。信中提到洪炎秋、張我軍等當年在北平的臺灣友人，並說江文也對音樂雖不是科班出身，卻樂於表現，與友人相聚時，只要有鋼琴就上去隨興彈奏，內行人一看雖知道他不是學院訓練的，反而沒有拘束，更能展現個人創意，獲更多掌聲。

我所知道的江文也都是他七十歲之前的事，比我現在還年輕多了，而我仍以上一代人來看他的人生。依凡終於把這本小說讀完，開始向我講述書中情節，由於多年來我收集的資料，還包括江夫人給我的書信，足以與她所說的牴觸而有爭議，然而她更堅持小說提供的才有說服力，的確當閱讀過程中她已被小說的書寫說服，不願再去相信別人說的，甚至我手中的照片。所謂「小說越讀越真，歷史越看越假」，小說的感染力愈令人覺得可信，最後寧願放棄自己的「成見」去接納她對小說所轉述的。明明知道小說的虛構，只因為更讓江文也的人生精采，不管是大失敗還是大成功，都是藝術家奮鬥過程必須遭遇的，特別是內心的煎熬，只有小說的筆才能賦予，最感動人的就在這裡。

當年美國華人報上刊出我寫的「江文也」時，也收到許多反面的迴響，認為臺灣人以日本的二等國民在日本土地上想出人頭地本來不易，勉強有了一點成就，便想轉戰中國這博大精深的古國，招致頭破血流之後果，正如臺灣一句話「目睭沙無金」，最後還要由臺灣人去撫慰其傷疼，對江文也這種藝術家為何不先問他到底為臺灣做了什麼。此類的話聽來刻薄，一點也不像忠厚老實的臺灣人應該說的，這種攻擊的話當年我都一一予以回應，現在想來，還不如寫一篇小說，在故事中塑造幾個不同人物的性格，將那些苦難讓他們去分擔，音樂也能借小說家的筆加重分量形塑臺灣人民族特有性格，讀者對虛構的自然更易於接受。

我曾經想過，江文也晚年臥病時心裡思念的究竟是日本還是臺灣，在文章裡我始終不忍寫出來，那時我就想過借虛構的筆法寫成小說，讓《阿里山的歌聲》與早年的《白鷺的幻想》、《臺灣舞曲》、《鄉土節令詩》等把對臺灣強烈的思情，寄情在「歌聲」裡。

「小說」中當他受到批鬥，家中的鋼琴被強制搬走，他想到創作中的樂曲尚未完成，就用白紙畫成格子當琴鍵貼在桌面，雙手又繼續彈下去，如果是電影，這就成最後一段的結尾，更能因感動輕易減少人們對他的批評和指責。

第一部

序曲

波希米亞人

「咚——咚——咚——」

耳邊忽然傳來連聲砲響，彷彿焦雷落在近處。阿彬心中震駭，慌忙東張西望，不曉得砲聲是從哪裡來的。他在碼頭邊，一腳踩著陸地，另一腳踏著船舷，卻不知自己是要上船還是下船。只聽得砲聲越來越近，他不由得彎下腰躲避。這時船開始離岸，他兩腳越分越開，若不趕緊上岸或跳上船去，勢必跌入水中。

阿彬身體倏然往下一墜，嚇了一跳驚醒過來，發覺自己安然躺在一襲蚊帳裡面，帳外的陳設隔著紗網顯得朦朦朧朧。「我在哪裡？」阿彬腦中一片空白，茫然不知身在何處，甚至想不起來自己是誰。耳際持續鐙鐙作響，他醒悟到自己在夢中把落地鐘報時的聲音聽成砲聲了，只聽得「鐙——鐙——」最後兩響敲完，悠長的金屬泛音瀰漫在房間的每個角落，過了良久才緩緩消散。

這裡是大稻埕老家？還是兒時住過的廈門？或者度過中學時代的長野上田？不，這是東京大森洗足池的家裡。那座落地鐘是前一陣子剛買來的中古品，雖然自己入不敷出，但一聽到它悅耳的音響就不顧一切買了下來。

鐘聲已經徹底消失，但夢裡的砲聲依然鮮明。十三歲時，離開廈門到日本來的那天早上，也一樣在睡夢中把鐘聲聽成了大砲呢。那時母親才剛過世就要跟哥哥一起到日本內地讀書，心裡又緊張又興奮。一轉眼已經十一年過去，父親也在去年走了，哥哥則回到廈門繼承家業，只剩自己留在這裡。

阿彬一骨碌坐了起來，彷彿要確認自己的存在似的說道：「今天是我的大日子，我，阿彬，就要登上歌唱界的檜舞臺，展開音樂生涯的第一步！」

「大歌唱家，該起床嘍！」廚房裡傳來愉快的呼喚，那是正在準備早餐的妻子乃ぶ（Nobu）。

「來了！」阿彬猛然掀開蚊帳，三步併作兩步跑到廚房裡，扭開水龍頭洗臉，粗魯地將水拍在臉上，弄得水花四濺。

「唉呀！水都潑進味噌湯裡了！」乃ぶ驚呼，「你怎麼不去洗手間，故意來胡鬧，跟小孩子一樣。」

「我就是小孩呀！」阿彬故意撞了過去。

乃ぶ像是哄孩子的母親般耐心說：「好，好。快上桌吃飯，劇團早上不是有彩排？還不快點準備出門！」

「從今天開始，阿彬我就是知名歌唱家了！」阿彬端起味噌湯，一腳踩在椅子上，用圓亮的男中音唱了起來：「諸位，讓我們依照傳統，先乾了這杯，然後上街取樂！」

「蕭納德先生，晚上記得帶麵包回來。」乃ぶ湊趣地說。

「為窮困而懷抱理想的藝術家們帶回美味的紅酒和麵包，就是我蕭納德的看家本領。」阿彬得意地將味噌湯一飲而盡。

「蕭納德是音樂家，最擅長的應該是演奏音樂而不是賺錢吧。」

「演奏音樂、舌粲蓮花，將愛與美送進別人的耳朵，換來麵包送進自己的嘴巴，哈哈！」

阿彬匆匆用過早餐之後，穿上一套最體面的白西裝，戴上最愛的巴拿馬帽出門。走出幾步卻又折了回來，從衣櫃抽出另外一條領巾換上，仔細拉得漂漂亮亮的。「這樣傍晚我們一起走路回家的時候，我才配得上妳啦。」阿彬驕傲地對乃ぶ展示造型。

「你又來了。」乃ぶ甜蜜地一笑，「再不快去就要遲到了，讓藤原老師等候太失禮，可別像平常一樣故意繞著洗足池走遠路去搭電車喔。」

「洗足池的景色這麼美麗，跟我可愛的妻子一樣。我就是為了欣賞美景才住在這裡的呀。」阿彬滿不在乎地踏著悠閒的步子出門，口中哼著歌劇調子，不忘回頭喊道：「妳也不要太晚來喔，等演出結束，我們再去松本樓喝水果潘趣酒！」

不遠處，初夏的洗足池畔濃蔭蔥蘢，水面倒映著一片綠光。

第一章　臺灣人的光榮

大幕升起，舞臺上布置成巴黎的一間閣樓，窗外是一片靄靄白雪覆蓋的萬千屋頂。管弦樂團乍然奏起一陣急切的導奏，普契尼歌劇《波希米亞人》就此開演。

江文也站在側幕後面等待出場。他想像過很多次這個瞬間，舞臺上彷彿另外一個時空，燈光耀眼，音樂持續不斷飄盪著，等待他一躍而上。他從側幕的縫隙間看見一部分觀眾席，盛裝危坐的觀眾們正專注地看著臺上的演出，沒有發現他窺視的目光。他心想，此刻自己隱身在幕後默默觀察眾人，再過一會兒就變成所有人都看著自己，這讓他覺得非常有趣。

這是本劇在日本的歷史性首演，由藤原歌劇團製作，選在剛落成不久的東京日比谷公會堂演出。主演者是有「我們的男高音」美稱的藤原義江。全場兩千名觀眾可謂冠蓋雲集，坐滿政府官員、財界有力者和文化人士。而這也是江文也首次站上的大舞臺。

《波希米亞人》描述一群窮困而充滿理想的藝術家們的故事，開場時，主角魯道夫等三人飢寒交迫，沒有柴薪可以生火，魯道夫把自己的戲劇手稿一幕幕撕開投入火爐，燒來取暖。然而手稿很快燒完，火光逐漸熄滅，三人也絕望起來。

這時房門忽然戲劇性地打開，江文也扮演的音樂家蕭納德出場了，他以勝利者的姿態一躍而上，將一把硬幣拋在地板上，高聲唱道：「法蘭西銀行宣布你們破產！」同時領著僕役送上食物、紅酒、雪茄和一捆木材。

觀眾席後段歡聲雷動，還有人用臺語高喊江文也的名字，遠遠超過一名配角應得的待遇，引起前排觀眾回頭側目。江文也事前聽說有一群臺灣同鄉要來捧場，只是不曾預料聲勢如此驚人。他站在舞臺中央，沐浴著明亮的聚光燈，頓時覺得自己周身毫無依靠，完全暴露在人們的目光之中。一種動物性的防備本能驟然升起，令他感到些許不安，但歌唱就是他的鎧甲和武器，於是他昂然唱道：「讓我告訴你們，這些錢的由來是一段有趣的故事。無論是一位英國人、一位紳士、老爺先生還是大人閣下，他都需要一位音樂家！」

蕭納德為室友們帶來食物和希望，並且開朗地吆喝大家在這聖誕夜上街取樂。魯道夫三人一陣驚呼，直說命運之神眷顧，讓他們絕處逢生。

《波希米亞人》一劇敘述詩人魯道夫和裁縫咪咪從邂逅、相戀，以至咪咪因肺病香消玉殞的愛情悲劇。觀眾們的情緒隨著劇情起伏，時而哄堂大笑，時而凝神諦聽。

演到第三幕時，肺疾纏身的咪咪和魯道夫彼此出於為對方著想而決定分手，一番生離死別讓觀眾同感悲戚，臺灣人聚集的座位區卻隱隱有些按捺不住，甚至有人低聲道：「江文也怎麼這麼久都沒出場？」

好容易進入第四幕，咪咪死前來到閣樓見魯道夫最後一面，室友們趕緊出門買藥請醫生。兩人獨處時傾吐心聲，最後一次互訴愛意。當咪咪回憶兩人初見的情景，忽然劇烈咳嗽仰倒在床上，引起魯道夫驚呼。

這時蕭納德推門而入，問道：「怎麼了？」當觀眾們正在為男女主角多舛的命運而揪心，不少臺灣人卻竟然歡聲低呼：「江文也又出場了！」不免使其他觀眾皺眉。

最後咪咪在眾人環繞下魂歸離恨天，魯道夫撫床痛哭，大幕落下，觀眾熱烈拍手。演員們再次出場謝幕，輪到江文也時，臺灣觀眾興奮地瘋狂喝采，不斷高呼：「江文也！江文也！」把其他演員的風頭都搶光了。

演出結束後，劇團上下沉浸在成功的興奮之中，團長藤原義江以下演員陸續到大廳接受新聞紙採訪和觀眾致意。江文也匆匆換下戲服就往外走，他一推門而出，一群臺灣鄉親們立刻迎面將他團團圍住，致以英雄式的歡迎，爭相道賀、握手，擠得水洩不通。

當頭的是中部仕紳楊肇嘉，他用宏亮的聲音喊著江文也的本名說：「阿彬，恭喜你！」一邊伸出雙掌用力一握，「今日你真正讓咱們臺灣人出頭。讓日本人看看，他們做得到的事情，咱們也同樣做得到，而且做得比他們更好！」眾人轟然叫好：「對！你是咱們臺灣人的光榮！」

「多謝大家！」江文也大方接受眾人稱讚，「感謝大家來看我唱歌，我實在太歡喜了！」

一旁的《臺灣新民報》東京支局長吳三連豎起拇指稱讚：「不簡單，從來沒有殖民地出身的人能夠在正式演出的歌劇擔任獨唱角色，這是前所未有的事情，是咱臺灣的光榮！藤原歌劇團是日本第一的劇團，很多日本人都想參加，你是怎麼進去的？」

「去年藤原老師在收音機聽到我唱《唐懷瑟》裡的沃夫朗，感覺我的聲音很好，就邀請我入團。」江文也說。

「藤原義江有眼光！」吳三連拍拍江文也的肩膀，「你今日唱得真好，我感覺你的聲音比藤原還圓潤。」

「沒有啦，藤原老師去義大利學過聲樂，他的技巧好多了。」

楊肇嘉笑道：「你不必那麼客氣，在咱們聽起來，你絕對不會輸給他。」

「我畢竟只是自學，論技巧確實是藤原老師高明。」江文也倒不是謙遜，而是純粹從音樂論音樂。事實上他對自己的表現很滿意，意氣風發地說：「我的優點是感情放得真摯，完全投入角色裡面，可以創造很好的氣氛。我自認為把蕭納德的樂觀和進取徹底表現出來，為觀眾帶來希望。就這一點來講，我不會輸給任何人。」

「說得好！」眾人大聲附和。吳三連說：「你才二十四歲，前途光明，未來一定要抱著成為卡羅素和夏里亞賓的目標，在藝術這條路堅持下去，為臺灣吞吐出萬丈氣焰！」

「謝謝。」江文也一邊和大家講話，思緒仍然沉浸在舞臺上，不斷回想演出時的種種細節，忽然懊惱地說：「不過我今天有一項做得不好——音量還是不夠，在跟其他歌手輪唱的段落就會被壓下去。我得再加強發聲的方法才行。」

「不會不會，咱們都聽得真清楚！」楊肇嘉環顧眾人，爽朗問道：「大家說對不對？」

「對啦，對啦！」眾人起鬨大笑，還有人開玩笑：「反正歌劇唱什麼本來也聽不懂。」

「我是說認真的……」江文也還想再討論演唱上的得失，眾人卻只是一個勁不住稱讚，他根本無法繼續談下去。

人群後方一大群穿著學生服的青年探頭張望良久，其中一人忍不住喊道：「江先生，咱們大學生雖然買不起門票，今日也一定要來見證臺灣人出頭！」

「多謝！」江文也朝著外圍用力揮手，「你們太有心了。」

那大學生激動地說：「你在藝術上的活躍，讓日本人也不得不點頭，為我們煩悶窒息的現實人生打開了一扇窗戶，帶來光明和希望。」

眾人聞言發出一片理解而欣慰的笑聲，楊肇嘉認得那名學生，讚道：「不愧是明治大學文藝科的秀才，講得真好。」

「可惜咱們今日無緣聽到江先生演唱。」那學生渴望地說，「咱們同窗都聽過你的唱片，非常感動，希望有機會能夠直接聽到你的歌聲！」

「對，請江先生為咱們演唱！」大學生們群起附和。

江文也爽快地說：「那有什麼問題，我這就為大家唱一段……」

「稍等一下！這個所在鬧哄哄的，不適合演唱，糟蹋了阿彬的歌聲。」楊肇嘉趕緊舉手制止。他畢竟老於世故，眼見大廳裡其他歌唱家都不曾受到這麼熱烈的歡迎，江文也要是真的唱起來不免太過張揚，會得罪人的。而且他看到大家情緒如此高昂，心念一動，朗聲說道：「難得大家這麼熱心，像這樣盛大聚集的場面也很久沒看到了，不如趁這個機會，咱們來把講了兩年的『臺灣同鄉會』成立起來，方便彼此聯絡。就請阿彬在成立大會上為大家演唱。」

「好！」眾人歡呼道，「成立臺灣同鄉會，請阿彬演唱！」

吳三連點頭道：「在日本留學、工作的臺灣人已經有兩千四百多人，大部分都在東京，確實是到了組織同鄉會的時機。」

「人家說，國民的榮辱不在國力強弱，而在文化程度高低。」楊肇嘉道，「咱們臺灣人在文化上已經有很好的發展，現在正好用文化來做串連，事實上也非得這麼做不可！」

吳三連感慨道：「過去十多年咱們在政治運動上非常活躍，但是最近都已經被迫中止，不免令人失望。不過看到今日大家的熱情，表示咱們臺灣人向望團結的心並沒有改變。」

「現在臺灣人來日本讀文學、藝術的人一直增加，在精神和思想上前進，可見時代轉變，用文化決勝負的時代真正到了。」楊肇嘉大聲道。他一向熱心公眾之事，聲音又宏亮，即便面對日本官員也不稍退縮，有「臺灣獅子」之稱，說起話來抑揚頓挫指天畫地，很能激起聽眾情緒。「咱們要將目光看向世界，做世界的一部分，這都要靠文化的發展。今日咱們在這，也是因為阿彬的努力，是文化把咱們聚在一起。我們要用文化來串連，用文化作為繼續奮鬥的力量！」

「對！對！」眾人叫好。

「太好了！咱們趕快來成立同鄉會，平常時多安排一些文化活動。」吳三連對江文也笑道：「以後要常常請你來唱歌喔。」

江文也看著一雙雙熱切望向自己的眼神，心中大為感動：「我六歲去廈門，十三歲就到日本來，跟臺灣各界都很少來往。講實在的，我沒有想到今天會有這麼多鄉親來捧場，更沒想到因為我的一場演出，能夠促成同鄉會成立。」他頓了一頓，綻顏笑道，「我只是一個愛音樂的人，不能為大家出什麼力，不過只要大家想聽我唱歌，我隨時都樂意演唱！」

♫

揮別眾人之後，江文也前往日比谷公園中央的松本樓，他遠遠就看見穿著和服的乃ぶ在那棵著名的大銀杏樹下等候，身周一片綠意，於是滿心歡喜地快步上前。

「怎麼樣，阿彬歌唱生涯初次的大舞臺，表現得很好吧！」江文也像孩子般驕傲地說。

「跟平常一樣感情豐富，正是阿彬你的作風。」乃ぶ捏捏他的臉，「但是聲線不夠扎實、音量太小，發聲練習做得不夠好，要再努力！」

「這點我也察覺到了，果然在歌劇舞臺上演唱跟錄音間不一樣。」

「還有，你太興奮了，聲音有點發抖。」

「三色堇總是這麼嚴格。」江文也喚著乃ぶ的小名說。

「不過阿彬真的很適合大舞臺呢，一點也不怯場，完全投入劇中情境。」

「那當然！」江文也昂然道，「這下我算是出名了，往後演出和錄音的邀約都會越來越多，到時候我們就不用再擔心生活的問題啦——先來喝杯水果潘趣酒慶功吧！」

兩人在大銀杏樹下的露天座找了個位子，江文也才一坐下又聊起演出的事，鉅細靡遺重現每個細節，講得口沫橫飛。乃ぶ專注聆聽，不時點出江文也表演的優缺點，完全說到他心坎裡去，令江文也直呼：「三色堇是我的知音，如果沒有三色堇我真不知道該怎麼辦。」

忽然有隻麻雀飛到桌上，一點也不怕人地啄起盤子上的餅乾屑，引起兩人一陣驚喜，江文也還興沖沖剝了更多餅乾屑給牠。

「不好意思。」這時旁邊傳來一道低沉的聲音，「請問是江文也先生嗎？」

「是。」江文也抬頭一看，對方年約三十出頭，兩道眉毛墨也般濃，腮幫子厚實剛硬，一望而知是個凡事極其認真的人物。他身後跟著一位氣質溫婉的日本女子，兩人形成鮮明的對比。

「你好，我叫郭柏川，臺南人，在這裡學洋畫。」郭柏川用臺語報了名，伸出火鉗般的手和江文也用力一握，接著用日語向乃ぶ再次自我介紹。

「一起坐著聊吧。」江文也熱情地幫兩人拉椅子。

「多謝好意。」郭柏川挺直腰桿，態度正式地用日語道：「百忙中打擾，真是抱歉。剛才欣賞了江先生的歌劇演出，覺得非常感動。又在公會堂外聽到你自我評論得失優劣，可以看出你對音樂抱持認真而且誠實的態度，是個真正的藝術家，所以才特地過來向你致意。我說完了，那麼，就此失禮。」郭柏川微微鞠躬，轉身就要離開。

「你叫我阿彬吧。」江文也夾雜著臺語和日語笑道，「柏川兄不要客氣，這裡的水果潘趣酒是全日本最好喝的。」

郭柏川聞言一愣，隨即被江文也拉著入座。他下意識摸了摸身上那件舊西裝外套的口袋，江文也看見，爽朗地道：「我和太太正在慶功，很高興你們來參加，今天就讓我請客吧。」

「不，我自己付錢，否則我現在就走。」郭柏川鐵著臉，毫無商量餘地。

「也好。」江文也並不在乎這些客套，對侍者大聲喊道：「再來兩杯潘趣酒！」

乃ぶ見郭柏川太過嚴肅，想緩和一下氣氛，詢問說：「這位是夫人嗎？」

「唔，不，不是。她姓岡，叫做千繪，是個作家……」郭柏川顯得有點尷尬，似乎不知該怎麼解釋卻又不想隨口敷衍，倒是千繪很大方地說：「我正在和郭先生交往。」

江文也還是關切演出的話題，興沖沖問：「你們最喜歡剛才演出的哪一幕場景？」

「第三幕。」郭柏川不假思索說，「魯道夫沒有錢讓咪咪治療肺病，家裡又無法生火取暖，冷風直透進來，對咪咪的身體很不好，所以最後決定和咪咪分手。這裡最讓人感動。」

「喂，那一幕我完全沒出場啊。」江文也開玩笑抗議。

「唔。」郭柏川察覺自己的冒失，卻不知該說什麼來彌補。

千繪笑著開口：「江先生……」

「叫我阿彬！」

「是，阿彬先生完全把蕭納德演活了，每次出場時舞臺都好像明亮起來，讓我們深深感染到樂觀與希望呢。」

「哈哈哈，說得太好了。」江文也坦然接受稱讚。

郭柏川盯著江文也好一會兒，臉上表情慢慢放鬆下來，忽然說道：「其實千繪跟咪咪一樣得了肺病，而我比那個魯道夫還窮，所以才對這一幕特別有感觸。」

乃ぶ關心地問：「啊，千繪小姐不要緊吧？」千繪淡淡回答：「還好。」但乃ぶ早已察覺她臉色發紅，而且不時用手帕遮著嘴暗暗咳嗽，似乎病況不輕。

「現在醫學進步，肺病只要好好療養也沒問題的。」江文也開朗地說，「我的第二故鄉，長野縣的上田是個氣候舒爽的好地方，有需要的話我可以介紹你們去那裡住一陣子。」

「我們不能去上田。」郭柏川率直地說，「我跟臺南老家已經斷絕關係，沒有金錢資助，得靠自己討生活。在東京我還可以賣畫或者打工維生，去上田的話就什麼收入也沒有了。」

江文也好奇地問：「你為什麼跟老家斷絕關係？」

郭柏川說：「我在老家有個太太，而且生了兩個女兒——那是十七歲的時候遵照祖父遺言娶的，兩人差異太大，也沒什麼感情。她對我做的事情不理解也沒興趣，彼此一整天講不到幾句話。我想離婚放彼此自由，封建式大家族的長輩們卻反對到底，只好逃到日本念書不回去。」

「靠畫畫可以生活嗎？」

「很難。」郭柏川說，「我投注靈魂的認真創作都賣不掉，來委託的卻都是些指定要用通俗風格的肖像和風景，讓我畫得很痛苦，有一陣子寧願去開麻雀館、當保鑣。」

「麻雀館？保鑣？」江文也驚奇中帶著興味。

「我年輕時練過拳，對付耍賴的賭客或者上門找麻煩的小混混還沒問題。」

江文也衷心讚歎：「柏川兄太剛強了，真令人佩服。我如果有你一半的勇氣就好了。」

郭柏川稀奇地看了江文也一眼：「一般人聽到我的經歷多少都有些不以為然，甚至露出鄙視的表情，像阿彬兄這樣反應的還是第一個。」他像石雕般沉默了半晌才又開口：「不過開麻雀館畢竟不是正途，幸好我遇到千繪小姐，她鼓勵我堅持藝術的道路，才讓我徹底覺悟，重新振作起來。所以我看到阿彬兄對音樂的真誠，心裡感觸良多，一定要來向你致意。」

「哈哈哈，我是音樂家，你是畫家，再找個詩人和哲學家，我們也是一組波希米亞人呢。」江文也忽然說起他的狂想，雖然有些沒來由，但眾人都感染他的天真喜悅而笑了起來，連郭柏川都難得一展歡顏。江文也拿起杯子大聲道：「敬波希米亞人，為藝術乾杯！」

四人舉杯相碰，郭柏川仰頭一飲，臉色一變，古怪地瞪著杯子用臺語道：「這麼甜？這根本是囝仔人飲的東西嘛！」

「抱歉了，讓堂堂武學高手喝水果潘趣酒。」江文也哈哈大笑，乃ぶ指著他笑罵道：「自己孩子氣就算了，還招待人家喝這種東西。」

千繪笑得趴在郭柏川肩膀上，搞得他有些不自在，這時千繪卻忽然劇烈咳嗽起來。

「妳還好嗎？」乃ぶ關心地問。

「不要緊的。」千繪很快安穩下來，抬頭看著兩人，無限嚮往地說：「你們感情真好，真令人羨慕。」郭柏川聞言轉過頭去，為了掩飾自己的慚愧，無意識地拿起杯子喝了一口，不辨滋味。

「其實我們還沒正式辦理入籍。」江文也語出驚人。

「怎麼會？」千繪十分驚訝。

「我們雖然結婚一年多了，但我的原籍地在臺灣三芝，特地回去一趟太麻煩，所以拖到現在。」江文也輕描淡寫地說，「也是因為岳父大人覺得音樂家沒前途，一直無法取得他的認同。不過現在不一樣啦，我已經站上演唱界的最高舞臺，前途一片光明，岳父大人絕對會贊成的！」

♫

「上田，上田——」站務人員在月臺上拉長了嗓子報站名，江文也和乃ぶ隨著零星的到站旅客下車，一踏上月臺就聽見一陣熱鬧的管樂演奏響起，迎接的人群朝著他們蜂擁而來。

「歡迎回來！」領頭的中年男子獻上一束鮮花，「江先生、江夫人旅途辛苦了。我是《北信每日新聞》的社長三浦，歡迎你們回到上田。」列隊的報社員工和圍觀鄉親們隨即熱烈鼓掌。

「謝謝大家特地前來……」江文也大感驚喜，不過他忘了寒暄，立刻被音樂所吸引：「沒想到竟然有管樂隊呢！」

「不愧是音樂家，到哪裡都先注意音樂的事。」三浦社長哈哈一笑，「這是江先生母校上田中學新成立的管樂隊，雖然還不成樣子，但大家都很認真練習，請你多多指導。」

「母校也有管樂隊了，真好啊。」江文也聽得出神，乃ぶ連忙拉手暗示，他才想起來要講些客套話：「啊，這次承蒙社長好意，邀請我回來上田開獨唱會，真是非常光榮，太感謝了。」

「哪裡的話，江先生是我們上田的光榮，登上日本首屈一指的日比谷公會堂，在歌劇《波希米亞人》擔任獨唱角色，乃是日本歌唱界的一顆新星。敝社以頭版報導，收到熱烈回響，鄉親們都很驕傲。能夠請到你回來演唱，才是我們的光榮。」

「大家太客氣了。」江文也想起五年前離開上田到東京求學，只有幾個親友到月臺上送行，氣氛冷清，如今也算是衣錦還鄉了。「上田是我十三歲到日本之後落腳的地方，關於日本的一切都是在這裡學到的，也度過令人懷念的六年中學時代，這裡可說是我的第二故鄉，我永遠不會忘記上田。」

「說得好！」眾人熱烈鼓掌，爭相和他握手，又有記者採訪，老半天才離開上田驛。

兩人在旅館安頓好之後前往原町的乃ぶ娘家拜訪。路途不遠，乃ぶ始終不發一語，江文也則開心地東張西望：「什麼都沒有變，真是令人懷念哪。哈哈，這條『小便橫丁』還是一樣髒臭。啊，是八百屋的歐巴桑！你好，我們回來了！」江文也一邊向熟人揮手，一邊問：「三色堇妳怎麼了，身體不舒服嗎？」

「沒有。」

「看起來不太開心的樣子。」

乃ぶ揚起眉頭道：「我事前打過電報，家裡卻沒有人來驛前迎接，真是太冷淡了。」

「有什麼關係，這是回自己家啊。」江文也滿不在乎。

乃ぶ的娘家是原町武家屋敷（舊武士住宅區）中最宏偉的一座宅邸。瀧澤家在江戶時代是上田宿的問屋，負責管理宿場①，也負責區域民政，明治維新以後持續擔任信濃銀行頭取（社長），乃是地方望族。

兩人走到熟悉的門前，乃ぶ領著江文也逕入玄關，喊了聲：「我回來了！」

「大小姐！」探頭出來的女傭十分驚喜，一面壓低聲音說：「老爺正在客廳看新聞紙，他知道妳要回來，一直在那裡等呢。」

兩人走進客廳，只見乃ぶ的父親瀧澤勝親穿著一襲灰色浴衣，雙手抓著新聞紙仔細端詳，彷彿沒有看見他們進來。

「父親大人，我回來了。」乃ぶ出聲招呼。

「妳回來得正好。」瀧澤勝親嘩啦一下把新聞紙收起擱在旁邊，輕描淡寫地說：「我幫妳安

---

1 宿場：日本江戶時代供幕府官方或大名（諸侯）等公務使用的驛站，提供驛遞住宿服務，通常由「問屋」負責管理。

排入贅的婚事都準備好了，就等妳回來，隨時可以舉辦婚禮。」
「父親在說什麼？」乃ぶ難以置信，「我跟阿彬已經結婚一年多啦。」
「對方從三年前等到現在，而且不介意妳私奔去東京之事，依然信守這份婚約。像這樣心胸寬大的人品，實在非常難得。」
「我們不是私奔。」乃ぶ正色道，「東京的姑姑作主安排我們結婚，是正式的婚姻。」
「妳姑姑就是愛管閒事，每次都弄得一團糟。」瀧澤勝親摘下細小的圓框眼鏡，用鏡布仔細擦拭，「妳跟這傢伙的事情被新聞紙大作文章，鬧得整個上田都知道，我也不知該跟婚約對象怎麼解釋。好在妳始終沒有去辦入籍，對方願意體諒，只當作是少年人遊戲一場。」
「父親大人——」江文也正要開口，瀧澤勝親冷冷地打斷：「我不是你父親。」從兩人進屋之後，他始終不曾正眼瞧過江文也。
「今日來就是要向父親大人報告。」江文也燦爛地一笑，「八月間我要回臺灣舉行鄉土訪問演奏，我們會趁這個機會到原籍地三芝辦理入籍，完成登記手續。」
乃ぶ拿出一封邀請函雙手奉上：「父親以前擔心阿彬從事音樂沒有前途，但他在畢業後短短兩年間已經成為知名演唱家，參與歌劇演出。明天阿彬在衛理公會教堂有一場獨唱會，請父親務必來欣賞。只要聽過他的歌聲，就會明白阿彬是一位真正的藝術家。」
「妳說的歌劇是《波希米亞人》吧？新聞紙上說原本票都賣不掉，到最後一刻靠大倉男爵的資助才能夠演出。歌劇什麼的只是有錢人的餘興節目，想靠這個維持生活是癡人說夢。何況這傢伙參加音樂比賽，連著兩回都只有入選，並沒有得過正賞，不能算是獲得音樂界認可。」

江文也驕傲地解釋：「兩回比賽的大賞都從缺。第二回比賽我在八名入選者中分數最高，受到很好的評價。」

「妳還不明白嗎？臺灣人是無法得第一的。」瀧澤勝親對著女兒說道，「評審寧可從缺也不會把大賞頒給一個殖民地人。」

乃ぶ替江文也辯護：「阿彬受我們上田作育培養，可以說是信州之子。他灌錄過〈肉彈三勇士之歌〉和〈吾等的松本連隊〉這些時局歌曲，愛日本的心不輸給任何人。」

「其實我並不討厭阿彬。」瀧澤勝親嘆了口氣，第一次稱呼江文也的名字，但仍然不願意正眼看他。「阿彬頭腦不壞，個性善良，也算是個好青年。以前他來家裡找妳玩、一起聽唱片，我也都不反對。但他畢竟是臺灣人，當朋友也就算了，不能作為結婚對象。」

「臺灣人又怎麼樣？」

「臺灣原本是文明未開的蠻荒之地，在我小的時候，大家都說那裡是鬼島，後來在日本改造之下才成為一座寶庫。」瀧澤勝親依然是對著乃ぶ滔滔不絕地說，「臺灣人受日本提攜之恩，應該精進實用知識，為臺灣的進步發展而努力、對大日本做出貢獻。他在上田讀中學，從東京的工學校畢業，也曾回臺灣的發電廠實習，卻背棄國家辛苦栽培跑去當歌手，未免太過任性！」

「難道阿彬放棄寶貴的音樂天才，去當一個平凡的工程師，父親就會認可我們的婚事嗎？」

「這當然是兩回事。」瀧澤勝親道，「無論如何，一個臺灣人是無法繼承信濃銀行頭取的！」

「阿彬並不想成為銀行家，我也不想嫁給信濃銀行的頭取。」

「不行！」瀧澤勝親倏然從椅背上彈了起來，「我們瀧澤家從真田公時代就擔任上田的問屋，

『助右衛門』這個名號傳承至今已有十二代，不能在我手中斷絕。瀧澤家系如果混入臺灣人的血統，是無法被認可成為當家人的。」

「現在都已經是昭和年間、二十世紀了！」乃ぶ難以置信地說，「你自己讀的是早稻田大學，也送我去東京讀書，乃是開明派，卻還在講什麼真田公的事情，不覺得太奇怪了嗎？」

「我送妳去東京讀那麼貴的教會學校，是要妳培育頭取夫人的教養，將來好打入上流階級，而不是去學一些敗壞社會的自由思想。」瀧澤勝親臉若嚴霜，「聽好！我沒有兒子，妳是瀧澤家的長女，和妳結婚的婿養子（贅婿）就是第十三代助右衛門。」他粗魯地向江文也一指，「這傢伙滿腦子除了音樂沒有別的，整天傻傻地活在白日夢裡。聽說妳還賣首飾讓他買鋼琴跟樂譜，根本就是個只會吃軟飯的傢伙。」

「爸爸才是什麼都不懂，一點都不為女兒的幸福著想。」乃ぶ堅定地道，「阿彬很有理想，雖然現在才剛起步，但將來一定會成功的。我們彼此相愛，在一起非常開心。你硬要我當什麼鄉下銀行的頭取夫人，就像把夜鶯關在籠子裡，太殘酷了。」

「妳這是什麼態度，什麼叫做鄉下銀行？前幾年世界經濟恐慌，長野縣內各銀行經營困難，我花了很大力氣才將各行整理合併，成為縣內最大的金融機關。銀行對產業發展和縣民生活都有很大貢獻，一定要由有才能的人來經營。」

乃ぶ不服氣地說：「那把銀行交給有才能的人就好了，何必一定要拿女兒去招贅。」

「妳就是沒吃過苦才講這種話，將來絕對會後悔的。」瀧澤勝親嫌惡地瞥了江文也一眼，絕望地說：「為什麼妳就是不肯接受我千挑萬選的女婿，偏偏要跟一個臺灣人在一起？就算路邊隨便撿一根馬骨頭都比他好。」

「馬骨頭的說法實在太過分了。」乃ぶ氣憤地道，「女兒只愛阿彬一人，我永遠都要跟阿彬在一起。」

「只要妳肯離開這傢伙，跟哪個日本男人結婚都無所謂，我可以送妳去法國留學。」瀧澤勝親攤牌道，「否則我就不認妳這個女兒，讓妳妹妹招贅繼承家業。」

「妹妹那麼活潑的人，這樣實在太可憐了。」

「妳想清楚，是要繼承整個家業，還是跟一個殖民地來的浮誇小子過苦日子？等到窮途末路才回頭哭訴就來不及了。」

乃ぶ聽父親不斷說著輕蔑江文也的話語，而江文也卻在一旁沉默不語，一時氣血上湧，大聲說：「我已經懷了阿彬的孩子了！」

「什麼，是真的嗎？」江文也和瀧澤勝親同樣大感震驚。江文也愣了一會兒之後開始傻笑起來，滿臉放光，瀧澤勝親則如同槁木死灰，癱倒在椅背上，顯得非常疲憊。

「妳比妹妹大方，又有才能，所以我一直等妳回來。沒想到……妳太讓我失望了。今年之內我就會讓婿養子跟妳妹妹結婚，承襲第十三代助右衛門之名，繼承瀧澤家。」瀧澤勝親盛氣全失，話音變得十分虛弱。他眼神空洞地看著乃ぶ，嘆了口氣，從錢包裡取出一疊大鈔放在桌上。「妳將來有得苦頭吃了，這些錢妳拿著，當作萬一的時候應急之用吧——但是要記住，一圓也不能花在那傢伙身上。」

乃ぶ毫不猶豫將錢推了回去：「我和阿彬不分彼此，我們會靠自己的力量站起來。」

♫

隔天的獨唱會非常成功，聽眾反應熱烈，會後許多人留下來向江文也道賀，拉著手稱讚他是上田的驕傲。

乃ぶ一坐上返回東京的火車便深深陷入沉默，任憑江文也怎麼逗她都沒用。列車在群山之間穿行，窗外遠近一片青翠，充滿悠閒的鄉間氣氛，卻又不時鑽進幽暗的隧道裡，瞬間變化的氣壓像是在人耳鼓上敲了一記悶棍，呼嘯的氣流以及轟隆作響的鐵軌輾壓聲也令人煩躁不安。

穿過漫長的隧道群就是關東平原，沉悶的氣息一掃而空。乃ぶ似乎放鬆了些，瞪著江文也說：「你幹嘛一直看著我笑？」

「三色堇肚子裡有我們的小寶寶啦。」江文也滿心歡喜，「妳之前為什麼都不告訴我？」

「其實我還不能確定。」乃ぶ冷冷地說。

「咦，可是妳在父親大人面前……」

乃ぶ轉過身來，連珠炮似的說：「父親一直說那些糟蹋你的話，我實在無法忍受。你又像個傻瓜一樣坐在旁邊，都不為自己辯解，讓我一個人面對父親，所以我才那樣說的。」

「這樣啊。」江文也瞬間有些失望，但隨即又開心地看著乃ぶ的肚子，「這裡面一定有小寶寶沒錯，我感應得到。」他拿出一支口琴，對著想像中的孩子吹奏起來。

「父親這樣說你，你都不會生氣嗎？」

「不會啊，我一點也不在意。」
「你只有心情不好的時候才會吹口琴呢，如果心情好的話就會唱歌了。」
「啊，是這樣嗎？」江文也繼續悠哉地吹著，「父親大人說得沒錯啊，我確實是滿腦子除了音樂沒有別的。不，除了音樂之外，還有三色菫妳呀，我腦袋裡的三色菫多得快要滿出來了。」江文也作勢將頭上的巴拿馬帽按緊，一邊裝了個鬼臉。
乃ぶ終於噗哧一笑，拍了拍他的頭：「你記得小學裡那架鋼琴吧，在上田算是很稀罕的東西，同學們碰都不准碰，但因為你是『臺灣來的阿彬』，老師特別允許你彈奏。」
「是因為老師看出了我的音樂天才吧。」
「才不是呢。你一開始還不太會說日語，交不到朋友，看起來很寂寞，老師才讓你彈的。」
「寂寞了就彈鋼琴，傷心了就吹口琴。三色菫把我說得好可憐的樣子。」江文也仔細端詳著那支口琴，「這支口琴是大哥買給我的，也許他那時也覺得我很寂寞吧。」
「音樂是阿彬最好的朋友。」乃ぶ欣慰地看著他。
「因為我是臺灣人所以才特別讓我彈琴嗎？大家提到我都說臺灣人這樣，臺灣人那樣，其實我就是喜歡音樂的阿彬。就像舒伯特和馬斯奈的歌曲，不管哪一國人聽了都會覺得美妙，音樂是沒有國界的啊。」江文也拿起口琴繼續吹奏。
兩人在新宿轉搭山手線到五反田，再從這裡轉搭池上電車回洗足池的家。山手線在這一段是高架鐵路，斜斜跨越目黑川，而池上電車又橫跨在山手線上方，車站月臺和軌道看起來格外高聳。
從池上電車月臺向下俯瞰，眼底盡是一片平房黑瓦，而目黑川在夕陽下波光粼粼，令人心曠神怡。月臺盡處隨著兩邊軌道靠攏而逐漸縮窄，猶如一條小船的船頭，江文也平常總愛站在這裡看著風景練唱。

「好亮！是金星！」江文也興奮地一指，迎著晚風忘情地倚欄唱起華格納的〈晚星之歌〉：

死亡的暮色籠罩了大地，將山谷蓋上黑色喪服。即便是她向上天祈求的心，也無法耐得住這恐怖的暗夜。

就在這時，啊啊，格外可愛的明亮星輝，從遙遠的彼方綻放出柔和光芒。那光芒拂去了黑暗，親切地閃爍，指點著山谷的出口。

啊！美麗的晚星啊！我向你懇求，永遠如此盼望著，絕對不要背棄她，當她通過時請照耀著她，引領她通過這道山谷，成為一位真正的天使。

電車進站了，乘客們蜂擁進出。江文也一曲唱罷，作勢摘下帽子鞠躬答禮，卻沒有什麼人理會他，只有乃ぶ感動地拍手：「唱得好，完全表達出純潔的愛情，還有為愛人懇求的真誠。」江文也愉快地說：「三年前的春天，我就是在這月臺上一邊等車一邊練唱，被『圓桌歌手合唱團』的山口團長聽見，才展開歌唱生涯的。」

乃ぶ淡淡一笑：「這俯瞰大地的月臺，就是阿彬最初的舞臺。」

「正是如此。」江文也雙手扠腰望著遠方，豪氣萬丈地說：「俺是一個特立獨行的男人，是大猩猩，是一頭獅子，靜靜等待機會展現力量。就算被人誤解也好，遭到歪曲也好，俺阿彬都不會有所改變，更像是嬰兒一樣一點也不會放在心上。俺需要的，只是更大的發揮機會而已。」

「說得真好。」乃ぶ欣賞地說，「我相信阿彬。」

「不過父親大人說出了一個真相，臺灣人靠演唱是無法得第一的。」江文也深吸了一口氣，「國內的聲樂才剛開始發展，比賽評審大半是作曲家，有些甚至根本不懂歌唱原理，只憑感覺給分。在他們審查之下，臺灣出身的歌手就算唱得再好也無法獲得正確評價。」

「那你有什麼想法？」

「必須用作曲來決勝負。」江文也昂然道，「與其把成敗交給這些評審，不如站在更高的高度，創造出屬於我自己的音樂！」

「喔？」乃ぶ眼睛一亮。

「我要以臺灣為主題，寫出讓日本人嚇一跳的作品。」江文也靈光閃現，彷彿心中已經聽到音樂。「作品名稱已經有了，就叫做《來自南方島嶼的交響素描》，以牧歌的氛圍開場，描寫臺灣獨有的漢人街道、生蕃[2]和田野風光。」

「真像阿彬的作風。」乃ぶ忍不住呵呵直笑起來。

「幹嘛取笑我？我可是認真的。」江文也有些著惱。

「我知道。」乃ぶ彷彿看著養育多年的孩子般，帶著理解和欣慰說，「阿彬從以前就是這樣，每次路走不通了，就會繞個彎另外去找一條路，絕不會死腦筋地正面去衝撞。」

---

2 生蕃：日本時代稱受外界文明影響較少的原住民為生蕃，本書保留當時用法及原作品名稱以反映時代氛圍，敬請諒察。

「正面撞得頭破血流未免太笨了。」

「我就是欣賞你這一點啊，懂得變通，也看得出你不服輸的韌性。」

「但是為了專心創作，我得把古倫美亞公司的歌手合約取消。如此一來收入也會減少，日子暫時會辛苦一點。」

「不必顧慮這些。」乃ぶ握起江文也的手，「南方島嶼的交響素描啊，聽起來是一首熱情的曲子，真是令人期待。」

「請妳期待吧。」江文也歡然道，「臺灣人就臺灣人，拿破崙也是出身在偏遠的小島科西嘉，最後席捲歐洲。我的第一號作品就要直接挑戰龐大的管弦樂，如果國內評審無法理解，我就參加國際比賽，直接飛翔在全世界之上！」

第二章　城內之夜

「不愧是南方島嶼啊，還沒看見陸地，海上的風就已經帶著熱氣了。」江文也身穿時髦的白西裝，坐在客貨兩用輪朝日丸的頂層甲板上吹風望海，腿上擱著一本攤開的詩集。

兩個女子走到他身旁，笑問：「阿彬不在餐廳喝汽水、吃冰淇淋，這麼認真在讀什麼？」她們是臺灣鄉土演奏訪問團的鋼琴家高慈美和女高音林秋錦，一群少年人在船上玩鬧了四天三夜，彼此早已混得很熟。

江文也並不回答，而是閉上眼睛，高聲背誦起來：

殘暑猶炙的秋夕，將雙眼閉上
沉浸在妳乳房的溫熱氣味
幻影般，我看到了啊，幸福的廣闊海岸
持續照耀著眩目的太陽火焰

懶洋洋的這座海島，自然惠賜予
姿態奇妙的樹木，豐碩的甘美果實
俐落而肉體強健的男人們
目光澄澈率直得令人驚奇的女人們

林秋錦瞥了一眼封面：「《惡之華》最新全譯本，這不就是芥川龍之介說的——人生不如一行波特萊爾！」

「沒錯！」江文也張開眼睛，望向遠方的海平面。

高慈美好奇問道：「阿彬很喜歡波特萊爾嗎？」

「太喜歡了，那詩裡的音樂性、豐富的象徵，還有全然無羈的自由心靈，實在太精采了。」

「可是我覺得太頹廢了。」高慈美端正地說。

「他太敏感，而世界又太虛偽，那是他的反抗和覺醒。」江文也愉快地說。

林秋錦促狹說：「你讀的這篇叫做〈異國的芳香〉，但我們馬上就要到基隆了，你應該找一篇〈故鄉的芳香〉來讀讀。」

江文也哈哈大笑：「波特萊爾沒有寫這一篇。」

「看到陸地，臺灣到了！」旁邊一名乘客高聲呼喚，甲板上登時一陣騷動。江文也霍地起身，歡然喊道：「臺灣，我回來了！」

這天是八月十日，時值盛夏，天氣十分炎熱。江文也才一下船，額頭馬上就冒出一圈汗來，忍不住摘下帽子搧風。旁邊一名男團員調侃他：「阿彬好像很喜歡巴拿馬帽，臺灣也出產很多，而且很便宜，你這次可以多買幾頂。」江文也帥氣地把帽子戴回去，哈哈一笑說：「我這頂可是正港的巴拿馬製品。」

一群人力車夫立刻圍上來招呼攬客，小販們挑著鳳梨、香蕉、木瓜等果物兜售，空氣中飄散著熱帶水果的香氣，還有令人無比懷念的家鄉話。

訪問團領隊楊肇嘉當即買下一顆大西瓜命攤販剖開，江文也和幾個男生興奮地捧著瓜片就在路邊吃將起來，頓感暑氣全消。女孩子們則顧忌觀瞻不雅，躲在旁邊掩嘴笑看。

「真想讓三色堇吃吃看臺灣的西瓜。」江文也自言自語。

「你本來不是說要帶太太回來辦入籍？」高慈美問。

江文也一邊啃著西瓜皮說：「她懷孕四個月啦，常常覺得噁心想吐，我怕她暈船，所以這次就先讓她在家休息。」

「恭喜啊！阿彬要做老爸啦！」團員們鼓譟起鬨，用力在他背上拍了一下，害他差點噎著。

吃完西瓜，眾人隨即搭火車前往臺北。江文也雖然在最近五年間回過臺灣三次，但是這次一踏上陸地，就覺得眼前一景一物都很不一樣。自從他決心轉向作曲，便迫不及待想回臺灣，期望得到特殊的靈感。出於這樣的念頭，從前不曾留心的事物，這時都格外鮮明起來。

♫

「鄉土訪問大演奏會」成為了臺灣新聞紙上的頭條消息，從八月十一日開始，訪問團在臺北、新竹、臺中、彰化、嘉義、臺南和高雄等地巡迴演出。九天之內進行七場演出，團員們還要抽空接受記者採訪、和學生座談，行程非常緊湊。

十八日在臺南公會堂的演奏會，開演前江文也頑皮地從後臺往外窺看，興奮地說：「哇，真是超滿員的盛況！而且前面幾場的觀眾都是日本人較多，今日反過來都是臺灣人，不愧是府城，大家對藝術這麼熱心。」

林秋錦笑說：「訪問團裡面有五個是臺南人，親戚朋友當然要來捧場。」

「大家不是來看我的嗎？」江文也一邊開玩笑，一邊又驚奇地喊了起來：「冰角來了，原來臺南不只觀眾比別的地方多，連冰角都比別人大！」眾人聞言紛紛探頭張望，拉得簾幕不住抖動。只見穿著「大日本製冰廠」制服的員工，將幾座壯觀的方形大冰柱推到臺前放好，每一座莫不有三尺來高，清透的冰面上泛著一片冷霧，果然氣派。

江文也讚歎道：「用大冰角裝點的音樂會，真是前代未聞，果然是南國才有的風情啊！」一會兒又道：「若是剛剛排練的時候先送來就好了，我就不會流這麼多汗又要換衫了啊。」眾人聽了笑罵成一團，差點沒跌到舞臺上去。

音樂會由林秋錦的女高音獨唱展開，眾人輪番上臺獻藝。每一位音樂家演奏完，江文也就率先在後臺用力鼓掌並且大喊「安可」，帶動氣氛。江文也是上、下半場的壓軸演出者，臨上臺前，他先拉拉身上的白西裝，擺個姿勢請女生們看看是否整齊，然後充滿大將之風地上臺，一出場就受到觀眾最熱烈的歡迎。

他在上半場唱了韓德爾歌劇《薛西斯》中的選曲〈莊嚴詞〉、舒伯特〈小夜曲〉和拿手的華格納〈晚星之歌〉。下半場則演唱〈黎明的天空啊〉等三首日本歌曲。他的發聲技巧其實並不完美，但總是用十二分真摯的情感來演唱，目光中充滿迷人神采，深深吸引住觀眾。

曲目唱完，他一走進幕後就扮起鬼臉，高慈美和林秋錦拍手大喊安可，他便開玩笑道：「好啊，我再上去唱！」末了，所有音樂家一起登臺合唱〈再會！再會！〉，成功結束了當天的演出。會後熱情的學生們還邀請音樂家到附近的喫茶室雜談，討論音樂、文化，詢問日本各方面的狀況以及臺灣的未來等等問題，欲罷不能。

好容易等到散會，大家亢奮情緒退去，也都累了。江文也忽然一陣失落，想起此行原本要好好看看臺灣各地風情，尋找創作靈感，沒想到每天卻只在旅館、公會堂和火車上打轉，連東南西北都沒搞清楚，更別提觀光名勝了。於是他拉著高慈美和林秋錦說：「妳們是臺南人，可不可以帶我在附近逛逛，參觀一下名勝？」

「天都黑了。」高慈美有些猶豫，「明天在高雄還有最後一場演出，透早就要出發，還是早點回去休息比較好吧。」

江文也道：「我知道啊，我也很累，尤其是聲帶非常需要放鬆。可是我第一次來臺北以外的地方，每天卻都只忙著演出。等我回東京，太太問說你都看到什麼？我只能回答——很多呦，有臺中公會堂、彰化公會堂、嘉義公會堂、臺南公會堂，每一間都長得很像呢……」兩個女生被他逗得噗哧一笑，他近乎哀求道：「拜託啦，只要半點鐘也行。」

林秋錦道：「赤崁樓就在附近，走路十分鐘就到了，不然我們去看一下？」

「太好了！」江文也笑逐顏開。

三人信步而行，沒過多久林秋錦就朝黑暗中一指，說：「到了。」

天色已然全黑，只見幽暗的殿宇剪影漂浮在夜空中。這日是農曆初九，半月高掛，連同幾盞街燈稍稍帶來些微照明，勾勒出景物朦朧的輪廓。方正的殿宇、四角揚起的飛簷，以及帶著藻飾的燕尾，構成既熟悉又陌生的情景。

江文也心頭一震，彷彿在黑暗中看見一點亮光。雖然在夜裡無法看清全貌，但反而充滿悠遠的歷史感，帶來無窮想像。

「暗漠漠，什麼都看不清。」林秋錦解說道，「赤崁樓最早是荷蘭人起的，又叫紅毛樓，鄭成功入臺之後設為承天府衙門。上面的廟閣其實是清朝末年的時候才起的……」

江文也看著赤崁樓的剪影出神，並未認真聽林秋錦解說。他被眼前的景象所觸動，感覺有一組詩、一群音在體內開始流動。弦樂反覆上下進退，化成一片月光下的神祕波濤，嘹亮的小號乍然打破黑暗，整座殿宇從海浪中堂皇地浮起，又像是從無盡的幽玄中煥發出曖曖光芒，某種蘊含其中的遠古智慧逐漸甦醒。

定音鼓和弦樂的斷奏帶動時間巨人的腳步，堅定地往前邁進。忽然間，歷史的潮浪從四面八方翻湧而來，銅管齊奏，大鑼與鈴鼓鳴響，弦樂急如風雨，木管和鋼琴向上琶音，所有聲音越堆越高，激起萬丈波瀾。

然而這一切又瞬間沉寂下來，回復成靜夜中的一抹暗影。方才的激昂彷彿只是一場幻影，叫人難以分辨究竟是真是假？

自從他兩個月前決定要寫一部《來自南方島嶼的交響素描》，便立刻著手構思。第一樂章〈牧歌風前奏曲〉其實在東京就已經大致完成，但是自己並不喜歡，覺得只是一些技巧的堆疊，簡直就像是作曲課的習題；第三樂章〈聽一個生蕃所說的話〉稍稍能夠放手揮灑，有種活潑的野性。但他並未實際見過任何原住民也沒聽過原住民歌謠，只在報刊上看過模糊的照片而已，所以創作的內容也不是很扎實。

雖然他誇口要寫出一鳴驚人的交響樂作品，然而創作起來處處碰壁，只能想出一些自己都覺得俗不可耐的片段。他白天開朗地和大家玩鬧，表面上好像無憂無慮，其實晚上回到旅社安靜下來，取出昂貴的五線譜紙塗了又塗、改了又改，竟沒有一點進展，內心非常痛苦。

直到此刻站在赤崁樓前，這座充滿歷史感的堡壘和殿宇彷彿在黑暗中對他默默訴說著過往。江文也意識到自己即將抓住什麼，心中激動不已，但卻又無法確切掌握住那稍縱即逝的靈感。

高慈美和林秋錦看他忘情地揮舞雙手指揮起來，相視掩嘴而笑。林秋錦說：「阿彬，你想到什麼音樂啦，不唱給咱們聽聽看？」江文也猛然驚醒，滿腦樂思霎時飄散到四面的暗角裡去，一時苦笑說：「我剛才想到第四樂章〈城內之夜〉的旋律，不知不覺就比畫起來了。」

高慈美說：「阿彬是真正的音樂家，看到什麼都有感應。」

「也沒有啦。」江文也按著額頭，「那只是一點模糊的想法，而且我現在又都忘光啦。」

♫

十九日訪問團在高雄舉辦最後一場演奏會，順利結束巡迴演出。會後大家終於得空，乘坐三輛汽車登上壽山，眺望高雄港、市街和臺灣海峽風景。眾人沿途遊覽、拍照，最後到一間私人招待所喝飲料休息。

「阿彬，這次鄉土演奏訪問很成功，你是大功臣，辛苦了。」楊肇嘉見江文也獨自在陽臺上觀賞海景，過來和他講話。「怎麼樣，有什麼感想？」

「舞臺前的大冰角陣實在很有氣魄，讓人印象深刻。」

「哈哈哈，臺灣就是這麼熱啊，在日本看不到這樣的場面。」

「我演唱的時候都盡量往前站，多感受一點冷氣。看著臺下觀眾穿著五顏六色的和服，都替她們覺得熱。」江文也率直地說，「說到這個，來欣賞音樂會的還是日本人比較多啊，而且都是女性帶孩子來看。臺灣人除了幾位醫生和作家，大部分都是學生。」

「老實講，西洋音樂對一般臺灣人來說還是太陌生了。不過這樣正好讓那些日本人看看，咱們臺灣人在西洋音樂的成就！」楊肇嘉忽然激切起來，「日本人常講，他們正在全力『攀登文明階梯』，想要追上歐美人。日本人確實為臺灣帶來一些文明建設，但總是用臺灣人缺乏文明當作藉口來壓迫咱們。其實臺灣人的聰明才智不會輸給日本人，只是一直跟在日本人後面，當然贏不了他們。臺灣人應該吸取東、西方的優點，直接超過日本，做世界的一部分。」

「我有個想法，剛好跟楊先生報告。」江文也興沖沖說，「我最近做了一個決定，要站上世界的舞臺。」

「喔？講講看！」

「我仔細想過了，就算當上日本第一的歌手，也只能在日本國內活躍。但如果是作曲的話，就能被全世界的人聽見。因此我決心朝這個領域發展，第一部作品就要直接挑戰最複雜的交響樂曲，創作出世界一流的音樂。」江文也豪情萬丈地說，「這部作品就是以臺灣為主題，描寫臺灣的美、人們多采多姿的生活，還有對祖先光榮的回憶。用大型管弦樂創作出臺灣魂！」

「這才是像樣的臺灣青年應該有的理想！」楊肇嘉非常激賞，不住摩娑著粗厚的雙掌。「不管是音樂、繪畫還是運動，只要能在文化上跟日本人拚輸贏，把他們壓倒，我都支持。這次演奏訪問結束，我接著要幫飛行士楊清溪安排鄉土訪問飛行，完成史無前例環島一圈的壯舉。」

「了不起！」江文也讚道，「真希望我能夠親眼目睹。」

「我幫他成立後援會、募款買飛行機，下個月就可以入手，那是陸軍退役的偵察機，法國製造的薩爾牟遜 2A2 式！」

「飛行機很貴吧，一架要多少錢？」

楊肇嘉爽朗地道：「如果是法國原廠的新機，要價四萬圓[3]。」

「四萬圓！」江文也吐了吐舌頭，「那真是天文學的數字。」

楊肇嘉笑道：「那麼貴的咱們當然買不起。不過航空局鼓勵民航發展，把陸軍退役的偵察機便宜出讓給飛行家，只要幾千圓。楊家賣了十甲田地，我也幫他募款，總算買下來了。」楊肇嘉氣魄十足，彷彿那架飛機就在眼前。「全日本只有六架私人飛行機，咱們臺灣就有一架！這架飛

---

3 四萬圓：當時物價約為現今的兩千分之一，四萬圓約合今日的八千萬日幣，或新臺幣兩千三百多萬元。

行機取名叫『高雄號』，紀念清溪的家鄉。清溪的目標不是只有環島爾爾，總有一天，咱們要挑戰橫越太平洋的壯舉。」

「太偉大的志向了，我好像已經看到他飛在大海上的英姿，真是讓人熱血沸騰。我為你們奧援！」江文也幾乎要跳起來。

「十多年前，咱臺灣第一位飛行士謝文達到臺中來作鄉土訪問飛行，我那時剛當上清水街長，也是透早天還沒光就趕去臺中練兵場看。六點放砲三聲開始入場，五千多人同時擠進去，大家看到咱臺灣人飛在自己的天頂上，實在是感動到會流眼淚。從那時候開始，我就下決心，在自己能力之內盡量支持臺灣人。」楊肇嘉說到激動處，竟有些眼眶泛紅。

「楊先生，我想去巴黎留學三年。」江文也一念心起，衝口就說，腦中接著源源不絕冒出許多想法：「就像楊先生剛才講的，無論如何都要把眼光放在世界，跟在日本人後面是無法壓倒他們的。我要去巴黎學習最新的音樂技巧，並且直接和歐洲音樂界往來。請楊先生大力牽成，幫我尋找贊助人。」

「你放手去做。」楊肇嘉點點頭，「若是先有點成績出來，要組後援會就容易多了。」

「好！我一定把這作品第一號好好寫出來，讓大家都嚇一跳！」江文也歡欣鼓舞，彷彿已經寫好這部石破天驚的作品。

臺灣鄉土演奏訪問團解散之後，江文也搭火車返回臺北大稻埕老家，隔天一大早又馬不停蹄地拉著弟弟文光前去三芝祖厝。兩人從雙連乘降場搭上淡水線的圓頭氣動車，一路欣賞沿途風光。

在路上，文光好奇問道：「二兄，你明天就要回東京了，今日還趕著去祖厝？明年是總督府始政四十週年，臺北有很多新起的建築值得一看，怎麼不在三市街逛逛就好？」

「我的交響作品已經有三個樂章的素材了，但是最早開始構想的第一樂章卻一直無法完成。」江文也把窗戶往上推開，一股勁風當即吹了進來。他重重坐在絨布面的沙發椅上，說道：「我想描寫田園風光。這次在嘉南平原看到的稻田雖然漂亮，不過沒有特別的感覺，所以想再去祖厝那邊看看。」

「原來如此。」文光說，「我這幾年在臺灣各地採集音樂，整理了不少樂譜，二兄如果有需要參考，我可以抄錄給你。」

「不用啦，我想創作的是不受既有素材限制的新音樂。」江文也看著這個比自己小兩歲的弟弟，文光相貌方正，在三兄弟裡個性較為篤實。小時候兩人感情最好，弟弟總跟在自己身後跑進跑出，但自己赴日之後便聚少離多，見面時總有種既親近又生疏的奇妙之感。他心念一動說：「怎麼樣，到東京來念音樂學校吧。」

「去東京？」文光從來不曾有過這樣的念頭。

江文也說：「你是上海的國立音樂專科學校畢業，可以繼續進修。聽說作曲一途在中國並不受到重視，想要作音樂的話還是得來東京。雖然學校很無聊，但是西洋新出的唱片、樂譜和雜誌都很快就運到，可以學到最新的知識。而且這樣一來我們就可以每天見面，一起討論音樂了。」

文光不即回答，慎重地想了一會兒後道：「我也想要繼續進修，不過不想去日本。」
「為什麼？」江文也奇道。
「就拿二兄來講好了，我總感覺你有一點『日本臭』。」文光靦腆地笑道，「譬如你昨晚要洗身軀的時候發現家裡只有茶箍，沒有日本的雪文（肥皂），還堅持出去買回來才肯洗……」
「用日本的雪文洗起來才香啊，怎麼顛倒會臭？一粒雪文也讓你覺得礙目了，哈哈哈！」江文也不顧車廂裡還有其他乘客，放聲大笑。
「雪文當然只是小事。」文光想了想道，「可能二兄每次提到日本，總是講得多好多好，行為舉止也完全是日本派頭，都不像是臺灣人了。」
「我就是日本臭，怎樣！」江文也故意裝出驕傲的樣子，接著爽朗一笑，「你弄錯了，我其實是『文明臭』，不是『日本臭』！日本的文明確實比較進步，所以我講日本好。但是等我將來去歐洲，學到更加進步的文明，就會——改用法國出產的 Savon 啦！」
兩人開懷大笑，連拘謹的文光都捧著肚子笑個不停，兄弟倆彷彿回到童年般親暱。
他們在淡水乘船到三芝，再徒步前往埔頭坑祖厝。兩人先到祖厝去拜公媽。上香時江文也心裡忍不住想，這神主牌上是歷代祖先的神靈，那麼散居在外的子孫們，包括長年在日本生活的自己，死後魂魄也會回到這裡來嗎？這實在太超越現實，令他感到不可思議。
接著他們在附近的田間散步。他在大稻埕出生，六歲移居廈門，十三歲前往日本，對這裡其實非常陌生，走著走著，不由覺得奇怪，自己究竟想在這裡尋找什麼呢？然而在一個岔路口，他想起兒時每逢過年和清明，全家都會回來謁祖、掃墓。母親抱著年幼的弟弟，一邊牽著自己的手慢慢走，而自己總是調皮地掙脫開來到處亂跑。這麼一想，這片風景遂變得比較親切了些。

午後風起，一片雲霧迅速從海上飛來，猶如巨大的浪濤爬上草山頂，將整個山頭籠罩住，三芝這邊也飄起綿綿細雨。路旁的小廟平日原本就無甚香火，在陰雨中，簡陋而空蕩戲臺上更有一種淡淡的寂寥之感。

一隻白鷺鷥從山前滑翔而過，張開翅膀斜斜降落在翠綠的水田之中。四周極為安靜，只聽得到雨絲密密下著的細微聲響。

江文也霎時如遭電擊，忽然沒來由地想起上田，心中震動。其實這兩個地方很不一樣，上田是遠山環繞的盆地，視野較為開闊，氣候也較涼爽；而埔頭坑是在低矮丘陵間的溪谷裡，兩邊都是山坡，樹木在強烈的日照下顯得十分濃綠，稍稍爬上高處還可以看見大海。照理說這兩個地方沒有太多共通之處，但也許是那白鷺鷥不管在何處都一樣的飛行姿態，激起一股莫名的強烈鄉愁，兒時和中學時代的回憶在腦中混雜成一團。

他的心中頓時浮現出一段詩句：

我被這透明的風景擁抱，親吻著柔脣般的香甜空氣
假裝沉睡在如同豐乳的自然中，完全沉溺無法自拔
大地是父親的額頭，黑土是母親深邃的眼睛
遠古的亞細亞深刻智慧，在我靈魂中甦醒過來……

江文也思潮洶湧，然而不能再構成任何完整的句子，只覺腦中有東西不斷膨脹，無法控制。他大叫一聲拔腿就走，口中念念有詞如陷瘋魔，文光愣了一下趕緊追上去，但任憑怎麼叫喚江文也都不理會。直到搭上淡水線火車，他才驚魂甫定似的道：「我剛才快要發狂了。」

文光緊張地道：「二兄到底怎麼了，不要這樣嚇我。」

「我的頭殼裡有好多音樂，需要一架鋼琴，趕快把這些音樂寫下來。」江文也揑著眉心。

「咱們可以去有鋼琴的厝邊借用……」

「我也很想花幾天時間把曲子寫出來，但是馬上要跟藤原歌劇團到關西巡迴演出，明天一定要搭船回日本。」江文也焦躁地不斷敲著前座的椅背，引得前面的乘客莫名其妙地回頭觀看。

次日江文也趕到基隆搭船，他記得船上的餐廳有架鋼琴，因此一登上船便提著行李直奔餐廳而去。然而那是一架不堪使用的爛琴，不僅嚴重走音，許多琴鍵更受潮變形，無法靈活彈奏。

四天航程中，船隻遭遇大風浪。江文也的內心也同樣澎湃激昂，他被一股龐大的意念控制著，腦中湧現著各種映像：赤崁樓、漢人市街、三芝祖厝、鄉間小廟、報刊上的原住民照片、水田上的白鷺鷥；同時又混雜著各種聲音：日本民謠旋律、後浪漫派功能和聲、印象派朦朧色彩、巴爾托克式的變奏和節奏轉換……全都攪成一團，沒有片刻平靜。

好不容易從神戶上岸轉搭火車，回到家後江文也立刻跳上鋼琴瘋狂彈奏，也不管深夜擾鄰，一氣呵成地譜下《來自南方島嶼的交響素描》，並在樂譜最後的空白處寫下一首詩：

我在那裡看見華麗盡美的殿堂

爾托克的作品帶給他勇氣，他才真正擺脫那些紛雜的念頭。當他聆聽這闋傑作時，心中生出一種純粹的嚮往，那是對美好事物不帶任何功名心的自然共鳴，激發出有為者亦若是的志氣。

「好！」江文也暗暗低吼一聲。

乃ぶ嚇了一跳，但她早已習慣江文也各種出奇的舉動，於是問：「你想到什麼啦？」

「我要開始著手創作下一個作品，主題是〈千曲川的素描〉。」

千曲川是長野縣的主要河川，也是上田的母親之河，因此乃ぶ欣然笑說：「寫過第一故鄉臺灣之後，接著是第二故鄉嗎？」

「江先生、江太太！」這時一名戴著圓框眼鏡，學究似的人物向他們打招呼。

「箕作先生！抱歉沒有看到你進來。」江文也起身握手，對方是和他約好在這裡見面的箕作秋吉，也是本回音樂比賽的入選者。

「這是巴爾托克剛發表的音樂吧。」箕作秋吉瞇著眼睛聽了一會兒，「江先生真是注意樂壇的最新潮流。」

「巴爾托克好厲害，歐洲的音樂已經前進到這個地步了啊，日本的作曲家不趕快跟上不行。」江文也並不和他客套，逕自興沖沖地談起音樂來。

「你說得對！」箕作秋吉看他們的杯子空了，問道：「要不要再來杯咖啡？我請客。」

「那真是太好了，謝謝。」江文也大方接受，乃ぶ根本來不及推辭。

服務生很快送來三杯咖啡，江文也和乃ぶ熟練地打開糖罐，各自丟了五顆方糖到杯子裡。箕作秋吉大吃一驚：「兩位還真是大『甘黨』，加這麼多糖。」

「不是啦。」江文也理直氣壯地說，「這裡咖啡很貴，一杯就要三十錢④，是其他地方的三倍。我們為了聽音樂坐久一點，所以故意弄得很甜，才不會一下子就順口喝完了。」

「哈哈哈，原來如此，江先生實在是個直率的人，令人欣賞。」

「叫我的本名阿彬吧，江先生什麼的太彆扭了。」

「那麼你也叫我小吉好了。」

「小吉！」江文也不管對方比自己大了快二十歲，老朋友似的就這麼叫起來。

箕作秋吉坐定之後問道：「阿彬這次獲獎的作品非常精采，令人佩服。冒昧請問，你從事作曲多久了，這是第幾個作品？」

「這是我初次創作！」江文也充滿自信，態度不卑不亢。

「喔！那真是不得了。」箕作秋吉慎重地說，「那麼我就開門見山，我想大力推薦你加入我們『近代日本作曲家聯盟』，請你務必同意。」

「非常榮幸！」江文也不假思索地爽快地答應。

乃ぶ比較謹慎，問道：「請問聯盟的活動是什麼？」

「聯盟是由幾位同好成立的，目的在推動發展純正音樂。日本的音樂發展還很落後，所謂『作曲家』多半只寫一些民謠或兒歌，學院派則死守過時的浪漫主義，跟不上時代。這樣下去，日本的音樂將永遠無法從藝術層面開展，所以成立這個聯盟，讓作曲界趕上世界的潮流。」箕作秋吉熱切地說，「我們也正努力和世界樂壇多加聯繫，不僅邀請知名音樂家訪問日本，也推薦會員的作品參加國際音樂競賽。」

江文也興奮起來：「喔！與世界潮流銜接嗎，這也是我的願望，請務必讓我參加。」
「聯盟的入會資格很嚴，目前只有三十幾人參加。我們相信你將會是一支生力軍，歡迎你！」
「太好了，往後請多指教。」
「那麼就請你從下個月的例會開始參加吧，請提交作品以便彼此觀摩砥礪。」箕作秋吉提醒道，「當然，複雜的管弦樂作品是不可能發表的，請以鋼琴和室內樂為主。」
「我明白了，我會提出作品。」江文也充滿鬥志。

♫

江文也寫作速度飛快，不到幾天時間便寫好〈千曲川的素描〉，興沖沖揣著稿子前往在目白的鋼琴專門學院，參加近代日本作曲家聯盟的昭和九年（一九三四）十二月例會。他冒著細雪到了鋼琴專門學院，只見門口冷冷清清，不像有舉辦什麼活動的樣子，疑惑地探頭張望。
「阿彬！這邊！」
江文也循聲望去，箕作秋吉站在遠處揮手，於是高興地跑上前去，這才瞥見牆上不起眼的地方貼著一張聯盟例會的手寫海報。
箕作秋吉帶領江文也到一間有鋼琴的大班教室，幾個文質彬彬的男人正脫了西裝外套在搬椅

4　三十錢：約合現在的日幣六百圓，或新臺幣一百八十元左右。

子。箕作出聲招呼，為大家彼此介紹，這些人也都是會員。領頭的清瀨保二見到江文也，用九州腔大聲道：「你就是江君？來得好，我們正缺人手——快來搬椅子！」

江文也聞言，隨即脫了外套和大家一起工作。箕作秋吉抱歉道：「聯盟沒有經費，什麼都得自己來，真是不好意思呢。」江文也報以燦爛一笑：「這樣才好玩！」

等場地布置好，其他會員也陸續到了。今天有將近二十人出席，其中有幾位還是從外地趕來的。箕作秋吉首先正式介紹新入會的江文也，簡述他的經歷，並讓他優先彈奏〈千曲川的素描〉。

箕作秋吉接著上場發表，他的本行是物理化學，閒暇時才學習音樂，走的是理性的新古典主義路線，頗為工整規矩；清瀨保二則用日本音階創作，結合法國印象派常用的四、五度堆疊，創造出朦朧又哀愁的特殊情調；另一位讓人印象深刻的是松平瀨則，他用日本東北地方的民謠和日本雅樂聲調來創作。其他會員的作品參差不齊，風格差異甚大，但無不賣力演出。

會場上除了會員們之外，只有一兩位音樂雜誌編輯，別無一般聽眾，未免顯得有些寂寞。發表結束後會員們一邊將場地復原，一邊認真討論彼此的作品，很快便陸續散去。

在往路面電車站的路上，箕作秋吉問道：「怎麼樣，初次參加例會的感想如何？」

「太棒了。」江文也愉快地說，「看到大家這麼努力創作屬於自己的音樂，將西洋技巧作各種各樣的嘗試，實在很有意思。」

「你覺得今天誰的作品最好？」

「當然是我！」江文也想也不想就答，兩人相視哈哈大笑。

「阿彬今天的作品確實很精采，不過還是太『正統』了些，以你的個性，我原本期待能夠聽到更大膽的嘗試。」箕作秋吉苦笑道，「雖然就『大膽』而言我也沒有立場說你，不過總之我們努力更加精進吧。」

這時一群醉漢迎面而來，在滑溜的雪地上歪歪斜斜地走著，險象環生。二人閃到路旁讓開，醉漢們卻毫不在意，歡快地大聲唱著時下流行的〈東京音頭〉：

哈啊～～如果要跳舞、跳舞的話，就跳東京音頭，喲咿喲咿！

在花之都、花之都的正中心，嘿呀！

呀嘟哪唆咧，喲咿喲咿喲咿！

哈啊～～說到賞花就是上野喲，說到看柳就是銀座，喲咿喲咿！

賞月就到隅田的、賞月就到隅田的屋形船，嘿呀！

呀嘟哪唆咧，喲咿喲咿喲咿！

箕作秋吉看著醉漢們走遠，慨歎道：「這就是時下流行的『音樂』，一般人只追求原始的官能快感，對藝術無動於衷。日本追求文明開化也已經幾十年了，卻仍然是這樣的俗謠大行其道，如此國民素質怎麼能夠提升呢？」他走了幾步，又搖頭道：「相較之下，我們努力創作的曲子，卻幾乎完全沒有人欣賞，想想實在有些寂寞。」

「滿好的嘛，這些歌謠雖然鄙俗，但能夠反映一般人普遍的心理感受。法國六人組不就認為，已成一灘死水的當今樂壇需要非嚴肅性的刺激，低級趣味也可以被提煉成高級趣味呢。」江文也笑道，「如果在國內沒有知音，就往外國去找吧。」

「你說得對，想法真是開闊。」箕作秋吉讚賞地看著江文也，「我們的創作在日本無人可以演奏、無人理解，甚至也無人評論，只有積極和國際樂壇聯繫，才是唯一的出路。」

♫

「什麼，下次的例會要幫山田耕筰慶祝五十大壽？」清瀨保二不滿地叫了起來。

箕作秋吉點點頭：「沒錯，山田教授是音樂界的領袖，二十多年來對國內音樂界有很大的貢獻，在座各位都受過他的照顧，而且他也是本聯盟的會員，於情於理都應該祝賀他。」

江文也歡然說：「好啊，我曾在御茶之水的音樂學校跟他學過作曲，也以歌手身分灌錄過幾張他創作的歌曲呢。」

「別開玩笑了。」清瀨保二氣悶道，「江君不知道嗎，我們近代日本作曲家聯盟就是為了反對以山田為首的官學派才成立的！」

「是這樣啊？我第一次聽說。」江文也啞然。

「你什麼都不知道就來了啊？」清瀨保二又好氣又好笑，「我們可是『山田帝國』裡的在野黨，一心想要打倒官學主流派呢。」

箕作秋吉解釋道：「山田老師早期大力引進西洋古典音樂，被譽為日本的葛令卡。只是他主掌日本音樂界卻又太過堅持德奧後浪漫派風格，對日本的新音樂發展幫助有限。」

「不用說得那麼客氣，山田根本就是一大阻礙。」清瀨保二率直地道，「他得到文部省支持，將德奧音樂奉為正統的官學派，影響所及，東京音樂學校風氣保守，只知培養教師而忽略音樂創作人才。只要山田那幫官學派一天把持音樂界，日本音樂就沒有未來。」

江文也有些疑惑：「小吉剛才說山田老師也是會員，可是聯盟的目標又是要打倒他，這不是很奇怪嗎？」

清瀨保二不以為然地說：「他加入聯盟只是為了把『在野黨』收編到他的旗下，平時例會根本從不出席，他生日我們還得替他慶祝？」

「再怎麼說，我們舉辦例會的場地畢竟也是透過他的關係才借到的。」箕作秋吉勸道，「清瀨兄不必那麼介意，我們只是在活動名稱上加個慶生的名義，邀請他出席就是了，例會流程還是照平常一樣進行。」

「沒奈何。」清瀨保二依然心有不甘，「哼，我來多彈幾首印象派風格的作品，讓他氣得吹鬍子瞪眼。」

一個月很快就過去了，聯盟例會照樣在鋼琴專門學院舉行，除了舞臺後方掛上祝賀布條，並沒有特別準備。但會場的氣氛截然不同，到場人數幾乎是平常的三倍，幾個權威樂評人和音樂雜誌社總編輯都來得齊全，把小小的教室塞得擁擠不堪，會員們都格外慎重乃至於緊張。

接近開場時，門外忽然一陣騷動，遠遠就聽到人們恭敬地問候：「山田教授！」「老師好！」隨著喧鬧聲接近，一個大人物野火燎原似的領著一串跟班走進會場。他穿著一襲張揚的藍色西裝，下頜長而尖，上唇留髭，目光逼人，正是有音樂界「大御所（太上皇）」之稱的山田耕筰。

在簡短的致詞之後，例會隨即展開。會員們全都拿出最大膽前衛的作品來發表，卯足勁演出，猶如向山田耕筰示威似的。江文也雖然對山田耕筰沒有惡感，但為了和會員們一較高下，也交出接近無調性的曲子〈戲劇性的快板〉。

演出結束，箕作秋吉宣布：「今日的新作發表就到此為止，接下來是例行的自由討論時間。」這時一名「官學派」的來賓卻大聲喊道：「請山田教授講評。」接著大力鼓掌，會場頓時一片掌聲。

坐在前排正中的山田耕筰緩緩起身，以評審者的姿態道：「今日承蒙諸君以音樂為本人祝賀，真是無上光榮。」他講了幾句客套話之後很快切入正題，「我國自從引進洋樂以來，雖然許多才能之士投身努力，發展步調卻仍然十分緩慢，甚至還有倒退的跡象。這都是因為作曲家們沒有掌握正確發展方向，把時間浪費在種種試行錯誤，殊為可惜。諸君必須及時醒悟，回歸以調性與和聲為基礎的音樂正統，才能讓日本的音樂發展飛躍猛進。」此言一出，半數來賓熱烈鼓掌，聯盟的骨幹會員們則露出尷尬或者不滿的神色。

「山田老師，能否容我請教？」清瀨保二忍不住發言。

山田耕筰臉上微露不快，但仍隨即道：「請說。」

清瀨保二道：「兩年前，活躍於巴黎的作曲家湯斯曼來日訪問，介紹了巴爾托克和史特拉文斯基等人的音樂，令人大開眼界，我們也才明白日本的音樂發展有多麼落後。世界潮流不斷推進，我們不加緊追趕，卻要回頭抱著德奧浪漫派不放嗎？」

「德奧音樂乃是人類智慧最高的結晶，也是美與善的最高形態。調性音樂以最安穩的主音為中心，其他不穩定的音則圍繞著主音發展，這樣才能創造最和諧悅耳的音樂。」山田耕筰語音鏗鏘，權威不可侵犯地道，「從巴哈、貝多芬以降，歷代天才們努力不懈，才成就如此完美的音樂體系。然而現在某些號稱前衛的人士，竟然要將前人累積的智慧徹底拋棄，故意用不和諧的噪音擾亂聽眾的耳朵，實在荒唐至極。這種手法也許可以一時譁眾取寵，卻絕對難存長遠。」他一說完，附從者們又是一片叫好。

清瀨保二在肚子裡嘀咕：「言下之意就是要我們這些『屬音』和『噪音』老老實實服從你這個『主音』罷了。」但他沒敢大聲說出來。

「德奧音樂雖好，但是在今天已經失去生命力了！」人群中忽然有一個聲音針鋒相對地反駁，來賓們全都轉頭看是誰這麼敢於頂撞，原來竟是江文也。他又說：「貝多芬中期的音樂也曾被同時代的人們反對，後來卻開拓了全新的道路，成為經典。人類智慧不斷演進，沒有道理停滯不前。誰能說將來白遼士、法雅、拉威爾和穆索斯基不會成為音樂史上的里程碑呢？」

山田耕筰不以為意地笑道：「喔，江君這是自比為貝多芬嗎？」來賓們聽了哄堂大笑。

江文也理所當然地說：「身為作曲家，自然要有成為貝多芬，不，超越貝多芬的志氣！」

官學派的諸井三郎調侃道：「若是貝多芬復生，聽到諸君今天的演出，也要大皺眉頭、掩耳逃走吧！」這話又引起一陣訕笑。

江文也自信滿滿地說：「如果貝多芬活在現代，看過火車、大砲和鐵工廠的話，他也會贊同我們的。」

「說得好！」清瀨保二接口道，「一味模仿過時的德奧，日本音樂的未來在哪裡？」

山田耕筰看了二人一眼，答道：「很簡單，在調性音樂與功能和聲複音法的基礎上，用日本的音樂素材來創作，甚至直接為日本傳統音樂配上管弦樂也行。」

「這……」清瀨保二還想說下去，諸井三郎制止道：「太失禮了！山田教授是第一位創作交響曲的日本人，多次在紐約卡內基廳指揮演出自己的作品，還獲得加拿大歌劇院委託譜寫歌劇，在世界樂壇上有很高的成就。山田教授不僅把西洋音樂精髓帶回國內，也把日本文化傳遞給世界，以實際行動示範日本音樂未來的方向，後輩應該虛心學習！」

山田耕筰傲然道：「諸井兄過獎了，說示範不敢當。不過我最近完成的《長唄交響曲第三號·鶴龜》，就是將完整的傳統長唄[5]配上管弦樂伴奏，我認為這是邦樂與洋樂融合的理想嘗試。」他忽然語重心長地道：「西洋和日本的文化差別太大！要想拉近這兩者間的距離，實在是非常艱難的任務。日本國民普遍對洋樂陌生，不要說近代音樂了，就連貝多芬和華格納都不懂得欣賞。說起歌劇，一般人想到的就是『淺草歌劇』這種通俗娛樂。日本音樂界的當務之急是培養教師人才，提升國民素質，讓更多人理解音樂，而不是自我滿足地埋頭創作一些不知所云的噪音。」

聯盟成員們雖然抱持創作新音樂的理想，但多半是沒有政治野心的文化愛好者，聽到山田耕筰拿出的大道理，頂多只在心裡嘟囔，並不發言爭論。

山田耕筰見眾人不語，滿意地道：「那麼，我就先告辭，再次感謝各位的祝賀。」說罷率著一班隨從逕自去了。

「說我們寫的是噪音，自己卻將《鶴龜》直接配上管弦樂？虧他想得出來！」清瀨保二待山田等人走遠，忿忿不平地道：「哼，他自己以德奧正統的傳承者自居，只要音樂界全體服膺德奧浪漫派，別人就永遠無法挑戰他的地位！」

♫

美好的星期日下午，江文也和乃ぶ到新宿神宮外苑的日本青年館，欣賞新交響樂團的定期音樂會。散場之後，他們來到外苑著名的噴水池，許多孩子繞著池邊奔跑追逐，大人們則愜意地欣賞外苑廣闊的洋式庭園風景。

「貝多芬的《英雄》寫得真好，不愧是獻給拿破崙的交響曲。」江文也暢快地說。

「因為是獻給拿破崙所以好嗎？」乃ぶ取笑道，「你的『拿破崙病』又犯了。」

「沒錯！」江文也將右手插進腹部的襯衫縫隙，裝模作樣道，「拿破崙出身南方小島科西嘉，又身犯胃病，卻能席捲全歐洲……」

乃ぶ伸手搔他肚子，江文也扭動身體躲開，嘻嘻哈哈從池裡沾了水彈去。乃ぶ挺著八個月身孕不便閃避，被噴了幾滴水珠，板起臉喝斥：「呔！」江文也笑說：「妳這表情好像在喝斥小孩子呢，將來一定是個嚴格的母親。」乃ぶ瞪眼道：「阿彬都已經是堂堂作曲家，又快當父親了，還像小孩似的沒個樣子。」

---

5 長唄：誕生於江戶時代的日本傳統音樂，由數名歌者和三味線為中心組成，間或有鼓和笛加入。最初是歌舞伎演出時的伴奏，後來演變成單獨演奏形式。

江文也凝視乃ぶ圓而豐潤的臉，即便相處多年，仍被她成熟大方的氣質所吸引，讚歎道：「三色堇今天看起來特別美。」

「挺著大肚子也美嗎？」

「美！」江文也認真說，「對阿彬我來說，什麼樣的歌曲都不如妳來得美，什麼樣的藝術都不如妳那麼高貴深刻、令人陶醉。」

「噗！」乃ぶ笑了出來，「這些話以前聽了很感動，現在聽起來不知為什麼卻有些好笑呢。」

「我是認真的啊。」江文也肅容道。

乃ぶ牽起江文也的手，悠哉地往南邊的銀杏道走去。她一路並不說話，默默享受春風吹拂在臉上的感覺，一時望著天空，滿臉幸福地背誦起來：

當我相信自己不需要幸福的那一天起，幸福就降臨在我身上了；是的，從那天起，我相信我不需要用什麼來換取幸福。我明白最好的啟示是以身作則，因此，幸福便成了我的使命。……快！別忘了最美的花兒最早凋謝，快點嗅聞它的芳香，不凋的花沒有氣味。為喜悅而生的靈魂，除了會使你嘹亮的歌聲變得黯淡無光的東西外，就不必再害怕什麼了！

「好棒！這是什麼？」江文也驚喜地問。

「紀德的《新糧》，去年剛出版的新作。」乃ぶ輕描淡寫地說。

「妳買的嗎，我怎麼沒看到？」
「就在書架上啊——因為是法文原版，阿彬當然沒發現。」乃ぶ得意洋洋。
「這樣我永遠都追不上妳了啦。」江文也低吼一聲，「這麼新的書應該還沒有日文版吧，可惡，我就算翻字典也要把它讀破。」
「老老實實先把法文基礎學好才對吧。」乃ぶ像是在對孩子說教似的。
「說到學法文……」江文也忽然神色一黯，「最近發生的一些事情，讓我發現自己實在太天真了。」
「怎麼了？」
「沒想到國內音樂界的保守勢力這麼強大，把德奧後浪漫派當成聖典來膜拜，不僅音樂學校不教韋伯之後的東西，比賽和發表會的審查也不容許前衛音樂。」江文也有些喪氣，「用後浪漫派技巧寫日本風情的曲子對我來說一點都不難，但寫得再好也不過是成為山田老師的模仿者罷了，這樣就算得獎也沒什麼意思。」
乃ぶ正色道：「這麼消沉不像阿彬的作風，你不是說要走向世界，怎麼這樣就弱氣了？」
「妳誤會了。」江文也連忙說，「我就是看清國內環境封閉，所以下決心要去法國留學三年，和世界最先進的作曲家一較勝負。只是一想到必須跟妳和小寶寶分開那麼久，就覺得很捨不得。」
「楊肇嘉先生答應資助你了？」乃ぶ詫異道。
「不，還沒有。但我無論如何都要去，就算生活再艱苦也無所謂。」江文也堅定地道，「前些時，楊先生大力贊助的楊清溪飛行士很不幸在臺北墜機過世了，這件事情似乎帶給他很大的打擊。雖然他說不會改變支持臺灣青年的初心，但我覺得不能太過依賴楊先生一個人，應該多爭取其他有力者。如果能夠爭取到二十個人每年贊助一百圓，支持三年，我就可以成行了。」

「什麼嘛，原來又是阿彬的夢想，害我緊張了一下。」乃ぶ歪起頭，如同看著長大成人即將離家的孩子，欣慰中帶著一點落寞。「不過阿彬的夢想總是能夠一一實現。啊，阿彬要去歐洲三年，家裡會變得寂寞呢。」

兩人默默走到銀杏道口，乃ぶ停下來端詳著四排整齊的銀杏樹：「它們好像又長高了。」

江文也看著尚未發芽、整片光禿禿的行道樹，笑說：「換成妳的『銀杏病』發作了，每次到這裡都這麼說。春天還沒來，樹仍在冬眠呢。」

「這些銀杏可是從一千六百棵種苗裡選出來的，先在內苑的苗圃培養了十五年，才挑選最健康的一百四十六棵，種成這三百公尺長的並排行道樹。」乃ぶ如數家珍地說，「它們移植到這裡才十二年，樹形還很單薄，但我總忍不住想，等到七十多年之後它們一百歲，變得高大茂盛，會是多麼壯觀的情景呢。」

江文也扳著指頭一算，驚喜地道：「這些銀杏只比我們大兩歲，屬於同一個世代。等我們一百歲再一起來看它們，就知道會有多壯觀啦！」

乃ぶ無限期待地看著江文也：「到時候阿彬的音樂成就也會跟它們一樣高大喔！」

「那當然！」江文也見銀杏道上沒有車輛，一時竟跑到馬路中央，一邊歡呼一邊奔跑了起來。

第四章　齊爾品先生

「『歐洲音樂已經碰壁停滯，未來音樂發展非靠東方之力不可。各位與其一心想去歐洲留學，不如到箱根去聽藝者唱民謠！』——齊爾品先生確實是這麼說的。」箕作秋吉嚴肅地說。

「太令人訝異了，來自音樂之都巴黎、舉世聞名的齊爾品氏，竟然會這麼說。」江文也難以置信，「然而說什麼不如去箱根聽民謠，也太過頭了吧。」

「這次齊爾品再度訪問日本，聯盟本月的例會將改為齊爾品先生懇親會，你要是不信的話，可以當面請教他。」

「我一定要去！」江文也大聲說，「去年夏天他來日本時，我還是一介歌手，到處巡迴演唱，沒有機會見到他。這次絕對不能再錯過了。」

他們討論的，是俄國出身、流亡巴黎的音樂家亞歷山大．齊爾品。他出生於聖彼得堡，一九一七年俄國革命後全家輾轉流亡到巴黎，與當代大音樂家們時相往還，建立了作曲和演奏上的聲望。昭和九年（一九三四）六月齊爾品首度赴日訪問，造成轟動，江文也雖然也在報章雜誌上看到報導，但當時他尚未嘗試作曲，也沒有機會與齊爾品見面。時隔半年多，江文也一躍而躋身作曲家之列，已非昔比，迫不及待參加這次懇親會。

懇親會在銀座的日本樂器社舉辦，會員們一早就到得齊全，嘰嘰喳喳地討論著關於齊爾品的一切。時間一到，落地玻璃窗外忽然遮上一道頎長的身影，大門開處，身高超過一百八十公分的齊爾品穿著一襲貴氣風衣，氣度優雅地走了進來，眾人熱烈拍手歡迎。江文也仔細端詳，發覺齊爾品比想像中年輕，大約三十歲後半，頭髮往斜後方梳理得光亮整齊，兩道劍眉壓在眼睛上，帶著不可逼視的英氣。

齊爾品交替使用俄語、法語、德語、義語和英語跟眾人交談，態度親切幽默，不擺一點架子而自有大家風範。音樂人相見，還是用音樂交流最為直接。幾句場面話交代過，會員們便輪流上場演奏自己的得意作品。齊爾品安然坐著欣賞，並不顯露特別的表情。

最後輪到江文也，他提出的是〈城內之夜〉鋼琴改編版本，原本拜託清瀨保二幫他彈奏，但這時齊爾品卻緩緩站了起來，用他寬厚的聲音道：「我事前讀譜，發現接下來這首作品是從管弦樂曲改編過來，很有意思。如果原定的演奏者不介意的話，我希望能夠親自彈奏。」現場頓時一陣騷動，江文也更是受寵若驚。

齊爾品坐上琴椅，那架平臺鋼琴霎時像是兒童玩具般縮小了許多。他大手一舒，演奏的正是〈城內之夜〉。江文也心中一震，不覺張大了嘴巴——齊爾品竟然在鋼琴上彈出猶如管弦樂團般豐美又充滿迫力的音響，從最開頭的朦朧幽微，到殿宇在黑暗中倏然大放光明，以至於最後一切悄然而逝，完美表現出江文也心中的意象，不但比音樂比賽時新交響樂團的詮釋更有深度，甚至超過江文也自己的想像。

江文也暗暗讚歎，原來這首曲子能有這樣的表現啊，這才是一流音樂家的境界，相較之下自己不過只是一個外行人罷了。同時他也醒悟到，這首管弦樂改編的曲子，一般鋼琴家恐怕無法呈現完整的架構和氣勢，所以齊爾品決定親自演奏。想到這裡，不由得異常感激。

一曲奏畢，全場歡聲雷動。原本有些人對江文也受到的待遇還有些嫉妒，在聽到齊爾品的演奏之後也完全折服。

「聽說這是你的第一個作品？」齊爾品好奇地問江文也。

「是的。」

「雖然可以再修飾，但格局寬闊、樂思精巧，你很有才華。」齊爾品點頭道。

「先生把這首曲子彈得比樂譜上的還好，謝謝您！」江文也衷心致謝。

第一階段日本作曲家的作品演奏結束，進入中場休息時間，但沒有人離開，全都圍著齊爾品聊了起來。清瀨保二問道：「先生上次來的時候，提出『不必到歐洲留學，到箱根去聽民謠更好』的高論。我聽了之後真的到箱根去了幾趟……」眾人聞言哄堂大笑，清瀨保二認真續道：「老實說，我在那裡整天聽藝妓演唱，但一時卻沒有聽出什麼特別的感想。先生去年聽的是哪一位藝妓的演出啊，真有那麼好嗎？」

齊爾品幽默地說：「那是我的商業機密，可不能告訴你。」眾人又是一陣大笑。齊爾品接著解釋：「民謠反映人們真正的心聲，歐洲音樂發展到現在已經過度虛偽，遠離人們內心的歌唱。因此我在各地旅行的過程中，到處尋找歐洲失去的東西；還有，如果過度研究古典技法，反而會破壞現代感覺，這是我奉勸各位不要去歐洲的另一個原因。如果日本不想孤立於國際樂壇，就必須使用當代的共同語言——也就是二十世紀的音樂語言。」

箕作秋吉問道：「然而現代音樂畢竟是建立在古典和浪漫樂派的基礎上，如果跳過不學，豈不是根基不穩嗎？」

齊爾品說：「如果日本現在要蓋一座發電廠，不會參考美國四十年前的設計，而是直接採用最先進的技術。現代音樂發展已經進入另一個境界，太多古典理論只會綁住各位的想像力。」

眾人若有所悟，連連點頭。這時江文也率直地提出一個所有人都想問卻又不敢出口的問題：「日本音樂界的前輩山田耕筰等人認為，德奧傳統才是根本，而所謂的新音樂只是死路一條。山田先生是國際知名的音樂家，又在德國受過嚴格訓練，他的看法您覺得如何？」

齊爾品明快地回答：「日本文化和產生貝多芬、舒曼和舒伯特的文化沒有任何共通之處，不該一味模仿，而是要找尋自己的道路。在我看，日本和俄國犯了同樣的錯誤，也就是過度引進歐洲音樂手法而失去了自己的音樂。西方帶給俄國物質文明，卻摧毀了我們的固有精神，我不忍心見到這樣不幸的事情在日本發生。」

眾人聞言精神一振，清瀨保二卻仍不能完全信服，追問道：「就算後浪漫派已經過時，歐洲最新的潮流是印象派和新古典樂派，我們不到歐洲去仍然很難掌握其精髓。」

「清瀨先生認為印象派如何？」齊爾品反過來問他。

「印象派是最棒的音樂，我研究之後徹底成為它的信徒。」

「印象派在歐洲已經走入歷史。」齊爾品直截了當地說，「不僅在發源地的巴黎樂壇反對印象派，連拉威爾也否認自己是印象派。」

眾人一陣驚呼，尤其是幾個自以為站在潮流前端的印象派作曲家大受衝擊。清瀨保二茫然道：「那麼先生認為，未來的潮流究竟在哪裡呢？」

「在日本、在中國，在任何地方。」齊爾品語氣優雅而篤定，「過去以德國、法國和義大利為中心的歐洲權威再也不能呼風喚雨，外圍的『甜甜圈區』即將興起，也就是俄國、匈牙利、波蘭和羅馬尼亞。但我認為甜甜圈區的風光不會太久，它們畢竟還是歐洲的一部分，世界音樂的未來絕對需要亞洲的力量！」

「喔——」會場上一陣騷動，有些人大感振奮，有些人則更加迷惑。

江文也說：「您是說，要擺脫傳統規則的限制，結合現代技巧和民族風格來創作？」

「正是如此！」齊爾品嘉許地看著他，「我在歐洲時獨創了一套九聲音階，這次到亞洲，也在中國和日本的音階中得到很多啟發，這就是很好的發展方向。」

箕作秋吉說：「齊爾品先生的高論解開了我們長久以來的困惑，真是佩服。但我一時之間還是無法完全理解，能不能為我們做更具體的說明？」

「我直接演奏一套曲子。」齊爾品一轉身坐回鋼琴前面，「這是我最近在中國旅行時，受到當地音樂啟發而寫的《五首音樂會練習曲》。」

他幾乎不曾準備，雙手一揚便疾風驟雨地彈了起來。這五首曲子是〈皮影戲〉、〈古琴〉、〈敬獻中華〉、〈木偶戲〉和〈吟誦調〉，他用珠玉墜落般的快速跳動表現皮影戲偶的光影趣味，用左右手迅速交換彈奏描繪木偶的靈動，並在鋼琴上模仿古琴的各種音響。〈敬獻中華〉最令人驚歎，他模仿琵琶的輪指飛奏和摭分彈奏，生動鮮明扣人心弦。所有曲子都使用中國音階，又在西方音樂的基礎上寫成，結合成既熟悉又充滿新鮮感的驚奇效果。

眾人聽得目眩神馳、心旌動搖，不曾想像能有這樣東西合璧的音樂，更驚歎於齊爾品在鋼琴上準確表現的中國古樂器語法。江文也聽得胸口熱血洶湧，眼前隱隱約約看到一條光明坦途，卻又捉摸不定，心中既驚奇又亢奮，還帶著一種航向未知的顫慄。

全曲在〈吟誦調〉描繪寺廟經誦的悠遠意境中結束。只聽得僧人虔誠低誦，木魚鐘磬不時敲擊，殿宇中香煙繚繞久久不散……眾人大氣也不敢喘一聲，雖然門外傳來銀座大馬路上的喧囂，也仍掩蓋不住繞梁不盡的嫋嫋餘音。待齊爾品把指尖從琴鍵上抽開，起身行禮，眾人才如同大夢初醒般瘋狂喝采。

「我在上海設立『齊爾品作曲獎』，獎勵有中國特色的鋼琴創作，徵求到很精采的作品。」齊爾品頓了一頓，鄭重宣布：「在日本，我也聽到許多優秀的作品。因此我和東京龍吟社談妥，將出版一系列『齊爾品選集』，收錄日本和中國作曲家的作品，不僅在本地出版，也會在巴黎、柏林、威尼斯和巴塞隆納發行，讓世界樂壇看到東方音樂的成就。」眾人聞言高聲歡呼。

在日本，出版樂譜成本極高，日本國內市場又很小，除了山田耕筰這樣的大老，或者少數家庭背景優渥的人，一般作曲家幾乎沒有出版樂譜的可能，何況是把作品發行到歐洲去，因此齊爾品慷慨的計畫使作曲家們大受鼓舞。

但齊爾品的計畫不只如此，他舉起手請大家安靜，發表了更加振奮人心的消息：「我在此宣布設立『齊爾品賞』，徵求日本作曲家譜寫的管弦樂曲，演奏長度在十分鐘以內。九月一日截止報名，首獎獎金三百圓！」

「三百圓，這麼高額的獎金！」「好，我一定要參加！」現場徹底騷動起來。

♫

接下來這個月的聯盟例會，發表作品數量驟減——許多會員都把全副心力投入創作管弦樂，準備參加齊爾品賞。不過因為要討論聯盟改組的重大議案，還是來了很多人。清瀨保二首先發言：「我已經想好一句有力的宣言——日本的音樂必須脫離模仿的時代，進入創造的時代。請聽充滿朝氣的『明日音樂』！」

「太好了！不愧是清瀨君。」眾人鼓掌通過。

箕作秋吉接著說：「聯盟現在能做的事情非常有限，充其量只是同好之間彼此觀摩、打氣。我和齊爾品先生長談過幾次，希望透過他的力量，讓聯盟加入國際組織，他同意大力協助我們。因此我在這裡正式提案，本聯盟將名稱由『近代日本作曲家聯盟』改為『日本現代作曲家聯盟』，成為國際現代音樂協會總會的支部。同意的人請舉手。」

「同意！」「同意！」眾人紛紛舉手。

「也算我一票！」門外不期然傳來山田耕筰的聲音，他領著幾位官學派的會員大踏步走進會場。「抱歉來遲，剛才蒙文部大臣召見，一時走不開——聯盟加入國際組織是好事，我非常支持。」

眾人紛紛起身迎接，箕作秋吉禮貌性地說：「能得到老師的理解真是太好了。」

「看來這個齊爾品確實在日本颳起一陣旋風啊。」山田耕筰傲然道，「我也見過他了，是很有魅力的人。他還邀請我擔任『齊爾品賞』第一階段國內資格審查的主持人。」

箕作秋吉客套說：「老師當然是審查主席的不二人選。」

「齊爾品賞固然是一大盛事，但外國人一時興起跑到日本來辦的比賽，不免像是隅田川上的花火，絢爛有餘而難以持久。」山田耕筰擺出積極的姿態說，「對於新人創作，要持之以恆地鼓勵才有效果。我剛剛爭取到文部省支持，由東京音樂協會舉辦定期發表會，邀請財界和文藝界重要人士參加，在如此菁英會集的場合上，專門發表國內新人作曲家的作品，達到真正的鼓勵。」他目光掃過幾位重要的聯盟會員，不容拒絕地說：「請大家務必提交作品！」

他話一說完，不少會員便暗暗交頭接耳。清瀨保二和箕作秋吉互看一眼，明白山田耕筰不願讓齊爾品在日本擴展影響力，打算仗著政商勢力收編聯盟，也透過發表會審查奪回作曲界的主導權。然而對多數會員來說，齊爾品賞得主畢竟只有一個，能夠在正式場合發表作品仍然具有很大的吸引力。

江文也卻不曾考慮到這些，興沖沖問：「參加齊爾品賞徵選的作品，也能同時參加新人作品發表嗎？」

「原則上不反對，不過徵選的標準有所不同。」山田耕筰露出不以為然的表情，「齊爾品呼籲放棄西洋化的正途，鼓吹現代派和民族派，這種錯誤觀念必須導正。齊爾品先生恐怕忘記了他自己擁有完整的西洋音樂背景和創作技巧，日本作曲家沒有這種基礎，貿然走向現代派只會導致失敗。」

箕作秋吉個性溫和，本來就沒有用激進手段和主流派對抗的心思，事實上聯盟在政治上也沒有抗拒的本錢，因此說：「感謝山田教授的周到設想，聯盟會全力協助會員提交作品。」

「還有一件更重要的事。」山田耕筰環顧眾人，刻意停頓一番之後才道，「關於柏林奧林匹克競賽的藝術競技⑥，其中音樂部門將在國內進行預選。日本體育協會邀請在下和諸井三郎教授等人擔任審查員，以昭和十一年（一九三六）二月五日為期限，受理報名。」

「喔──是奧林匹克！」會場頓時一陣騷動。

「正如各位所知。」山田耕筰等會場安靜下來，繼續說道，「德國是世界音樂中心，因此這次對於音樂項目格外重視，各國音樂家也會踴躍參加。大會規定樂曲必須彰顯奧林匹克精神，或者與運動情景有關的主題。」

眾人紛紛低聲道：「彰顯奧林匹克精神？那麼可以寫一首勝利之歌。」「奧林匹克慶典序曲。」「運動員的進行曲！」

山田耕筰續道：「日本共有五個參賽名額，在下和諸井教授都會共襄盛舉，剩下的三個名額，歡迎諸君爭取。這是我國音樂界向全世界展現實力的絕佳舞臺，距離截止雖然還有一年多，請各位及早準備，交出最佳作品！」

眾人熱烈鼓掌，人人躍躍欲試。清瀨保二暗暗嘟囔道：「什麼嘛，審查委員自己就占了兩個

---

6 奧林匹克競賽藝術競技：一九一二至一九四八年間奧運曾舉辦藝術競技，分為繪畫、雕刻、文學、建築與音樂五大項，唯每屆舉行的細項不盡相同。

名額，這樣還能公平審查嗎？」箕作秋吉趕緊暗示他噤聲，自己心裡卻想，原本希望透過聯盟改組直接和國際樂壇接軌，這下官學派卻又將音樂界掌握得更加牢固了。

山田耕筰宣達已畢，隨即離場，眾人紛紛起身恭送。他經過江文也身旁時用慰勉的語氣說：「請江君務必提交作品參加新人發表會，我很看好你——你是帝國殖民地作曲家中代表性的一人，將來在中央樂壇會有一席地位，要好好努力創造具有地方色彩的日本音樂啊！」

「新人發表會和奧運我都會參加。」江文也率直地說，「我不認為音樂有什麼中央與地方的差別，風格雖然不同，但只要是好作品都能打動人心。我會努力創造打動人心的音樂！」

山田耕筰無所謂地笑了笑，領著一眾跟班去了。

♫

「齊爾品先生！我完成兩首鋼琴作品了，是傑作！」江文也拉著大腹便便的乃ぶ，快步走到日比谷公園松本樓的戶外雅座，也不顧齊爾品和夫人正在用餐，興奮地拿出一份樂譜遞了過去。乃ぶ覺得此舉太過失禮，連聲道歉，齊爾品卻絲毫不以為忤，順手接過便讀了起來。

風帶春信，溫暖和煦。松本樓旁著名的大銀杏樹已經發出點點新芽，陽光照在青嫩的葉尖上，顯得格外纖柔而充滿生機。齊爾品專注閱讀著，夫人也跟著停了下來，以免刀叉碰觸瓷盤的聲音打擾他。齊爾品腳邊還有一隻他撿來的小狗，彷彿理解主人心意似的安靜趴著。

「第一首〈青葉・若葉〉，使用半音和跳躍的音符表現滿樹嫩葉在微風中活潑轉動的姿態，就像此刻我們眼前看到的景象一樣，很有意思。」齊爾品的目光在譜面上移動，江文也跟著閱讀，兩人腦海中同時流動著一樣的音樂。

「第二首頗有荀白克的風格啊。」齊爾品換過一份樂譜，「標題是〈燈下〉，這些不協和音程製造出多變的音響效果，確實就像風中的燭火，不斷閃動、隨時都在改變亮度和顏色，表現出人在燈火下的感受。」

乃ぶ將齊爾品說的法語翻譯成日語，江文也開心得幾乎要流淚：「這完全就是我創作的想法，您真是我的知音！」

「《齊爾品選集》第一冊將會在今年由龍吟社出版，我選錄了你的〈城內之夜〉。今天這兩首作品同樣精采，你對最新音樂技法的嘗試不只超越日本同儕，即便在歐洲也屬於最前衛的。」齊爾品轉頭對妻子說：「維克小姐，江先生是我在日本遇到最有天分的作曲家。」

「我並不懂前衛音樂，但看得出來江先生是個有才華、有前途的年輕人。」露易絲娜・維克禮貌性地回答。她出身美國鋼鐵大王家族，與齊爾品的婚姻乃是新興豪商和沒落貴族各取所需的結合，婚後人們仍稱呼她為「維克小姐」。

「謝謝先生和維克小姐的稱讚！」江文也燦爛地一笑。

齊爾品將樂譜交還給江文也：「繼續寫，累積到一定的數量就能單獨出一本作品集。」

「我個人的作品集嗎？」江文也腦中立刻浮現出印著自己名字的樂譜封面，並且想像世界知名音樂家拿在手上端詳的模樣。

「不只是樂譜出版，我還會在今年夏天的歐洲巡迴演出中彈奏你的作品，並且灌錄成唱片、寄給各國的廣播電臺播放。」齊爾品說。

江文也一邊看著齊爾品，一邊拉著乃ぶ的手聆聽，等乃ぶ翻譯出來，頓時手舞足蹈：「謝謝您，齊爾品先生，我不知道該怎麼表達我的感謝！我現在也沒有能力回報您，真是抱歉。」

「不需要回報。」齊爾品微微一笑，「我到東方，本來就是為了找尋音樂的未來，同時發掘人才，已經得到很多收穫。」

「我一定會努力創作許多好作品當作報答。」

這時那隻小狗靠了過來，搖著尾巴在齊爾品身邊嗚嗚低信。齊爾品用力摸摸牠的頭，從餐盤上取了塊肉放在掌心給牠吃。

乃ぶ說：「好可愛的狗，是您在附近撿到的嗎？」

「就在這公園裡。」齊爾品滿足地看著小狗吞嚼，「公園管理員要把誤闖進來的小狗捕走，我趕緊制止他們，說這是我的狗。」

「牠叫什麼名字？」乃ぶ問。

「Тушканчиковые.」

乃ぶ無法複述這個俄語單字，江文也則怪腔怪調地模仿：「淘氣客……契……」引得齊爾品哈哈大笑。

「多契岡契科維。」齊爾品又拿了一塊肉給牠，「這是『跳鼠』的意思。」

江文也看看這隻有點畏縮的小狗：「牠看起來很乖巧，您為什麼要幫牠取這樣活潑的名字？」

「我以前最喜歡的狗就叫這個名字。」齊爾品臉上透露著既滄桑又寬慰的神色，「俄國發生共產黨的變亂之後，我們全家逃離聖彼得堡輾轉流亡到法國，多契岡契科維一路跟著我們，直到抵達巴黎為止。牠整天無憂無慮地跳來跳去，讓我們常常忘記正在流亡的路上，因此牠對我有特別的意義。」

「原來如此，您真是個重感情的人。」乃ぶ說，「您的家鄉是個什麼樣的地方呢？」

「我對聖彼得堡的回憶總是充滿音樂。我父親是作曲家和指揮家，母親則是聲樂家。我們家裡經常舉行音樂會，像是林姆斯基—高沙可夫、葛拉祖諾夫、史特拉文斯基和普羅高菲夫等大音樂家都是常客。」齊爾品莞爾一笑說，「柴可夫斯基的弟弟伊波利特就住在我家樓下，我十四歲時試著寫一首曲子，想要模仿大銅鐘的聲響，於是把一塊鐵板反覆丟到地上，然後在鋼琴上揣摩。結果伊波利特上門哀求說，請可憐我這個多病的老頭子，我可以忍受你練琴，但無法忍受你的即興演奏！」

「哈哈哈！」江文也放聲大笑。

「我非常懷念那裡，但不知道這輩子還有沒有機會再回去？如今只有在夢中和音樂裡才能回到我的故鄉。」齊爾品忽然看著江文也，「說到這個，我聽說你是從日本的殖民地臺灣來的，而臺灣原本是中國的一省，所以你並不是日本人，怪不得作品風格和其他人很不一樣。」

江文也說：「是的，我祖父從福建來到臺灣，我是第三代。」

「說到臺灣，你會想起什麼？」

「我對臺灣記得的事情不多，但不知為什麼，我現在想起的是祖父教我們兄弟背誦漢文詩詞的情景，他常說我們的祖國是三百年前滅亡的明朝，也就是漢人統治的中國。」

「這樣說來，你跟我一樣，都失去了祖國。」齊爾品感慨地說，「你懷念你的故鄉嗎？」

「我不太曾想過這個問題。」江文也聽了乃ぶ的翻譯，歪著頭看著她好一會兒才說：「在我出生之前，臺灣就已經歸屬於日本。而我自己六歲離開臺灣去廈門，十三歲來到日本，之後就一直待到現在，三個地方都可以說是我的故鄉，但有時候我覺得自己並沒有故鄉。」

「那我明白了。」齊爾品點了點頭，「我發覺你的作品裡並沒有中國音樂的元素，就算是以臺灣為主題的〈城內之夜〉，也只有日本調式而沒有中國調式。你是否採用了任何臺灣或中國的民謠曲調？」

「沒有！」江文也率直地說。

「為什麼？」

「我覺得不需要，我描寫的是自己主觀所感受到的臺灣。把眼睛看到的、肌膚感覺到的，用音樂表現出來，這樣就十分足夠了。」江文也顯得胸有成竹。

「嗯，這是很有詩人氣質的作法。」齊爾品沉思了一會兒，「你目前這樣創作也不妨，但我必須提醒你，一個人就算再敏銳，光靠感覺容易錯失很多東西。每個文化的音樂都有特別的語法，那是從人們的精神和血脈裡來的。就像波蘭之於蕭邦、俄國之於柴可夫斯基，留心研究自己民族的音樂，將會大大拓展創作視野，更有可能開啟你所意想不到的精神層面。」

「不過現在我覺得腦中靈感源源不絕，也許暫時還不需要呢。」江文也一派樂天，「我認為音樂是沒有界線的，我想要創作全世界的人都能欣賞的作品。」

「一個藝術家首先必須忠於自己的文化，把自己的民族生活表現在音樂上，才會具有國際價值。」齊爾品慎重地告誡，「何況你雖然有天分，創作的技巧仍然不足，就拿〈城內之夜〉來說，管弦樂法很有問題，並非立刻可以拿到國際上評比的作品。」

「是……」江文也原本自視甚高，沒想到一直肯定自己的齊爾品卻忽然給予這麼嚴厲的評價，一時不知該說什麼才好。

齊爾品說：「不必灰心，腦中想像的聲音跟樂團實際演奏的差距很大，就算是再有經驗的作曲家，也經常反覆修改。」

「請您教我管弦樂法，不，請您教我跟音樂有關的所有事情吧！」江文也忽然大聲地懇求。

齊爾品嚴肅地說：「我的指導很嚴格，而且你必須拋開作曲家的自尊從頭學起，這樣你也願意跟我學習嗎？」

「要！」江文也跳了起來，用蹩腳的法語說：「我們可以現在就開始嗎！」

第五章　故鄉在遠方

除夕當天，江文也仍然勤快地工作著，他坐在鋼琴前面猛搔著頭苦思，一邊自言自語：「不行，這樣太平庸了，一定要寫出讓大家嚇一跳的作品才行。」

「不好意思——」外面有人呼喚，江文也聽出是郭柏川的聲音，跳起來搶在乃ぶ之前去開門，歡然道：「阿川你來啦！」

郭柏川顯得有些滄桑，人也瘦了一圈，在門口拘謹地欠身問候：「百忙之中冒昧打擾，真是非常抱歉……」

「你在客氣什麼啦。」江文也熱情地把他拉了進來。

乃ぶ也挺著肚子出來迎接：「歡迎！柏川先生來和我們一起過年真是太好了。」

「乃ぶ快生了吧。」郭柏川說。

「預產期是月底。」乃ぶ笑吟吟地說。

「真是可喜可賀！」郭柏川慎重地鞠躬，乃ぶ也認真回禮。

江文也卻不多寒暄，從書桌上拿起一個紙包遞了過去：「我前幾天經過畫具店，看到這包法國水彩紙，摸起來觸感真好，想說你應該用得著就買下來了，給你。」

郭柏川用臺語說：「你不要黑白買，這很貴的，而且我也很少畫水彩。」他一打開紙包，忍不住用日語讚道：「不愧是法國的製品，太精緻了。」

江文也笑說：「就知道你會喜歡。」

「我不要，我不喜歡平白收別人的東西。」郭柏川遞了回來。

「我又不是『別人』，而且這些畫紙對你有用，對我沒用。」江文也不由分說又塞了過去，郭柏川推辭不掉，只好勉強收下。

郭柏川走進起居室，看見展在鋼琴上的譜紙，問道：「最近在寫什麼？」

江文也聞言，立刻「咚」地坐到鋼琴前面一邊示範一邊解釋：「我仿效巴爾托克寫一系列《斷章小品》，每首最長不超過四分鐘。你看，我用了各種技巧，譬如這是印象派，這是無調性，還有民族派跟機械派。這些都是我的生活記錄，就像是用音樂寫的隨筆或詩集一樣。」

郭柏川聽到「詩集」，忽然想起來，連忙從提包裡取出兩本書：「差點忘了，這是你交代我去買的兩本《馬拉美詩集》。」

「太好了！」江文也迫不及待接過來，一邊朗讀一邊嘖嘖讚歎：「真是天才！」

郭柏川好奇問道：「你為何一次要買兩本一樣的？」

「其中一本是要給你的。」江文也頭也不抬，「身為畫家不多閱讀各種文學作品不行。」

「這個……你明明知道我和文學無緣。」郭柏川哭笑不得，「不過你已經送我畫紙，這本書就當作是我自己買的。給我一本的錢就可以了。」

「別在意！」江文也爽快地站起來，打開錢包掏了半天，卻只摸出幾枚銅板，於是揚聲喚道：「三色堇，先拿兩圓給我。」乃ぶ從廚房到裡間拿錢出來，江文也盡數塞在郭柏川手裡：「如果你不收，變成我強迫你買了原本沒興趣的東西，兩個人都不開心；我送給你，心裡覺得歡喜，你想到我的時候也會拿起來翻一翻。」

郭柏川講不過他，只好說：「阿彬，你不能這樣亂花錢。」

「這是藝術家必要的精神食糧啊。」江文也滿不在乎地道。

郭柏川用臺語說：「你太太把寶石和戒指都賣掉了，若是為著生活所費還沒話可講，但你卻是拿去買鋼琴、買樂譜、聽音樂會。現在囝仔就要出世，你要為她們母子多打算……」

「沒關係啦。」江文也天真地一笑，「有錢就買，沒錢自然就不會再買了。」

郭柏川待要再說，大門外忽然傳來郵差叫喊：「江文也掛號信。」江文也衝出去收信，隨即又蹦蹦跳跳進來大聲宣布：「楊肇嘉先生從臺灣寄烏魚子來，除夕夜有烏魚子可以吃了！」

乃ぶ歡然說：「是烏魚子呢，這樣一來就有臺灣的過年氣氛了。」

「記得要用臺灣作法，加點酒烤得半軟半硬黏乎乎的才最好吃……」

「好，好，我都做過好幾次啦。」乃ぶ隨即把烏魚子拿進廚房去料理。

江文也並不顧忌郭柏川在場，直接取出楊肇嘉的信閱讀，結果從信封裡落下一張紙片。郭柏川是習武之人，眼明手快一把抓住，發現那是張金額一百七十圓的匯票。

「你還在接受楊先生的贊助啊？」郭柏川把匯票交給江文也，「我就沒辦法這麼坦然接受別人的錢。」

「古來的大藝術家也常常接受王公貴族資助，要是貝多芬計較這些的話，他就無法寫出《命運》跟《合唱》，那是人類文明多大的損失！」江文也俐落地把匯票收進錢包，「不過這筆不是贊助，是我寫信跟楊先生借的，畢竟囝仔就快要出世了嘛——這下寫譜費、買樂譜和買書的錢都可以還清，真是鬆了一口氣。」

郭柏川看著江文也，雖然無法認同他這些想法，很奇怪卻也不會反感，甚至從他身上感染到自己欠缺的熱情。

「啊，烏魚子出味了，這下終於可以過年了。」江文也精神百倍地呼喊，一面吆喝郭柏川幫忙把矮桌拉到起居室中間，準備上菜。

三人一起吃年夜飯，江文也夫婦並不飲酒，但特地為郭柏川準備了一瓶清酒和他喜歡的鮮魚。郭柏川自斟自飲，漸漸拋開平日的抑鬱，顯出豪邁本色。

江文也挾起一片烏魚子，搭配蔥白絲送進嘴裡：「這就是新年的味道，鼻子裡好像可以聞到臺灣的新年空氣，真是不可思議。」

郭柏川不置可否，默默喝了一杯，忽然語出驚人：「我上個月回臺南，跟太太辦好離婚了。」

乃ぶ聞言驚呼，江文也則一副理所當然的樣子說：「怪不得你在千繪的葬禮之後消失了好多天，我還以為你到哪個山上修行去了，原來是回臺南。也好啦，總算了結一樁多年心事。」

「太晚了。」郭柏川悔恨地說，「我十年前就該結束這段錯誤的婚姻，只是每次一提出來，祖母就會劈頭痛罵我母親，說都是她沒把我教好。我顧忌母親在家裡的處境，總是無法堅持。然而再怎麼說，我都應該在千繪生前辦好這件事，卻又不斷逃避，直到千繪死了才醒悟，已經太遲了。她的葬禮一結束我就動身回臺南，辦完離婚又馬上回來。這竟然是我唯一能為千繪做的事。」

「柏川先生這段時間辛苦了呢。」乃ぶ安慰說，「千繪小姐知道你的心意，在那個世界也會感到幸福的。」

「我真是個沒用的男人，千繪跟著我實在太不幸了。」郭柏川猛然喝起悶酒。

「不，千繪小姐和柏川先生在一起的時候總是非常喜悅。」乃ぶ說，「她欣賞你的才華，也幫助你不斷精進，這是她一生最大的幸福，我完全可以理解。」

江文也見郭柏川依然沉浸在自責的情緒中，忽然一躍而起，走到鋼琴前彈奏起來。「這是你們最喜歡的《波希米亞人》第三幕，咪咪告別魯道夫時的歌曲。」他邊彈邊唱道：

當初你的愛情召喚我幸福而來，如今咪咪要回去孤單的小巢，繼續繡那些假的花朵。再見，我們好聚好散。聽我說，聽我說……在枕頭下有頂粉紅色的帽子，如果你願意，就留著當作我們愛情的紀念。

再見，再見，我們好聚好散！

一曲唱畢，郭柏川已然淚流滿面，乃ぶ也同感傷悲。

「敬千繪！」原本不喝酒的江文也倒了一杯酒，三人舉杯致意：「敬千繪！」

郭柏川說：「千繪走了，我跟老家也徹底決裂，從此就是孤身一人。」

「從此就是完全自由的新人生。」江文也把盤子推到郭柏川面前，「來啦，吃烏魚子。」

郭柏川挾起一塊烏魚子端詳了老半天：「我是為了逃離臺灣才到日本來的。對我來說，臺灣是一個封建、保守與沉悶的地方，那裡的日本人又特別愛欺壓臺灣人，所以我並不懷念臺灣。在東京，至少我可以沉浸在繪畫的世界裡，追求屬於自己的精神領域。」

「故鄉，故鄉，那究竟是什麼樣的地方？依我說，藝術就是我們心靈的故鄉，完全按我們的想法來創造，沒有人可以干涉得了！」江文也像是發表什麼藝術宣言似的慷慨激昂。

「阿彬，你的臉怎麼那麼紅？」郭柏川奇怪地看著江文也。

「真的耶，臉好熱。」江文也摸摸臉頰。

乃ぶ說：「他不能喝酒啦，光一杯就會醉，等一下要開始胡言亂語了。」

「哈哈，啊哈哈。」江文也樂不可支，忽然高聲朗誦起詩人室生犀星的名句：

故鄉是要在遠方思念的
且要悲傷歌唱的
縱然
潦倒於異鄉淪為乞食者
也已不再有歸返之所
獨自在都城暮色中
緬思故鄉淚潸潸

抱著這心緒
回到那遙遠的都城吧
回到那遙遠的都城吧

江文也吟罷竟抱著郭柏川痛哭起來，郭柏川起初覺得手足無措，但很快感染江文也的情緒，跟著嚎啕大哭，惹得乃ぶ也在一旁偷偷拭淚。

當天深夜，寺廟的除夜鐘聲從四方遠近響成一片時，東京忽然下起了大雨。

「好大的雨呢，像是要把一九三四年的一切好事與壞事、美麗與醜惡一掃而空似的。」退了酒的江文也靠坐在拉門邊，從縫隙往外看。

乃ぶ說：「無論如何，現在都是一九三五年了。昨天是好是壞都已經成為過去。」

郭柏川仰頭喝下最後一杯：「你們的孩子就要在月底誕生了，真是讓人覺得充滿希望。」

「決定了。」江文也忽然大叫一聲，嚇了兩人一跳。「孩子就叫純子。」

乃ぶ莞爾道：「又還不知道是男孩還是女孩，這麼快就決定名字。」

「我不管，她一定是女兒。」江文也賴皮地說，「我喜歡女兒嘛，她一定會跟三色菫妳一樣漂亮的。」

「好好好。」乃ぶ掩嘴而笑。

「純子啊，是個好名字呢。」郭柏川欣慰地說。

「這場雨把東京沖刷乾淨，也把人心徹底清洗一番，恢復純潔了。」江文也聽著嘩嘩作響的雨聲，充滿期待。

二十五天之後，江文也和乃ぶ的長女順利誕生，取名江純子。

♫

新年伊始，江文也立即投入創作。在齊爾品啟發之下，他頗有豁然開朗之感，靈感源源不絕地噴湧而出，大膽嘗試各種技法，也自由地使用日本和中國的調式，毫無限制地揮灑自己心中所感所想的一切意識。

但連著幾日幾夜的創作，身心都有點吃不消，不得不停下來休息。這天他想起郭柏川約了自己去看展覽，遂出門往本鄉的方向而去。

本鄉是一塊臺地，可以展望富士山和關東平原。冬末春初之際陽光特別暖活，晴空澄澈美麗，清透的空氣洗滌著身心。江文也爬上一大段階梯，回頭一望，不由得「哇！」地暗讚一聲，駐足觀看良久，心底湧出一種沒來由的鄉愁。那並不是任何具體的故鄉記憶，而是一種濃濃的時光情懷，天地悠悠、逝者已矣，對已然遠去的青春無限惋惜。

江文也穿過幾條小巷，來到郭柏川獨自賃居的地方，喊了幾聲沒人答應就直接闖了進去。只見郭柏川背對著房門正在練習素描，牆邊擱著幾十幅畫作，全都背板朝外。

郭柏川穿著一襲寬鬆的舊和服，雙唇緊抿目光凶悍，一掃日前的頹相。他看是江文也來，點了點頭，緊蹙著眉心繼續練習。這號表情江文也早看慣了，也不奇怪，逕自走到牆邊把幾幅畫翻過來觀賞，一面說：「最近請你畫畫的委託不少啊。」

郭柏川沒好氣說：「那種俗氣的東西看了整個心肝亂操操，乾脆蓋起來。」

江文也歪著頭看他正在練習的素描基本功，又問：「這不是一年級的功課，你都畢業兩年了怎麼還在練這個？」

「學校教的都不對，我必須從頭來過。」郭柏川起身摸出一件舊外套穿上，一把奪過江文也手中的畫擱回牆邊蓋好，煩躁地說：「走啦！」

郭柏川腳步強健地走在本鄉的坡道上，讓江文也有些追不上。

「你說學校教的都不對，是怎麼回事？」江文也氣喘吁吁地問。

「等一下你看了梅原老師的畫就知道。」郭柏川不多打話，腳步似乎又更加快了。

兩人來到一間展覽館，門口大書「祝梅原龍三郎氏入選帝國美術院會員展覽會」。一進館中，江文也立即就被展覽的畫作深深吸引，那是在成熟的西洋繪畫技法上表現極具自我特色的風格。異常奔放的色彩、絢爛豪華的裝飾性，和一種內斂的東方氣氛毫不衝突地融合在一起。

郭柏川聚精會神地默默看了良久，忽然問：「阿彬，你感覺怎樣？」

「比你畫的有意思多了。」江文也興味盎然地欣賞著，「太精采了，這是一種理想的新藝術境界，很值得參考。」

「唉。」郭柏川暗暗嘆了口氣，「我若是早幾年認識梅原老師，就不會走那麼多冤枉路。」

「郭君，來得正好！」一位方頭闊臉、氣度不凡的中年男人走了過來，豪邁地道：「肚子餓了，吃飯去。」

「梅原老師！」郭柏川幫彼此介紹，「這位是新銳作曲家江文也，是我的臺灣同鄉。」江文也躬身說：「久仰大名，初次見面……」

「彼此彼此。」梅原龍三郎漫不經心地伸手一握，拉著兩人就往外走，「快走，要是被那些『大人物』們發現我想溜出去，那就走不成了。」接著一邊竊笑著「逃離」會場。

江文也在大門口看到那塊看板，祝賀道：「老師榮膺帝國美術院會員，真是可喜可賀。」

「唷！那是官學派要籠絡我們在野派，才硬給我套上這個頭銜，推都推不掉。」梅原龍三郎渾不當一回事。

江文也大感好奇：「原來美術界也有官學派和在野派的分別？」

梅原龍三郎說：「當然有，二十多年前就開始啦，鬧得波瀾萬丈，比你們音樂界早多了。」

郭柏川說明道：「梅原老師是反官展[7]的，我參加了三次臺展之後不再申請，就是受到老師的啟發。」

「為什麼要反對官展呢？」江文也問。

梅原龍三郎正色道：「官展是官學派用來控制國內美術發展方向的工具，我等藝術家應該堅持人格的優越和尊嚴，忠於自己的內心來創作——我這次實在推拒不掉帝國美術院的提名，只好在將來透過評選去鼓勵具有在野精神的作品。」他一本正經說到一半，忽然語氣一轉，「附近有

7 官展：日本官方主辦或主導的美術展覽。在中央有帝國美術院展覽會（簡稱帝展），在臺灣則有臺灣美術展覽會（簡稱臺展），一九三八年改為臺灣總督府美術展覽會（簡稱府展）。

家不錯的壽司店，去吃嗎？」

師長提議，一般來說後生晚輩不敢拒絕，但江文也卻毫無顧忌地說：「不行，我讀中學的時候有一次吃生魚片，結果肚子裡長了好多寄生蟲，後來就再也不吃了。」

「那就吃洋食吧！」梅原龍三郎領著二人來到一家巷子裡的洋食館，走進木造房子裡，狹窄的一樓客座只有三張桌子，都已坐滿客人，老闆娘請他們脫了鞋上二樓。從狹窄的木梯爬上去，樓上是和式榻榻米通鋪，擺著幾張黑漆矮方桌和許多坐墊。梅原龍三郎選了一張靠窗臨街的桌子，入座後老闆娘拉上紙門，便隔成一間小包廂。

他們各自點了炸豬排、咖哩蛋包飯和可樂餅。等餐點一上桌，梅原龍三郎挾起一塊炸豬排煞有介事地說：「這就是洋體和魂，我等藝術家追求的最高境界。」

「哈哈哈，老師真幽默。」江文也不拘禮數放懷大笑，「不過剛才拜見老師大作，那是真的在洋畫的技巧上畫出了日本美感，太令人佩服了。」

「還差得遠。」梅原龍三郎斷然否定，「我確實試圖在油畫裡放入日本美的意識，也嘗試過很多辦法，比如說在油彩裡加入日本岩顏料、大膽使用金色和黑色、採取浮世繪和淋派的表現法、模仿桃山藝術潑辣而絢爛的風格等等……但歸國這二十二年來，至今仍然每日持續苦悶地和繪畫搏鬥，心中理想的繪畫尚未完成。」

江文也吐了吐舌頭：「二十二年！以老師這樣的天才，花費二十二年也還無法成功嗎？」

梅原龍三郎瀟灑地說：「一個藝術家如果能在一生中成就自我風格，那就已經很完滿了，二十二年根本不算什麼。」

江文也忽然指向郭柏川：「不過說到苦悶，這傢伙才苦悶呢，他想把以前學到的技巧都忘掉，從頭開始練習素描。」

「好！有這樣的決心，郭君將來必會有大成就。」梅原龍三郎毫無顧忌地批評起來：「國內的美術學校都被官學派占據，保守派一開始還用『保護國粹』的名義把留洋派教師逐出學校，限制重重，阻礙日本洋畫發展。郭君在學校學的就是這一套，會苦惱是應該的。」

江文也說：「原來如此，想在東洋和西洋之間尋求平衡，真是不容易的事。那麼老師認為要有所突破，最重要的事情是什麼？」

「這麼多年來，我體悟到最難的事情不是技巧。」梅原龍三郎雙手抱胸，看著桌面上虛空的一點。「我是京都人，年輕時熱心研究過桃山美術，那些『國粹派』會的招數我並不陌生；巴黎的恩師雷諾瓦教我觀察自然、掌握顏色，和畢卡索等好友的往來也多有啟發，洋畫的技巧早就有所掌握，只是純熟度的問題而已。」

江文也無限神往：「能夠直接向雷諾瓦學習，太令人羨慕了。」

「江君也喜歡雷諾瓦的畫嗎？」梅原龍三郎隨口問。

「雖然他的畫很棒，但我喜歡馬諦斯。」江文也心直口快。

「哈哈哈，你是野獸派嗎？好極了！」梅原龍三郎歡快地笑道。

「阿彬別打岔，老師正說到要緊的地方。」郭柏川轉向梅原龍三郎，殷切地問：「老師，到底突破的緊要之處是什麼？」

梅原龍三郎嚴肅起來，一瞬間目光變得十分深邃：「奇妙的是，困擾我最久的問題，竟然在於『日本是什麼』、『日本美的意識到底是什麼』。這樣說也許很奇怪，難道身為日本人卻不知道日本是什麼嗎？但我思考得越深，卻越感覺迷惘，最後終於醒悟——新開殖民地的悲哀，無非就是傳統精神的欠除！」

郭柏川疑惑道：「新開殖民地？」

「沒有錯！」梅原龍三郎緊緊盯著二人，「表面上日本是一個對外殖民的現代國家，但在文明程度上，日本其實也只是西洋的文化殖民地罷了。一味跟隨歐洲風潮起舞，沒有自己的文化生命，這是東洋藝術最大的危機。」

兩人聞言大感震撼，郭柏川沉痛地說：「如果連日本都算是『新開殖民地』，那麼臺灣豈不是受到雙重殖民？」

「單就文化的角度來看，日本和臺灣其實同病相憐。」梅原龍三郎道，「這樣說對兩位也許有些失禮，但作為雙重殖民地的藝術家，你們更要好好思考自己的精神根源是什麼。」

「精神根源……」江文也和郭柏川一時都沉默了。

「好好思考吧，這是藝術家一輩子的課題。」梅原龍三郎歡快地笑了起來，「記好，不要一味追求外來的新規，以純然精神的手法表現清新的美感，才是追求堂堂藝術的正途。」

郭柏川倏然抬頭：「就是老師常常說的『生命力』嗎？」

「對！」梅原龍三郎說，「我年輕時看遍京都的桃山美術，最讓我感動的往往不是大寺院裡知名宗匠的作品，而是一些小佛寺的障壁畫，那種自然素樸的韻味真是無比親切，充滿一種不會消失的新鮮感。」他身子前傾，彷彿正看著那些古畫。「畫家們用支那傳來的唐畫技法，去描繪自己眼睛看到的日本風景，正確地面對現實中的東西，開展出生氣蓬勃的世界。」

在這一瞬間，三人彷彿置身在寧靜小廟的方丈內，裡外並無遊人香客，四面障壁畫默默綻放著輝煌的金色光芒。

江文也問道：「我想請教老師，齊爾品先生說與其去歐洲留學，不如去箱根聽民謠！但我很迷惑，還是非常想去巴黎或維也納留學，為此苦惱萬分。」

「不如去箱根聽民謠嗎？真是激進的發言呢。」梅原龍三郎摸著飽滿的下頜，沉吟道，「歐洲是有歐洲的問題，齊爾品對這些弊病深惡痛絕才這樣說。但他畢竟是歐洲人，已經充分掌握歐洲音樂的內涵。亞洲人若不實際到歐洲去一趟，無法領略西洋文化的精妙之處，那不只是技巧這麼表面的東西，還有空氣裡面的一切。」

「具體來說是什麼，譬如說是光線？」江文也問。

「光線也只是表面的東西。」梅原龍三郎拿起啤酒杯大口一飲，「那是西洋人的生活方式、思維方式。是革命、憂鬱，也是解放和自由！」

「自由！」江文也眼神發亮。

郭柏川益發鬱悶：「只有去歐洲才感受得到嗎？」

「不同地方可以給人不同的啟發，不必拘泥歐洲，去什麼地方都好。」梅原龍三郎深知郭柏川現實上的窘境，一時難以前往歐洲，於是鼓勵道：「我去過鹿兒島，壯麗的櫻島火山給我帶來很大的衝擊。我也去過臺灣，南國風景是絕然不同的刺激……對了，如果要獲得更巨大的收穫，對你們來說，還有一個地方必須去看看。」

兩人異口同聲問：「什麼地方？」

「支那！」梅原龍三郎會心一笑，「那是東洋文化的寶庫，對你們來說更有精神血脈上的連結，絕對有無窮寶藏可以挖掘！」

♫

對江文也來說，昭和十年（一九三五）的夏天充滿了迷惘、掙扎乃至痛苦。

這天他照例在鋼琴前面工作，然而對著空白的樂譜老半天，腦筋卻猶如一塊麵團似的無法轉動，裡面沒有一點音樂的蹤影。天氣炎熱得讓人心浮氣躁，他取出仁丹吞了又吞卻都無法提神，甚至用力敲打自己的頭，有點痛覺比較來勁。

「我到底是白癡還是天才？」江文也大吼一聲，猛力敲擊琴鍵。

「嗚哇──嗚哇──」房間裡傳來嬰兒的哭聲，那是才五個月大的女兒純子。江文也心緒更加煩亂，放棄地倒在榻榻米上滾了一圈，呈大字形攤著。

乃ぶ抱著純子出來，看到躺在地上的江文也，訝異地道：「你怎麼了？」

江文也看著天花板發呆：「我寫不出來。」

「小純好像有點中暑，身體不舒服才一直哭鬧，打擾你工作了。」

「沒有啦，是我嚇到小純了。」江文也一骨碌起身抱過孩子逗弄，立刻就讓她安靜下來。

「小純真是很喜歡爸爸呢。」乃ぶ一臉疲憊，強打起精神問：「早上跟齊爾品先生上課不順利嗎？抱歉我得照顧孩子，不能一起去幫忙翻譯。」

「不，不要緊的，我現在法語進步很多，溝通沒有問題。」江文也抱著女兒不住搖晃，一面在房間裡轉來轉去。「跟齊爾品先生上課之後，我才發現自己有這麼多缺點。以前什麼都不懂，光憑一股氣勢就能源源不絕創作，現在卻怎麼寫都不對。我今年必須交出更多作品，但現在連一首都寫不出來。」他越說越是煩躁，搖晃得太過用力，又把純子弄哭了。

乃ぶ趕緊把孩子接過來安撫，低聲說：「如果累了就先休息一下，不要太勉強。」

「那怎麼行，今年大比賽那麼多，有齊爾品賞、第四回音樂比賽、奧林匹克音樂競賽，還有巴塞隆納現代音樂節的徵選，我每個獎都要搶下來，讓那些自以為了不起的保守派大老甘拜下風。」江文也頹然坐在鋼琴椅上，散漫地按著琴鍵。「可是為了創作推掉演唱和錄音，一直沒有收入，日子實在難過。只為了區區五圓的賞金，我連森永製菓的社歌徵選都不得不參加。再這樣下去，恐怕得把鋼琴賣掉了。」

「賣掉鋼琴，以後要怎麼作曲？」

「不要緊，阿彬是天才，光靠腦袋就可以作曲——可是現在我的腦袋變成麵團了……」江文也猛力搔頭，「我到底是白癡還是天才？」

「你如果還沒有要開始工作，待會先幫我照顧一下小純。」乃ぶ無心再應付江文也的煩躁，「我得整理行李。」

「行李？」

「你該不會忘了，父親過世，我要搭明天一早的火車回去。」

「啊，對耶。」江文也確實沒把這事放在心上，一時歉疚起來。「妳一定很難過吧。」

「我一直希望阿彬早日成功，讓父親看到你活躍的姿態，這樣他就會理解我們的決定。沒想到父親這麼快就走了，原來他急著安排婚事，可能是已經有不好的預感。」乃ぶ虛脫似的側坐在榻榻米上，「他才五十歲呀，一定很不甘心吧。」

「對不起，我沒有顧念到三色菫的心情，自己光在那裡抱怨。」江文也坐下來抱著乃ぶ母女。乃ぶ看著懷中的女兒，絕望地說：「該不會是因為我的背叛，父親才提早離開人世吧。」

「妳怎麼會這麼想？」江文也詫道。

「父親要我招贅繼承瀧澤家，那是一個精神牢籠，媽媽就這樣被關了一輩子，幾乎每天都不快樂。所以我只想逃走，去追求充滿自由和藝術的人生。我知道這樣做會傷他的心，但是總以為來日方長，遲早可以取得父親的諒解，現在一切都來不及了。」乃ぶ哭了起來，純子感應到母親的傷心，也跟著嚶嚶唔唔地不安起來。乃ぶ猛然抬頭說：「我跟純子只剩下阿彬你了，你一定要好好對我們。」

「當然啊。」江文也表情明朗地說，「我一定會好好努力，很快就在世界舞臺上獲得成功，父親大人在那個世界也會感到欣慰的。」

乃ぶ聽慣了江文也這些樂觀的話，以往總是深信不疑，但今天不知為什麼卻覺得有些空洞，也不想回應。

江文也見她不語，小心翼翼地問：「那麼照先前商量的，這次我不回去真的沒關係嗎？」

乃ぶ放棄似的說：「反正父親遺願不希望阿彬出席葬禮，你就在家專心工作吧。」

隔天乃ぶ帶著女兒走了，留下江文也獨自在家，屋子裡頓時空空蕩蕩，頗為寂寞。然而他也有種鳥兒出籠、頑童解除禁足的感覺，很想趁機做點平常不便從事的小玩樂。

一想到這裡，江文也的心思立刻活動了起來，他把蓄音器搬到臥房蚊帳裡面，抱來一疊唱片，將音量轉到最大盡情播放，忘情喊道：「啊，好暢快！音樂就應該這樣聽啊！我可以這樣一直聽到死掉為止！」他躺在榻榻米上，耳邊是奮力嘶吼的蓄音器，眼前的蚊帳網目在白晝亮光下看得一清二楚。一隻蚊子試探地反覆接近，卻不得其門而入，他不受威脅地觀察著，臉上露出一抹得意的微笑，心思很快又被音樂拉了回去。

「西貝流士的第四號交響曲太棒了，布洛赫的五重奏更是驚人。」他專挑氣勢宏大，或者使用許多不協和音的現代音樂來播放，這些都是平常怕嚇到孩子而很少聽的曲子。「以前我並沒有聽懂，只是借用他們的形式，現在這些東西已經注入我的血液之中。啊，在我有生之年一定要寫出像這樣的作品！」

一個燦爛壯闊的樂章結束，四周乍然安靜下來，他才聽到好像有人在叫門，「郵差！」他趕緊跳起來衝出去簽收。

是楊肇嘉寄來的信，他即將在六月初到東京，為臺灣中部大地震善後向中央政府爭取援助，並且舉辦募款音樂會。他在信中強調：「文也君是臺灣音樂家代表性的一人，請務必排除萬難參加演出。」

♫

當年四月二十一日清晨，臺灣中部發生了芮氏規模七點一級大地震，造成三千多人死亡，一萬兩千人受傷，房屋全倒將近一萬八千戶，半倒三萬六千多戶。其中以新竹州苗栗郡、竹南郡，以及臺中州豐原郡、大甲郡災情最為慘重。

楊肇嘉所在的清水也屬於重災區，他在第一時間奔走協調救災，等救急事務大致底定，便在六月初前往東京向各界爭取慰問和復原協助。

「為臺灣震災募款音樂會」在日比谷公會堂舉行，主要由江文也領銜的臺灣音樂家演出，同時邀請知名日本音樂家參與。江文也以自彈自唱的方式，追悼震災中逝去的生命。他想起災區中曾到過的地方，以及熱烈支持自己的人們，深深感覺自己的生命和當地緊密相連。

然而這是江文也所經歷過最沒勁的演出，臺下坐滿政府官員和社會有力人士，卻瀰漫著一股虛應故事的氣氛。演出者對觀眾的情緒感應很敏銳，當臺下一片冷漠時，再認真的音樂家也難免氣餒。江文也依然全力以赴，但觀眾席上方的真空狀態必須由他來填補，這得花上比平常更多的力氣刻意表現，才勉強撐得住場面，因此演奏結束之後他累得精疲力盡。

散場之後，楊肇嘉和江文也碰面，拍拍他的臂膀說：「辛苦了。」

「應該的，沒有幫到什麼忙。」江文也說。

「你在臺上感覺怎樣？」

「好像只是來湊熱鬧的而已。除了幾個臺灣音樂家比較認真，其他人都不太用心。」江文也挫折地說，「兩個星期前我到外地去參加募款演唱，也沒有什麼回響。明明是這麼巨大的災害，死傷嚴重，大家卻都不關心。」

「嗯，臺灣人到底不是日本人的同胞，反應冷淡也算意料中事。看來只能從官方著手，爭取中央多撥一些經費。」楊肇嘉講完公事，接著問候近況：「這陣子怎麼樣，都還順利嗎？」

「經過齊爾品先生介紹，紐約的 NBC 電臺在五月放送了我的《五首素描》。」江文也說起這個，精神稍稍一振。「他十月還會在巴黎的音樂會上彈奏同一個作品，而且錄成唱片送到慕尼黑、維也納和布拉格的電臺放送！」

「喔！這是咱們臺灣人第一次登上世界的音樂舞臺呢，真是捷報！」楊肇嘉大感興奮，緊接著問：「接下來的目標就是奧林匹克了，國內預選什麼時候截止？」

「明年二月五日。」

「你今年還有什麼計畫？」

「九月齊爾品賞報名截止、十一月是第四回音樂比賽，還有近代作曲家聯盟推薦我參加巴塞隆納現代音樂節的徵選。然後藤原歌劇團年底舉辦普契尼歌劇《托斯卡》的日本首演，找我擔任教堂司庫的角色。」

「這麼忙！」楊肇嘉臉色一變，慎重告誡道，「事情要知輕重，你現在是臺灣音樂家的代表，一定要把奧林匹克當作最主要的目標。至於其他的事情，若有餘力再參加就好了。」

江文也苦笑：「楊先生，我也是不得已，我已經窮到要賣鋼琴了。」他見楊肇嘉微露不豫之色，趕緊解釋：「我不是在跟你要錢，平常楊先生已經幫助我太多，而且才剛發生那麼大的災難，更不能給你添麻煩。我只是想，總要能夠自己站起來，所以才必須盡量參加比賽和演出。」

「我這陣子確實顧不到賑災以外的事情，不過你的情況我了解，我盡量想辦法。」楊肇嘉說，「你要好好記住，奧林匹克是最要緊的。齊爾品賞跟國內的音樂比賽雖然也重要，但那都只有日本人參加而已，奧林匹克才是能讓臺灣人在世界出頭的大舞臺。」

「是，我會記在心裡。」

「這樣吧，如果你成為奧林匹克的日本代表，我就幫你在臺灣辦場音樂會，邀請一些有力人士來欣賞，把後援會成立起來，為你留學歐洲的計畫募款！」楊肇嘉用力拍了拍江文也的肩膀。

♫

從夏天到秋天，江文也過著異常忙碌的生活。他在創作上的收穫不可謂不豐富，寫出許多具有獨特性的鋼琴作品，然而大型管弦樂畢竟難度較高，無法完成三件令自己滿意的作品，只好放棄齊爾品賞。

他及時報名了第四回音樂比賽並通過預選。十一月十七日決賽當天，江文也首次登臺指揮自己的管弦樂作品《盆踊主題交響組曲》，雖然他一貫自信滿滿，但最後結果公布卻只有入選，沒有得到名次。

散會時清瀨保二特地過來致意：「恭喜，阿彬創下音樂比賽開辦以來連續四屆都至少入選的紀錄，乃是唯一無二的壯舉呢。」

「清瀨君，我這次的作品有那麼差嗎？」江文也難掩失望。

清瀨保二愣了一下：「為什麼這麼說？」

「這是我費盡全力寫出來，非常得意的作品啊。難道是我的藝術退步了？不，一定是這次太過前衛大膽，具有破壞性，所以才得不到評審的肯定，對吧？」

「也不是沒有這種可能，畢竟官學派和在野派的衝突已經表面化……」清瀨保二想了想，實在憋不住話，「不過既然你問了，我就老實講。你在解說冊上說，這首曲子是用信州（長野縣）民謠旋律來描繪當地的風土與人情。和你之前的作品比起來，今天這首確實算是具有日本風格，但我並不喜歡這種趣味。」

「什麼叫『這種趣味』？」

「我也說不上來具體的理由，只是從我一個日本人的角度聽來，總覺得哪裡怪怪的。」

「怎麼連清瀨君也這麼說。」江文也十分不服氣，「我也算是半個信州人啊。」

「我沒別的意思。」清瀨保二連忙說，「我一直很喜歡你的作品，尤其是現代派，還有以臺灣為主題的創作，那些都非常獨特，而且充滿新鮮感——你為什麼不繼續寫這些屬於你的東西呢？」

江文也沮喪地離開會場，幾乎是和清瀨保二不歡而散。走到大門外才發現郭柏川在那裡等他，一時像是抓到一塊浮木。

「畫畫的，你跑來這個地方幹嘛？」江文也故意說。

「聽說今天不收門票，進來避避日頭。」郭柏川淡淡地道。

「我今天大慘敗！」江文也大聲說，「走！我們去慶功，就算只有入選也還是要慶功！」

「又去松本樓？那裡太貴了，而且沒有我喝的飲料。」郭柏川搖搖頭。

「隨便你愛吃什麼，今天我請客！」

「免啦。有個臺灣人在早稻田開了一家小店，我帶你去。」

「走！」兩人隨即往路面電車站前進。走出沒幾步，江文也忽問：「柏川兄，臺灣人寫的日本音樂，聽起來真的很奇怪嗎？」

「音樂的事情我不懂，如果閉著眼睛來聽是滿像日本音樂。」郭柏川說，「但你就算寫得再像又如何？」

「我對上田、對日本也是有感情，這是發乎真誠的創作，只想得到公正的評價。」江文也邁開大步，難得走得比郭柏川還快。「我不服氣。我絕對要得到奧林匹克的獎牌，讓世人知道我真正的實力。我也下定決心非去歐洲不可，無論如何都要設法前往巴黎或維也納，就算過著最低限度的生活，也要讓歐洲人聽到我的音樂！」

第六章　大雪中的臺灣舞曲

「鈴鈴鈴鈴鈴——」電話一響，龍吟社社長草村北星立即接了起來。「喂喂，這裡是龍吟社。是，我是草村。」原本嘈雜的出版社忽然安靜下來，十幾個作曲家和記者們全都伸長了脖子，試著想聽到話筒裡的聲音。

這天是齊爾品賞宣布的日子，參賽者們和日本現代作曲家聯盟成員湧進赤坂的龍吟社，將狹小的辦公室擠得水洩不通。

到底是誰獲得大獎殊榮和高達三百圓的獎金？所有人都混雜著興奮與不安的心情期待著。自從九月一日截止收件之後，評審們經過三個月的評比，終於在今天宣布結果。人在巴黎的齊爾品親自前往日本駐法國大使館，在大使和記者面前宣布得獎名單。大使館隨即拍發電報回日本外務省，再由外務省以電話通知承辦單位龍吟社。

「我明白了。」草村北星聚精會神地聽著話筒，一邊抬起眼光對眾人宣布：「齊爾品賞二等賞得主是——松平賴則，作品《牧歌》！」

「喔——」眾人同聲驚呼，紛紛向松平賴則道喜：「恭喜松平君！」多數作曲家沒有聽到自己的名字，一方面有些失望，但也增添了奪得首獎的期盼。

「齊爾品賞一等賞得主是——」草村北星停頓了一下，忽然皺起眉頭，將話筒緊緊壓在耳朵上，艱難地複述道：「イフクベ・アキラ（Ifukube Akira），作品是《日本狂想曲》……請等一下，再次確認得獎者是イフクベ？好的，我明白了，謝謝！」

「伊福部……誰？」眾人面面相覷，都不知道得獎者是何方神聖。江文也問身旁的箕作秋吉：「你聽過這個人嗎？」箕作秋吉同樣毫無頭緒：「不，從來沒聽過。」

「我有印象。」草村北星掛上電話，在桌上的報名資料中翻找了一會兒。「有了！伊福部昭，大正三年（一九一四）生，現年二十一歲。北海道釧路町出身，北海道農學部林學實科畢業。現於北海道廳地方林課的厚岸森林事務所任職……」

「咦——北海道的林務官？」眾人紛紛議論起來，「才二十一歲！」「厚岸是什麼地方？」「松平君是我們之中最被看好的，沒想到竟然被這個叫什麼伊福部的從旁殺出。」

「挺好的嘛！」江文也愉快地說，「出現意想不到的人物，日本樂壇越來越有意思了。」

箕作秋吉附和說：「沒錯，有源源不斷的新血投入，正是日本現代音樂之福。」

東京朝日新聞社的記者擠到社長辦公桌前：「方便借一下電話嗎，敝社會支付費用。」草村北星伸手一比：「請用。」記者隨即按著報名表上的資料撥打電話。

「喂喂，厚岸森林事務所嗎？這裡是東京朝日新聞社，請問一位叫做『伊福部昭』的人物確實在貴所任職嗎？喔，麻煩請他聽電話。」電話那頭陷入了短暫的沉默，眾人的心都懸了起來。

過了一會兒，那記者對眾人舉手表示對方接聽，隨即提高聲音道：「伊福部先生，百忙中打擾了。在巴黎舉辦的齊爾品賞發表結果，一等賞入選者是『イフクべ・アキラ』，這是您本人嗎？」

「是，就是我。」話筒裡傳來微帶顫抖的興奮回答。

「恭喜伊福部先生獲得如此殊榮！這麼年輕就獲得大獎真是難能可貴，請說說現在的心情如何？嗯……嗯……你說令尊一向反對您學習音樂，終於可以向他報告好消息。」

「哈哈哈哈。」在場的音樂家們聽到這段發言都同樣心有戚戚，發出一片會心的笑聲。

「《日本狂想曲》是怎樣的曲子，描寫什麼主題呢？」記者一邊複述伊福部昭的回答，一邊在筆記本上速記。「這是在札幌神社初夏祭典上，聽到用篠笛、大鼓和金屬環杖演奏的『祭囃子（祭典音樂）』時產生的靈感，是一首根植於土地的音樂。好的，謝謝，我們會再派當地支社的記者去詳細採訪，再次恭喜！謝謝！」

「從祭囃子取材的作品？」現場一陣騷動，「到底是怎樣的音樂，真叫人好奇吶。」

「這裡有謄寫的備份樂譜。」草村北星拿出一份樂譜攤在桌上，眾人立刻擠上前去圍觀，各自在腦中想像演奏出來的聲音。樂曲首先在步行般的梆子節奏下，以單簧管吹出一小段民俗曲調，接著整個樂團猛然齊奏，彷彿華麗的祭典山車巍巍現身。然後不同樂器圍繞著主題旋律輪番變奏，就像是道路上連綿不絕的熱情信徒，各自使出渾身解數來榮耀神明、為祭典增色。整首樂曲強調節奏帶來的水平運動，而不重視垂直和聲結構，充滿現代感。

「翻頁，快翻頁。」清瀨保二性急地說。

「等一下，我還沒讀完。」箕作秋吉慢條斯理分析著樂曲結構。

「喂，這可是祭典，山車隊伍不等人的啊！」清瀨保二促狹地說，眾人哄堂大笑。

箕作秋吉沉吟道：「作者堆疊西洋樂器的音色，重現『囃子』聲響，這是很高明的現代技巧，卻又充滿日本土俗色彩。」

「這絕非一般的日本風情！」江文也看得如癡如醉，一邊打著節奏一邊哼唱。「表面上用的都是日本素材，但節奏充滿動態，更擁有奔放無比的原始生命力，不愧是北國的作曲家。」

眾人聞言心中一凜，固然其中的旋律和節奏都是十足的日本風格，但確如江文也所指出，全曲帶有日本文化典型中少見的粗獷力量，甚至原始風情。北海道是日本新開拓之地，移民受到當地原住民阿依努人的影響，與固有本土文化頗有不同。

「巴黎的評審們選出這樣生猛又具有民族色彩的作品，真是讓官學派汗顏。正好讓他們看看，音樂的未來到底在哪裡！」江文也毫無顧忌諷刺說，「之前那些脖子上掛著『德奧正統派』招牌，拿著木刀耀武揚威的『大人物們』，這次多半根本不敢參賽，免得被人看穿自己只會模仿的作風呢。」

「說得對！哈哈哈！」眾人高聲附和。

「說到這個，其實《日本狂想曲》差一點在國內預選時就被汰除。」草村北星冷不防說。

眾人好奇追問：「這是怎麼回事？」

草村北星推了推眼鏡，緩緩說道：「敝社承辦第一階段的國內資格審查，由幾位音樂教授擔任審查者。當時一位審查者看完《日本狂想曲》的總譜，憤怒地說這個作品使用了平行五度等違反西洋音樂規則的和聲，那是日本民謠的低俗品味，要是讓國外的評審看到，將會成為國恥，絕對要從報名作品中汰除。」

「國恥？」眾人聞言譁然，清瀨保二叫道：「只因為不遵守學院派清規戒律就說是國恥，還差點把一等賞的作品汰除，作風太陳腐了吧！哪一個審查者這麼可惡？」

草村北星說：「審查者的名字恕我不便透露，反正大家都心裡有數。當時幸虧另一位審查者大木正夫先生堅持說：『真正的評審是巴黎的作曲家，我們只負責資格審查而已。這是一部配器豐富、織體厚實的有趣的作品，不妨送去看看。』才保住了這首曲子。」

江文也想起今年在第四回音樂比賽未獲名次的痛苦記憶，義憤地說：「就是有這些守舊派把持樂壇、從中作梗，才讓日本音樂停滯不前。我們要加快聯盟和世界的交流，借助世界的力量來打破牢固的現狀。」

清瀨保二接著說：「還有接下來的奧林匹克藝術競技，我們都不能缺席！」

箕作秋吉總結道：「聯盟要把參與國際比賽當作往後的例行工作，包括巴黎、倫敦、巴塞隆納和威尼斯的國際音樂節，我們都要常態性報名參加！」

♫

「你好，請給我一杯咖啡。」箕作秋吉走進銀座的名曲喫茶ＤＡＴ，在門口櫃檯點了一杯飲料。昭和十一年（一九三六）正月裡的某一天中午，東京街頭雨雪紛紛，箕作秋吉仍然頂著寒風來這裡報到。他以為自己算是早的，沒想到一走進店裡卻看見江文也已經坐在老位子上振筆疾書，詫異道：「阿彬，沒想到你比我還早來。」

江文也正專注地埋頭在譜紙上塗寫，完全沒有聽見。箕作秋吉又叫了一次：「阿彬！」

江文也抬頭看見熟人，只說：「喔，是小吉呀。」表情木然，連寒暄都忘了。

「在作曲啊，是奧林匹克吧。」箕作秋吉禮貌性地避免窺看譜面上的內容，好奇問道：「可是你一邊構思，一邊聽大家點播不同的音樂，不會被干擾嗎？」

「會干擾。啊不，不會干擾。因為孩子很吵，這裡不吵。」江文也語無倫次地回答完，又開始喃喃自語起來。

箕作秋吉深知創作者各有癖性，而且在工作中最怕打擾。然而像江文也這樣如陷瘋魔、和平日判若兩人，也實在是前所未見。於是他不再多說什麼，默默逕自往裡面尋找座位去了。

江文也確實正在創作奧林匹克音樂比賽的曲子，他以〈城內之夜〉為基礎，加上〈白鷺的幻想〉等素材重新改寫，並且用上所知全部的最新技巧，將這件作品裡裡外外重新創造。

傳統管弦樂以弦樂為主奏，江文也卻把管樂提高，壓低弦樂作為伴奏甚至撥弦節奏來使用，並堆疊不同樂器的聲響來製造音色變化；傳統管弦樂的織度以旋律作為前景，伴奏為中景，節奏則為後景，彼此層次分明。江文也卻讓前中後景彼此交換，使音響變得複雜而立體；同時他在三拍的舞曲形式上，利用圓滑線打破小節線的限制，作出複拍律動。

這些作法在當時的日本非常前衛，但卻是歐洲樂壇的主流。江文也跟著齊爾品學習，又隨時注意歐洲樂壇的最新動態，對此了然於胸。

每個小節他都反覆推敲，設計不同樂器堆疊的音響效果，安排主題旋律在不同聲部間不著痕跡地移動，過程有如徒手開鑿石壁。他對外界的一切視而不見、聽而不聞，腦中只有聲音的排列組合，偶爾靈光乍現，鑿通某一道艱難的關卡，便會忘情呼喊起來，有如癲狂。

但是當思慮不順、久攻不下的時候，雜念就會如同惡魔般悄悄襲上心頭。

「龍吟社說把樂譜寄到柏林的郵資要兩圓。寄送這麼重要的東西只花兩圓並不算貴，可是我現在連這點錢都沒有……若是我沒有入選怎麼辦？各國參賽的作品那麼多，承辦人員會不會在作業時發生錯誤弄丟我的作品？」江文也一回神，發現自己正張大嘴巴盯著天花板發呆，滿紙音符不再發出任何聲音。

昨天夜裡江文也夢到自己沒有得獎，忽然驚醒，沉浸在一片惶惶的罪惡感中，覺得十分對不起身邊的妻女。他渾身都被汗水濕透，冬夜裡冰冷難受，只好掙扎著爬起來擦拭更衣。本來以為應該快天亮了，一看落地鐘卻才一點半。意識稍微清醒，立刻就想起錢已經快用光的事。每天都需用錢，時時刻刻都感覺壓力。儘管握緊拳頭暗自呼喝：「強悍！強悍！」然而胃部死死縮緊，情緒也越來越焦慮。鑽回被窩裡根本睡不著，只能在挫敗感中對自己的高傲、天真和任性感到悔恨，就這樣輾轉反覆，直到黎明時分才沉沉睡去。

更讓江文也煎熬的是，一向無條件支持自己的乃ぶ，這次卻不太同情他的處境。

乃ぶ自從父親過世後便經常對著窗外發呆，或者沒來由地發脾氣。原本江文也以為她只是一時傷痛，過一陣子就會慢慢恢復平靜，然而乃ぶ低盪的情緒卻持續很久。某一天江文也甚至聽到乃ぶ對女兒說：「我們已經沒有可以回去的地方嘍，小純要乖乖的，別吵爸爸創作。」

昨天江文也工作累了，隨口抱怨幾句，原本只是想撒嬌，沒想到卻引來乃ぶ冷淡的回應：「奧林匹克、奧林匹克，都聽到厭煩了。」

江文也十分詫異：「三色堇妳怎麼了，這是我目前為止最大的挑戰和機會，當然要全心全意投入啊。」

「阿彬腦袋裡難道就沒有別的東西？而且這個作品是拿〈城內之夜〉改寫的，已經一年多過去，你還一直停留在你的臺灣。你應該要持續不斷前進，而不是留戀既有的作品……」她滔滔不絕地說下去，情緒越來越激動。江文也好說歹說，連哄帶騙，好不容易才終於安撫下來，弄得精疲力盡。他始終搞不懂，乃ぶ究竟為什麼對這件事如此反感。

「是不是該就此棄權？」此刻江文也坐在DAT裡，看著店員將唱片翻面，腦中雜念不斷纏繞。「對手是全世界的優秀音樂家，評審的偏好也會左右結果。最後若是失敗，這大半年的辛苦付諸流水，積欠的債務無法償還，甚至連家人都可能離我而去。」江文也痛苦地想，「但是現在棄權的話，好像承認之前的努力都只是任性和徒勞。」他一時悲從中來，流下不甘心的眼淚。啪嗒一聲，淚水滴落譜面，一串音符迅速暈開，在柵欄般的五線譜上渲染成一團墨色的圓圈。

江文也見狀大驚，趕緊抽出手帕按住，卻不慎把髒汙抹得更大，使得一張昂貴的法國製譜紙就此報銷。

然而當他坦然接受這張譜紙已然毀損、必須放棄的瞬間，他的心思反而變得強韌而堅定。「就算最後會輸，也要讓評審來宣布，我必須奮戰到底。」江文也將弄髒的譜紙揉成一團，另外取出光淨雪白的一張，冷靜地把音符重新寫上。

他恢復專注工作，不知過了多久，一抬頭才發覺外面天色已經暗下來了。

箕作秋吉微笑著走來：「看來阿彬今天大有進展。」

「咦？小吉也在啊，什麼時候來的？」江文也詫異地說。

「我們剛才打過招呼啊，你真是太專注了。」箕作秋吉問道：「你不需要在鋼琴上創作嗎？」

「我把鋼琴賣掉了。其實有沒有鋼琴都無所謂，但是在家孩子會哭鬧，我只好來這裡。」

「你把鋼琴賣了？」箕作秋吉有些驚訝。

江文也故作瀟灑地一笑：「我為這個比賽賭上一切，已經沒有退路了。就算賣掉鋼琴生活費還是不夠，贊助者那裡也早就借到無法再開口，未來該怎麼活下去都不知道，連一杯咖啡都快喝不起了。」說著一面把樂譜仔細整理好收進提包裡。

箕作秋吉道：「阿彬投入一切的姿態讓我很感動，能否請問你的作品標題是什麼？」

「標題啊，我還沒想過呢。」江文也心念一動，「大會規定樂曲必須彰顯奧林匹克精神，或者與運動情景有關。這個作品最初的靈感是在臺灣得到的，就決定叫《臺灣舞曲》吧！」

♫

二月四日，江文也先去了赤坂的龍吟社一趟，取回委託對方印製的樂譜初稿，然後再去DAT進行最後修改。

他從大封牛皮紙袋裡取出打印裝訂成冊的總譜，看到封面上德文和日文並列的標題：「FORMOSA TANZ für grosses orchester」、「大交響管弦樂のための——台灣の舞曲」和「BUNYA

KOH」、「江文也作曲」等字樣，不由得頭皮發麻，呼吸為之一屏。

這是自己的第一本管弦樂印製譜，也是第一本只收錄自己作品的專屬樂譜。雖然是僅有一冊的訂製本，並非正式出版，所以還不能打上「OP.1（作品第一號）」字樣，但製作得精美堂皇，完全不輸給從歐洲進口的樂譜。

「這是我的心血結晶呀！」江文也把總譜抱在胸前，藉著樂譜的厚度和重量，真切感覺到自己完成了一部像樣的作品。「啊，我已經盡了人事，接下來就只等天命了。真想趕快知道結果！」

他沒有沉溺太久，立即打開總譜校對錯誤。他把印得淺的地方用墨水塗黑，把漏印的符號補上，並且把汙損的部分小心擦掉。一邊校對之際，又將新的想法補充上去。

這幾天東京冷到谷底，即便在室內，江文也手指也幾乎凍僵，因此他必須一邊不斷呵氣，一邊下筆修改。

入夜時天氣驟變，推開DAT的大門，強勁的風雪頓時從黑暗中撲面而來，颳得人肌膚生疼。江文也縮回店裡躲了一會兒，依然不見風雪有絲毫減弱的跡象，只好硬著頭皮出門回家。

當晚東京下起五十年來最大的一場雪，風吹得人東倒西歪，路上積雪深厚，路面電車也被迫全面停駛。

江文也抬頭看看雪霧中的銀座街頭，開心地想：「這樣銀座看起來就更像是西洋街道了，啊哈哈！」他頑皮地踢著雪堆前進，趁著呼呼的風聲放肆大喊：「吉兆啊吉兆！上天讓我置身在西洋街頭，不就是在暗示，這提包裡的樂譜將會帶我飛越大海，前往柏林、巴黎、維也納！」

然而玩心很快就被寒意冷卻，大雪像驟雨似的密密墜落，即便撐了傘還是積得滿頭滿臉，耳朵脖子都凍僵了。他擔心雪水濕透提包把總譜浸壞，緊緊抱在胸前，一步一步邁進。

街頭行人絕少，大雪中聲音都被阻斷，他奮力前進，只能聽見自己急促的喘息聲，好像置身在一個無邊無際卻又封閉獨立的空間裡。這場雪像是老天安排的戲劇性場面，讓他在寄出參賽樂譜的前夕，必須歷經一番性命交關的掙扎，增添幾許悲壯情懷。

他沒來由、無意義地大聲叫喊起來，宣洩著心中的壓抑和委屈，淚水從眼角湧出，又隨即凝結在臉上。他用盡渾身力氣嘶吼著，彷彿要把從出生到此刻累積的苦悶全都傾吐出來。在漫天白茫茫的雪花之中，沒有任何人聽見他的聲音，也沒有人知道他在這裡。

「如果我忽然倒下，應該不會有人看見，更不會有人來救我吧，那麼我就會死在這裡了。」他踉踉蹌蹌地走著，話語都被黑暗吸走。「這場狂暴的大雪，把過去這黯淡、痛苦到悲愴的一年都給掩沒，也把我所有的不幸染成一片潔白！」

經過新橋和芝以後，他在濱松町驛短暫停留躲避，讓身體稍稍暖活一點。山手線電車完全沒有恢復的可能，於是他繼續上路，徒步走了五公里抵達品川，才終於有巴士可以搭乘。

巴士只到旗之丘，雖然離家只差兩個電車站，但他整個人已經被寒意滲透到骨髓裡去，不只手腳凍得快要失去知覺，胸口也悶滯不堪，更別說繼續走路了。於是他縮著身子發抖等候，最後總算搭上復駛的池上電車，撐著一口氣安抵家門。

乃ぶ正擔心不已，看到他變成一個白花花的雪人狼狽萬分地回來，大感驚嚇。她趕緊幫江文也取下提包、脫掉衣服，送茶遞上熱毛巾搓熱身體，同時燒水讓他洗澡。

神奇的是，身體恢復溫暖之後，江文也整個人精神又來了。附近電力全面中斷，家中只能用蠟燭照明。他湊在燭火下，就著搖曳的光影繼續修改總譜，直到深夜。

隔天一早，他穿上長靴，帶著總譜精神抖擻地出門，前往東京驛前丸大樓內的體育協會遞交作品，完成奧林匹克大會音樂項目的國內預選報名。這天是報名截止日，或許受到前晚大風雪的影響，送件數不如想像的多。

「這場大雪救了我。但，這一切究竟是幸還是不幸呢？」他走出丸大樓，看著四處白花花的積雪和灰濛陰沉的天空，想起昨晚的經歷，頓覺恍如隔世。

♫

報名截止後才過三天，新聞紙便率先透露了國內審查結果。總共選出五件作品代表日本參加一九三六年柏林奧林匹克大會的藝術競技音樂項目，分別是：山田耕筰《進行曲》（本人為審查員，作品免審）、諸井三郎《來自奧林匹克的斷片・三章》（本人為審查員，作品免審）、箕作秋吉《盛夏》、伊藤昇《運動日本》，以及江文也《臺灣舞曲》。

看到消息，江文也欣喜若狂，和乃ぶ抱著又叫又跳，兩人都流下情緒複雜的眼淚。他隨即出門拍電報向楊肇嘉報捷，同時寫了封信詳述細節、附上剪報，並告知自己十天內就會前往臺中——楊肇嘉答應過，只要江文也通過預選就會幫他籌組後援會，他實在迫不及待。

江文也在二月十八日抵達臺中清水街，住在楊肇嘉家裡。兩天後日本體育協會正式發布音樂項目預選結果，楊肇嘉放鞭炮慶祝，到處大肆宣揚，通知新聞紙前來採訪，然後在臺中公會堂安排了一場音樂會，招待有力人士參加。本以為入選奧林匹克日本代表的消息能對募款有幫助，沒想到金主們反應冷淡，成果遠遠不如預期。

「楊先生，我不明白。」江文也還沐浴在入選的喜悅中，卻又隨即遭遇募款失利，心情十分複雜。「以咱們民族的現況，要在世界上出頭，除了依靠運動或藝術之外沒別的辦法。這次一能讓臺灣人的名字踏上世界舞臺，彰顯咱們臺灣，實在非常興奮。可是臺灣具有實力的人士對此無動於衷，像楊先生這樣熱心的竟然找不出第二個來，這究竟是為什麼？」

楊肇嘉籌組後援會不成，覺得很沒面子，但隨即想出一個合情合理的解釋：「去年中部大地震，大家都損失慘重，幸運沒有損失的地主也多半捐了不少錢，所以手頭比較不方便。」

江文也難掩失望：「我在東京拜訪了林熊徵先生等人，他們同意若是臺灣這邊成立後援會，有了基本的數目，就能投入後續支援。我原本想，臺灣若是能有十位，甚至只要五位支持者，每人每年贊助一百元，連續支持三年，我就可以成行，不足的部分我可以在生活上盡量節省忍耐。」

「我知道你急，但是現在時機不好。」楊肇嘉拍拍他的肩膀，「你的成績慢慢出來了，如果能入選更多國際音樂節，甚至得到奧林匹克獎牌，事情自然就會順利成功。」

這幾句話無法排解江文也的情緒，他想起一整年中為了創作《臺灣舞曲》的付出與犧牲，苦悶地說：「楊先生，我一直問自己究竟是白癡還是天才。既然入選奧林匹克代表，表示已經獲得音樂界認同。但是參加國內音樂比賽，卻總是無法拿到第一。我總有一種無依無靠的孤獨心情。」

「這就是咱們臺灣人的處境，無論被歧視或者被壓迫都必須忍耐。」楊肇嘉深沉地說，「不要喪志，《臺灣舞曲》就要前往柏林了，我很期待。」

「嗯，就像伊福部昭的作品在巴黎得到公正的對待，柏林的評審也會給我正確的評價吧！」江文也衷心期盼著。

♫

江文也在臺中待了一週，正準備動身回日本，卻忽然收到一封電報：「弟文光急性盲腸炎病逝澎湖盼速回廈門治喪兄文鍾」。他驚駭不已，簡短的電文令人充滿疑惑，甚至懷疑是不是有人惡作劇？他忐忑而焦慮地立刻出發，搭乘最近的一艘船班前往廈門。

航程中他的胃不斷痙攣，反覆喃喃自語著：「文光，你真的死了嗎？」「文光，你還這麼年輕，一定是哪裡搞錯了，你不要死啊。」然而在廈門等著他的確實是文光的靈柩。

到了靈堂，他忽然變得異常冷靜，兩天裡什麼也不想，默默跟著大家作法事、聽和尚誦經。等到文光下葬已畢，江文也臨走前，大哥文鍾拿了一箱樂譜給他：「這是文光留下來的，家裡沒有別人看得懂。」

江文也打開一看，不由驚呼：「這是文光在臺灣各地採集的歌謠曲譜，他跟我說過，想用這些素材來作曲。」

「你若有用就都給你吧，也可以當作紀念。」文鍾說。

江文也搭上返回日本的輪船，一到四望無際的海上，傷痛情緒才慢慢浮現，而且如同大海波濤般益發洶湧。他一整天漫無目的在甲板上晃蕩，愣愣看著大海和天空，腦海中關於文光的回憶一波又一波拍打過來。

天空中似乎有個黑影，想要仔細看時，又只見到氾濫的一片蔚藍。「那是你嗎，文光？」江文也對著那個看不見的黑影問，「為什麼是最年輕的你先走，而不是我呢？上天究竟在開什麼玩笑。」

晚上時，江文也在餐廳的鋼琴上彈奏文光留下的樂譜，彷彿能聽到弟弟正在唱這些歌謠，甚至像兒時一樣不住「二兄、二兄」地叫著自己。船上的鋼琴照例走音得厲害，這對他來說是一種折磨，不只旋律走調，心中想像的文光演唱也跟著荒腔走板。如此一來，甚至連文光的印象都扭曲模糊起來，江文也悚然一驚，停下演奏。他忽然明白，自己的兒時記憶裡總是和文光形影不離，因此文光一死，他心中和老家的連結似乎也跟著死去了。

「該不會哪一天我再也記不起文光的事？」江文也翻看著樂譜，心裡想著能不能用這些素材來創作呢？他看來看去，大都沒有什麼靈感，只有一首〈阿里山山歌〉的曲調引起他的注意。

他想起文光曾邀自己一起去臺灣各地採集歌謠，但自己向來沒把民間音樂素材放在心上，都用直觀感受和詩意的想像來創造民族風情，時間上也沒有餘裕，所以始終不曾成行。不免想：「如果那時答應他就好了，至少會有一起旅行的回憶。」

「對了！」江文也一拍手掌，「我來寫一組生蕃歌曲，就當作是和文光最後的結伴之旅吧。」

江文也並未實際聽過任何原住民音樂，對原住民文化也所知甚少，但他憑著一貫的詩人浪漫氣質，憑空懷想南國原始情調，在走音的鋼琴上用現代派技巧隨意彈奏，腦中自然浮現出一連串表達情緒的唱詞，Ho a ha e yai, en hon yan ho a en yai～～那並非世上任何一族的語言，沒有意義，只是一種野性的呼喊。

「既然是生蕃歌曲，一定要有出草歸來的首級祭典，也要有真誠率直的戀慕，然後是原野上埋伏的情景，最後再用一首搖籃曲作結。」江文也還沒寫出曲子，先想好結構。「決定了，這部作品就叫做《生蕃四歌曲集》。文光啊，這是我對你最深切的懷念。」

♪

江文也在基隆換乘吉野丸，再經過兩天航行，在二月二十八日靠泊九州門司港。這時一個驚人的消息在所有乘客之間傳開：二十六日凌晨，一群「皇道派」青年軍官發動叛變，試圖刺殺首相未果，但殺害了大藏大臣高橋是清等政府高官，並占領國會議事堂等政治中樞地區。

他們宣稱，日本農村赤貧、生靈塗炭，在國際上主權不彰，都是因為一班元老重臣只顧私欲所致。必須將國家大政交還天皇親裁，徹底掃除貪腐的掌權派，才能拯救國家。

然而叛軍的行動並未得到響應，連天皇也不支持。政府迅速發兵包圍叛軍，東京對外交通完全斷絕，各種風聲和謠言滿天飛舞。即便是遙遠的門司港，也可以感到一股人心惶惶的氣氛。

吉野丸仍然按照原定計畫前往目的地神戶，乘客們像是在守靈似的異常肅穆，卻又不斷竊竊私語，每個人看起來都憂心忡忡。江文也受不了船艙中沉悶的氣氛，走到甲板上透氣。日本延續著從新年期間開始的嚴寒天候，室外冷風凜冽，大雪時落時停，瀨戶內海兩岸白茫茫一片。

「真是不祥之兆，新年就碰上五十年來最大的暴風雪，現在又發生叛亂事件。」旁邊一名商人模樣的中年乘客忽然嘆道，「日本到底會變成什麼樣子呢？」

另一名留著小鬍子的乘客道：「四年前發生血盟團事件和五一五事件，三井財閥理事長團琢磨和首相犬養毅被暗殺，從那時起日本就開始變了。發動事件的軍人不曾受到嚴厲懲罰，等於鼓勵他們用過激的暴力方式解決事情。」他似乎頗留意時政，不無炫耀自身見識地高談闊論起「皇道派」和「統制派」的矛盾，越說越是激切：「皇道派無謀暴走，恐怕將被一網打盡，反而讓統制派更加穩固。統制派一直想擴大在北支那（華北）的勢力，看來這下距離發動戰爭不遠了。」

「又要打仗？唉唉，真是討厭。」中年乘客抱怨道。

江文也不由得想起四年前自己灌錄愛國歌曲〈肉彈三勇士之歌〉的往事。一九三二年一月，日軍發動「上海事變（一二八事變）」攻打中華民國守軍，交戰過程中，日軍三名一等兵攜帶爆破筒以自殺式攻擊破壞國軍的防禦工事，當場戰死。官方大力宣傳他們以「人肉炸彈」完成任務的壯舉，在日本國內引起熱烈響應，不僅報章雜誌連篇累牘大加頌讚，三個月內有七部改編電影上映，各大城市十幾座歌舞伎劇場立即搬演相關戲劇，也掀起一股歌曲創作風潮。

江文也當時二十二歲，剛從武藏高等工業學校畢業，一心想往歌唱界發展。他聽說古倫美亞唱片公司正在招募新人歌手，灌錄由山田耕筰譜曲的〈肉彈三勇士之歌〉，立刻衝到唱片公司應徵，一經試唱立即獲得錄取。

那時他只想成為大唱片公司的簽約歌手，並未考慮歌曲內容。他從少年時代起就在日本生活，從生活習慣、行為模式到人格思想都在這個環境中塑造，對日本社會的一切都覺得理所當然。至於〈肉彈三勇士之歌〉背後代表的戰爭意識，乃至於交戰對象是「祖國」云云，當時並未出現在他的腦中。

然而現在他對世事了解較多，楊肇嘉和吳三連等臺灣前輩又時常和他聊到民族運動等話題，因此想到中日之間有可能開戰，令他心情十分複雜。

甲板上寒冷難耐，一回神，才發覺另外幾個乘客已經離開了。他搓著雙手上下跳動，一時卻還不想回到船艙裡去。

「二兄、二兄！」他彷彿聽到文光的聲音，心頭的幼弟幻影冷不防冒出來質問：「二兄，若是日本跟中國開戰，有人找你唱宣傳歌曲，你還是會去做嗎？」

「我對政治和戰爭一點興趣也沒有，若是叫我拿槍打仗或者去做官，我一定拒絕。但是唱歌、寫曲子不會傷害任何人，那只是純粹的藝術創作，跟這些沒有關係。」

「就算寫出鼓吹和祖國作戰的曲子，也沒關係嗎？」

江文也愣愣地想著「祖國」，那是長輩們理所當然的心靈歸屬，卻是他陌生的土地。何況戰爭什麼的都還太過遙遠，一時無法有具體的感想。

「文光啊，你為什麼要問我這樣困難的問題？」

大雪又下起來了，輪船像是朝著無盡的茫然中駛去。瀨戶內海上的風勢越發強勁，讓他再也無法抵受。

第二部

第七章　北京正陽門

Ho a ha e yai, en hon yan ho a en yai, ho a ha e yai, en hon yan ho a en yai, o ya o i yo, e hai ya ha, ei hon yan ho, o a en yai, o ya o i yo, e hai ya ha, i yan ho en ya.

en ya en ya en ya en ya en ya en ya en ya en ya en ya.

Ho a ha e yai, en hon yan ho a en yai, ho a ha e yai, en hon yan ho a en yai, o ya o i yo, e hai ya ha, ei hon yan ho, o a en yai, o ya o i yo, e hai ya ha, i yan ho en ya.

昭和十一年（一九三六）六月二日，聲樂家太田綾子在齋藤秀雄指揮新交響樂團伴奏下，演唱江文也的《生蕃四歌曲集》，內容依序是〈首祭之宴〉、〈戀慕之歌〉、〈在原野上〉，以及〈搖籃曲〉。表現原住民歡慶祭典、猶如遭到燒灼般的痛苦單戀、埋伏候敵的隱隱殺機，以及慈愛的親子深情。

全曲唱罷，日本青年館滿場觀眾響起震天的鼓掌喝采，久久不絕。江文也在指揮家邀請下起身向觀眾致意，感受自己作品所獲得的空前歡聲。會後音樂界人士紛紛向江文也道賀，不分敵友都熱情握手，盛讚他的成就。

山田耕筰頭一個前來致意：「真是非常成功的作品，生動描繪了臺灣生蕃的生活。用日本歌曲綴成優美的日本情景，這正是我們當前需要的音樂創作。」

「謝謝老師。」江文也沉浸在亢奮情緒中，滿心歡喜地答謝。

「你採用了臺灣生蕃的歌謠嗎？歌詞內容是什麼？」山田耕筰問。

「歌詞並不是生蕃的語言，沒有特定意義，只是直接表達人類感情的原始呼喊而已。旋律也是我自創的，表現我心中幻想的世界。」江文也隨興跳起舞來，一邊喊道：「硬要說的話，〈首祭之宴〉的內容是這樣──首級！首級！這是獻給俺們祖先的美玉，金色的美玉。來！倒酒，乾杯吧！舔著嘴全部喝乾！這可是多年來的大收穫，檳榔樹也結果了，Enya，Enya。」

「好！」圍觀眾人再次鼓掌。山田耕筰道了恭喜之後先行離開，一班好友們隨即圍了上來交口稱讚，江文也故意反問道：「大家都說成功，莫非是因為曲子太過簡單易懂？」

箕作秋吉衷心佩服：「管弦樂法光彩奪目，伴奏與人聲合而為一，真是美妙的樂詩！」

「如果說伊福部昭是北方原始主義，那麼阿彬就是南方原始主義！」清瀨保二如同發表宣言般煞有介事地說，「這首曲子充滿強烈的色彩感覺，又有纖細的抒情魅力，完全傳達了臺灣生蕃人天真的生氣、原始的激情。這種作品只有你寫得出來！」

「南方原始主義嗎，說得好！」江文也環顧眾人，意氣風發，「野性！野性！這就是我對這個世界的主張。我的第一步算是成功了吧！」

♫

「Bravo!」齊爾品彈完最後一個音，雙手從琴鍵上彈起來大力鼓掌。「真是熱情而充滿生命力的歌曲，這種原始的力量，和史特拉文斯基相比也毫不遜色。」

這個夏天，齊爾品再次訪問日本，江文也第一時間帶著這段期間的創作直奔帝國飯店去找他。當齊爾品讀到《生蕃四歌曲集》時，立刻在鋼琴上彈起伴奏，聆聽江文也的演唱。

才剛演唱完，齊爾品就抓起樂譜說：「這應該要給費歐多爾聽聽！」

「您是說偉大的歌唱家費歐多爾．夏里亞賓先生？」江文也驚喜地道。

「沒錯！他來日本演出，也住在這裡。」齊爾品熟門熟路地帶著江文也到同層樓的另一個套房，用鋼琴家特有的節奏感在門上敲了幾下。

「來了。」一道渾厚悅耳的聲音傳了出來。門開處一個銀髮波捲的身影巍然矗立，竟是傳說中的低音歌王夏里亞賓親自應門。

「費歐多爾，你一定對這個有興趣。」齊爾品比著江文也說，「這位是作曲家江文也，他寫了一部歌曲，想唱給你聽。」他們用俄語交談，江文也聽不懂，只能一個勁傻笑。

夏里亞賓在沙發上坐下，一手抱胸、一手支頤。齊爾品則逕自在鋼琴前就位。等琴聲一響起，江文也便拋開緊張和興奮，完全投入音樂之中，發乎肺腑地忘情呼喊演唱，超越語言藩籬，表達出最直白而充滿力量的情感。

全曲唱畢，江文也放下雙手深深鞠了一躬。耳際傳來驚人響亮的拍手聲，夏里亞賓霍地起身，按著江文也的肩膀用法語說：「你經常在公眾前面演唱嗎？你能夠創造很好的氣氛。」

「Merci!（謝謝）沒想到我竟然能在兩位大師面前獻藝，真像一場夢境。」江文也非常興奮，靈機一動，沒大沒小地說：「我的本名叫『阿彬』，大師的名字是夏里『阿彬（亞賓）』，先生名字的縮寫則是『A. Tcherepnin』，也可以簡稱『A. PIN』，真是太巧了。所以今天是大阿彬和小阿彬們的聚會！」

「真是個有趣的年輕人。」夏里亞賓心情大好，「你剛才唱的歌曲表現出非常強健的生命力，曲名叫做？」

「《生蕃四歌曲集》。」

「『生蕃』是什麼？」

「那是我故鄉臺灣的高砂族土著。」

「怪不得！這部作品和我所感受到的日本風情完全不同。」他講話時胸腔自然共鳴，渾厚的嗓音好似會讓桌面震動一般。「臺灣是個什麼樣的地方？」

江文也用圓亮的男中音回答：「臺灣是一座在福建外海的島嶼，終年常夏，到處都是翠綠的水田。那裡有遠古的亞細亞智慧，也充滿原始野性。」

齊爾品說明道：「臺灣原本是中國的一個行省，在戰爭後割讓給日本，成為殖民地。」

「原來如此。」夏里亞賓如同法官宣布裁決般威嚴，「所以你不是日本人，而是中國人。」

「是的。」江文也說，「但我一出生就是日本的國民，又在日本內地受教育。至於中國，我只去過廈門，反而所知不多。」

「你實在應該到北京去一趟，絕對會大開眼界。」齊爾品說。

「維也納或巴黎不更好嗎？」江文也問。

齊爾品支著下頷懷想起來：「世界上很少有任何一座都市可以和北京比擬，她歷史悠久卻不讓人感覺陳舊，你可以感受到一種優雅細膩的生活方式，既美麗又自在。我相信你身體裡的民族血液，更會對中國有所呼應。」

夏里亞賓也說：「我也喜愛這座城市。她確實有種奇妙的魔力，讓人深深受到吸引。」

江文也的好奇心被挑了起來：「北京真的有這麼好嗎，竟然能夠讓兩位大師都讚不絕口。」

「你可以親自去看看，我相信你第一眼就會愛上她。」

齊爾品微笑說：「我和費歐多爾都是走過世界各地的人，唯有北京，同時擁有世上最偉大的宮殿和最精巧雅致的小巷弄，有最深厚的文化和最富活力的市井生活。」

夏里亞賓說：「歐洲對東方一直感到好奇，如果有人用中國音樂素材來創作現代音樂，一定會大受歡迎。以我在北京所見，中國現代音樂還是一片荒蕪。如果你前去開拓這塊處女地，很有機會成為中國音樂的第一人，更加受到歐洲樂壇重視。」

「那我豈不就是中國的山田耕筰，不，應該說是中國葛令卡了，聽起來挺威風的。」江文也爽朗一笑，顯得不以為意，卻也隱隱有些怦然心動，彷彿看到一個前所未見的新天地。

「費歐多爾說得很對，你可以認真考慮。」齊爾品看著江文也說，「你是我在東方遇到最值得期待的作曲家，與其在這裡用日本風格和別人競爭，不如發展屬於自己的音樂，那麼你將會成為世界上獨一無二的作曲家！我五月底會再次去北京和上海演奏，你跟我一起來吧。」

「能跟先生一起去中國再好不過。」江文也這時已經對北京產生期待，但不由得苦笑說：「不管歐洲還是中國我都去不了，事實上我連生活都有問題。」

「《生蕃四歌曲集》內容很成熟，不需要修改就可以直接出版。」齊爾品有心成全他，扳著指頭說，「加上之前排定的《小素描》、《五首素描》和《三舞曲》，『齊爾品選集』總共出版你四部作品，是所有日本作曲家中最多的。此外我也計畫演奏你的作品灌錄唱片，這些都會預付版稅，總共有四百圓⑧，夠你去中國一趟了。」

「四百圓！您真是太慷慨了！」江文也從座位上跳了起來。

「好好享受北京吧，年輕人。」夏里亞賓哈哈一笑，舉杯相賀：「祝福前途無量的年輕作曲家和歌唱家！」

江文也鼻頭一酸，哽咽說：「先生實在對我太好了，我真不知道該怎麼報答。」

齊爾品微笑道：「好好創作，好好享受旅程，祝福你！」

♫

「太舒暢了！」江文也站在長安號輪船甲板上，眺望深藍色的渤海，意氣風發不可一世。

---

8 四百圓：約合現在的日幣八十萬圓，或新臺幣二十三萬元左右。

齊爾品在五月底動身前往北京，但因為龍吟社手續耽擱，六月中才支付版稅給江文也。他一拿到錢立即出發，沒訂船票就直接跑到門司港，聽說隔天有一艘長安號出航，也不問船隻大小和設備就掏錢買票。上了船才發現這是一艘豪華客輪，包括江文也在內只有四個黃皮膚的乘客，其他都是歐洲人，這使他在第一時間就有遠離日本的奇妙感受。

「仔細想想，這其實是我第一次真的離開日本呢。」江文也想。他少年時雖然在廈門待了六、七年，但生活周遭全都是臺灣人。而且廈門屬於日本勢力範圍，他所就讀的旭瀛書院也是臺灣總督府所設立，由日本人擔任校長、使用日本教材，因此他在那裡的生活與臺灣並無太大分別。

「都是因為有這四百圓，才能自由地說走就走。第一次得到鉅額版稅，我的才能終於得到證明！」江文也對著大海振臂歡呼，「愚蠢的通俗主流啊，再見！我不會做任何媚俗的事，我的目標是超越時代！」

在成功的興奮感達到最高點同時，他回想起這幾年受到的種種委屈、歧視以及生活的艱苦，忽然間百感交集，很想就在這無邊無際的海上放聲大哭。然而平靜的海水讓他感到安慰與希望，頓時將胸中悲喜拋到海平面那一邊，享受起這靜寂的片刻。

「這真是比王侯都還要奢侈的怠惰呀。」江文也任由海風撲拍著臉面，難得整個人身心都徹底放鬆下來。

長安號在塘沽靠岸，過海關時江文也心頭閃過異樣的感覺，一種飄渺的「祖國」念頭浮現出來。

江文也從這裡轉乘火車前往北京。他趴在窗臺上欣賞車外風景，不知時間過去多久。忽然間，他感應到什麼似的挺起身子張望，還沒進城，一種親切感已然洶湧襲來。

火車從一道城牆上的門洞裡穿過，有人喊：「進外城嘍！」窗外房屋漸漸多了起來，性急的乘客開始從架上取下行李。等轉過一個大彎，北向的窗戶霎時全都被一堵巨大的灰影所遮掩。「是北京內城！」火車貼著牆根行駛，城牆老舊得像是搖搖欲墜，磚縫裡開滿小黃花。江文也必須探頭出去才能看到城牆高聳的頂部，彷彿伸手就能摸到城磚。

火車開始減速，最後緩緩駛進鐵路終點的月臺車棚裡，站務人員拉長了聲音歌唱似的叫喊：「北平！北平前門東站到咧——」江文也心中暗道：「是民國的『北平』呀，我果然來到不同的世界了。」列車還沒停妥，便有許多人忙著從窗戶往外丟行李，各種交喊聲此起彼落，月臺上頓時亂成一團。

江文也下了車隨人群往西邊走去，從挑高的三座圓拱大門中間出站，扛行李的腳夫和洋車夫蜂擁而上，大聲講著他聽不懂的話語。他兩手提著行李，機靈地學著身旁旅客迭聲道：「不要。」「勞駕。」「讓讓。」一路闖出重圍。好容易鬆口氣，一抬頭時不禁「喔——」地驚呼起來。

他在這裡第一眼看見的是巨大得不可思議的正陽門。這座北京內城的前門，城樓高二十七公尺，加上城臺則超過四十公尺。歇山重檐，朱紅灰綠，僅僅是一座城門，卻比江文也見過的所有建築都高大雄壯、氣勢磅礴。方時午後日頭西斜，逆光中的城樓剪影更形厚重，千百燕群環繞飛翔，啁啾不已，平添幾許蒼茫。

「偉大，真是偉大……」江文也心中激動不已，腦中霎時浮起一段壯闊的旋律，所知的中國歷史人物和事件如走馬燈般旋轉來去，不由自主喃喃念起兒時祖父要他背誦的〈正氣歌〉，驚訝地發現自己竟還記得一大半。

他想起第一次從上田前往東京，是中學畢業後去參加高等學校考試，乃ぶ到東京驛來接他，順道帶他去參拜皇居。只見城垣向兩邊延伸展開，二重橋優雅地跨過護城河，而在濃蔭中隱現的白塀黑瓦，透露著高貴不可侵犯的氣息，令他由衷讚歎：「不愧是天皇陛下的宮城！」但此刻和壯闊的北京城樓比較起來，東京皇居頓時黯然失色。同時，北京處處可見的華麗色彩，也讓東京顯得單調陰沉。

「北京！北京！」江文也口中反覆念著，心臟快要破裂般興奮瘋狂。

「阿彬！」耳際傳來熟悉的聲音，是齊爾品和夫人到車站來接他。

「齊爾品先生、維克小姐！」江文也奔上前去。

「月臺上太混亂了，我們沒看到你，猜想你應該自己出來了。」齊爾品給他一個熱情的擁抱，接著展開雙手比著四周道：「北京城如何？」

「太棒了，我好像要和戀人相會似的，既殷切盼望又焦躁不安，整個靈魂炙熱到極點。」江文也掏出手帕擦拭眼角，「我才看一眼就已經熱淚盈眶。」

「這裡只是大門口，還有得你看呢！」齊爾品指指他的行李，「今晚有外交化裝舞會，你都準備好了嗎？」

「我一接到電報馬上就準備了。」江文也就在路邊打開皮箱，取出一大塊麻布，像披浴巾般圍在自己身上，低吼道：「我是英勇的臺灣高砂族酋長，小心你們的首級！」他並不知道臺灣原住民的領袖乃是頭目，因而自稱酋長。

「哈哈哈，臺灣酋長出現在北京城，一定會成為舞會上眾所矚目的焦點。」

「不錯吧，這是我太太參考雜誌上的照片，連夜做出來的。」江文也得意洋洋。

「好極了，你先到旅館好好休息一下，晚上還要欣賞你的歌喉呢。」齊爾品摟著江文也的肩膀，招呼一旁的聽差把行李搬到旅館的汽車上。

齊爾品安排江文也下榻王府井的北京飯店，他們一家則住在隆福寺崔府夾道的一座三合院，約定稍晚在飯店大廳集合。

時間還沒到，江文也就已迫不及待披著那件精心製作的「高砂族酋長服」到處走來走去，不免引來旁人奇異的目光，他還裝出凶悍表情，樂不可支。不久齊爾品一家來了，齊爾品穿著一襲長袍，扮作「民國的大官」，維克小姐扮成印度公主。三人彼此取笑一番，隨即叫了洋車穿過東長安街從東交民巷使館區北門進去。使館區四周築有磚牆，雖然夜裡昏暗，過門口檢查哨時仍可看見牆上一整排的槍眼。

舞會在使館區南邊的六國飯店舉行，各國使節和上流人士到得齊全，多是洋人，難得有幾個黃面孔。賓客們看到齊爾品都歡呼鼓譟，要他演奏音樂。於是一場即興的小型音樂會開始了，齊爾品先彈奏了幾首自己的作品，然後為大家介紹江文也，彈奏了他的《小素描》，最後為他伴奏《生蕃四歌曲集》。

在熱鬧的氣氛下，齊爾品不知是太過興奮，還是故意要震懾賓客，用驚人的力道彈出前奏，讓淑女們都皺起眉頭。江文也配合他的情緒，更加剽悍地演唱〈首祭之宴〉，果然立刻鎮住全場。

他演唱至最後一首〈搖籃曲〉，在半音階旋律下唱起溫柔的吟詠。自創的「歌詞」並無意義，表達如下大意：

靜靜地滑行吧，摯愛的我兒。向大海出航吧，去吧！沒有鯨魚，也沒有鬼怪。搖晃著搖晃著，摯愛的我兒，靜靜地滑行吧。

他想像一個文面的原住民少婦抱著嬰兒，在宛如洞穴的原始居宅中，對著火堆餘燼輕聲哄孩子入睡。鋼琴低音反覆彈奏著海浪般的分解和弦，又像是搖籃的晃動。半音階吟詠如同將滅不滅的火光，又似母親慈愛的低語。唱到「沒有鯨魚，也沒有鬼怪」時陡然揚聲拔高，彷彿餘燼裡突然「卜」地爆出最後一點火星，最後又緩緩低落，滑向夢境裡的大海，充滿了詭祕柔美的異國情調。

一曲唱畢，全場歡聲雷動，安可之聲不絕，江文也應觀眾要求又演唱了一次〈搖籃曲〉。演奏完後，前來致意的賓客絡繹不絕，齊爾品一一為江文也介紹，他也記不得這許多。眾人感動於他的演唱，又知道他是齊爾品的高徒，莫不交口稱讚，讓江文也大感風光。舞會繼續進行，江文也穿著「酋長服」像翻花蝴蝶似的滿場飛舞，簡直玩瘋了，直到半夜三點才回到飯店。

♫

江文也睡到隔天中午才起床，畢竟青年健旺，跳起來洗把臉便即精神飽滿。他匆匆吃過午餐，打開筆記本讓櫃檯經理看齊爾品留的地址，請他幫忙叫洋車到隆福寺。洋車沿著王府井大街往北，起先都是洋式樓房，很快變成灰磚灰瓦的平房。

車夫拉到崔府夾道口，向江文也豎起一指。他語言不通，掏出一元鈔票遞了過去，車夫在口袋掏出幾個銅板表示找不開，他才曉得只需要一角五六分，索性大方地擺擺手示意對方收下，車夫稱謝不停。

午後的胡同十分寧靜，雖然已是夏天，但到處栽滿大樹，空氣也比日本乾燥，因此並不覺得熱。幾個居民拉著椅子在自家院門口乘涼，巷子深處有人悠悠拉著胡琴，曲調乍聽有些憂鬱惆悵，但拉琴的人顯然沒有什麼情緒，只是微微嗚咽著。

長長的灰牆上凝佇著柔亮的陽光和樹影，江文也駐足觀看良久，心想這胡同彷彿不是為了讓人通過才開闢，而是為了享受陽光、塵土和那胡琴聲才在此靜臥，而此情此景似乎靜靜持續了五百年。時間停止了，或者說時間根本不存在，讓人心裡所有的情緒都悄悄瓦解。

他信步往胡同裡走去，也不急著找尋門牌號碼，享受當下毫無罣礙的優閒心境，這是過去從來不曾擁有的。

左近一個院落裡傳出一陣鋼琴聲，江文也心想就是這裡了。院門開著，他逕自跨過門檻循聲直入。三合院中庭鋪著灰磚地，中間擺了大魚缸，角落裡則有幾株夾竹桃、石榴樹和其他小盆栽。

南屋裡一個穿著白大褂的清瘦青年正在彈琴，齊爾品坐在沙發上。江文也向屋裡揮手，齊爾品點點頭，示意不要出聲，他遂倚在門口聆聽。

這首樂曲充滿中國民族調式，大量使用了西方傳統和聲學禁用的和聲，部分段落模仿琵琶演奏的效果，清新自然，透露一股悠然散淡的氣息。曲子並不複雜，使用的技巧也稱不上前衛，但才情洋溢，巧妙地運用中國音樂元素。

等到樂曲結束，江文也大力鼓掌。那青年全神貫注在彈奏上，不知何時多出一個人，嚇了一跳。齊爾品起身用英語為彼此介紹：「這位是Chih-Cheng Lao，北京最有才華的鋼琴家和作曲家。」青年和江文也握手，掏出一張名片遞了過來，上面寫著「京華美術學院音樂系主任　老志誠」。江文也自然而然在心裡用日語讀道：ろうしせい（Lou Shi Sei）。

齊爾品又介紹道：「這位是Bun-Ya Koh，他是臺灣人，也是日本作曲界中最令人期待的一位。」江文也同樣遞過名片，老志誠恭敬地讀道：「江文也（Chiang Wen Ye）先生，您好！」江文也聽到自己的名字用中文念出來，大感新鮮，用英語說：「請你再念一次。」老志誠聞言一愣，江文也又說：「我的名字！」老志誠這才重複道：「Chiang Wen Ye」。江文也掏出筆記本，請老志誠把拼音寫下來：「啊，原來我的名字是這樣念啊！」

齊爾品在一旁看著有趣：「你們兩個中國人，卻必須用英語對話！」說罷三人同聲大笑。江文也說：「我是臺灣人，祖先來自福建，只會講臺灣話和日本話，沒有學過北京話。」老志誠打趣說：「我祖籍廣東，和你算是隔壁鄰居。」

齊爾品說：「我看你們年紀應該差不多？」江文也道：「我出生在明治四十三年……也就是一九一〇年的六月，今年二十六歲。」老志誠道：「我是辛亥年——前清宣統三年生，也就是一九一一年正月，照西方的算法是二十五歲。」江文也喜道：「那我們只差不到一歲。」

「前年我在上海舉辦了『齊爾品徵求中國風味鋼琴曲』比賽，志誠是二等獎得主。」齊爾品說明道，「剛才他彈的〈牧童之樂〉就是得獎作品。」

「原來你是中國齊爾品獎的得主，怪不得。」江文也由衷讚歎，「我真幸運，一到北京就能聽到這麼美妙的曲子。」

「謝謝，您過獎了。」老志誠拱拱手。

「換我來彈！」江文也聽得手癢，興沖沖脫下西裝外套，不由分說坐上琴椅，腦中忽然樂思湧現，順手在琴鍵上若有似無地彈了幾個音，像是長巷裡隱隱約約的胡琴演奏。他在中音部悠悠地反覆彈奏分散的和弦，高音部偶爾簡短應答，猶如永恆的陽光下樹影微微晃動。接著終於有一段甜美的旋律浮現，卻只是驚鴻一瞥，隨即歸於靜寂，如同長巷深處的樂聲杳然遠去。

「氣氛好極了。」齊爾品說，「這跟你之前的作品不一樣，是北京給你的靈感？」

「是的。」江文也說，「我剛才來的時候在巷口聽到胡琴的聲音，感覺非常觸動，所以用音樂記下這特別的一刻。」

「這是你的即興之作？」老志誠又是驚訝，又是佩服，「原來你是模仿胡琴，難怪我聽到類似『二黃』的腔調，雖然不是很準確，但全曲的意境真美。」

「原來是二黃嗎？」江文也滿足地說，「那麼這首曲子就叫做〈午後的胡琴〉吧！」

♫

接連幾天，老志誠熱心地帶著江文也在北京到處遊覽。首先去了孔廟，江文也看到至聖先師孔子和配祀門徒們的牌位，感覺到某種厚重的情緒填滿心胸。殿內擺放的多種器具也引起他極大興趣：「看看這些樂器，儒家為了造就人，多麼重視音樂啊。」老志誠在一旁聽了只是微笑。

他們接著去頤和園，江文也對大得不像話的人造昆明湖感到驚奇，無法分辨眼前景物哪些是人工哪些是天然的。

參觀過慈禧太后寢宮的鋼琴、鋼片琴和中國樂器之後，一走進德和園大戲樓，江文也便忽然「嘿——喝——」地叫喊起來，嚇了老志誠一跳。

「音響效果很好，不愧是西太后的戲樓。」江文也非常滿意。

老志誠失笑道：「你忽然叫起來，我還以為你哪裡不舒服呢。」

「你也一起試試。」江文也慫恿說。

「不好吧。」

「Ho a ha e yai, en hon yan ho a en yai ～～」江文也竟然大聲唱起《生蕃四歌曲集》中的〈首祭之宴〉來，遊人紛紛側目，老志誠在旁邊徒勞地揮手阻止，最後只好強拉著他離開。出了德和樓，兩人笑得抱著肚子蹲在地上，江文也得意洋洋地說：「在老佛爺的戲樓用西洋聲樂方法演唱臺灣高山土著曲調，我可是空前第一人。」

「哈哈哈，你真是調皮。」斯文內斂的老志誠也不禁大感開懷。

隔天老志誠帶江文也去天壇，兩人從祈年殿參觀完出來，眼前一道長直的石橋讓江文也驚奇不已。

「這叫丹陛橋，是皇帝前往圜丘祭天時的御路。」老志誠說明道，「橋寬二十八公尺、長三百六十公尺，比地面高出二公尺半。從前只有皇帝和王公貴族能夠在這上面行走。」

「真壯觀，好像走在屋頂上。這裡看不到地平線，也看不到北京城內的萬千屋瓦，好像只剩下天與我。」江文也極目遠望，彷彿與世隔絕，不再有任何雜念，甚至變成氣體輕飄飄飛舞上升似的。

老志誠領著他走過丹陛橋來到圜丘，指著中央的天心石說：「這是皇帝祭天的地方，有巧妙的音響設計，站在這塊石頭上說話，聲音會放大好幾倍，好像能傳達到天上去一樣。」

江文也一聽，一腳就跳上天心石，試著用剛學來的蹩腳中文大聲說：「我，江文也，前來北京了！」聲音經過四周欄板反射，果真放大數倍，彷彿真能上達天聽。江文也驚喜地說：「太神奇了，像魔術似的！這是怎樣偉大的數學，卻又充滿冥想和祈願。」

天氣炎熱，參觀完了之後老志誠帶江文也從旁邊底下的柏樹林中散步歸返。他問江文也：「你這幾天感想如何？」

「我完全被征服了，在這麼短的時間內被這些遺產給壓垮，壓得扁扁的。」江文也誇張地做出被壓扁的動作，接著認真說道：「北京真是個好地方，樹木很多，也很安靜。這裡的美是一種永恆的美。所有的事物都充滿了厚厚的歷史，卻又因為綿延得太過長久而不顯得沉重，一切都很從容。」

「你只留意好的一面，對我們住在這裡的人來說，到處都有令人憂心的事情。頤和園裡的廢墟記錄著民族的痛苦，窮困的洋車夫和乞丐則提醒著現實的痛苦。」老志誠默默走了一段，忍不住又說：「北平並不平靜，幾十年來內憂外患從來沒有停止過——尤其是日本，他們併吞了東北之後又繼續侵占熱河、華北，今年日本軍隊還在豐臺鬧事，不拿下北平不會罷休。」

江文也仰頭看著濃密的樹蔭，悠悠地說：「我只看見，這裡處在一種大規模的沉睡狀態。時間好像不存在，外面的紛擾也不存在，只有高遠又高遠的天、廣闊又廣闊的自然，還有發亮的無限的靜寂。」

「你就住在北京飯店，對面就是東交民巷使館區。」老志誠語帶恥辱地說，「八國聯軍之後，使館區外築起圍牆，裡面駐紮著各國軍隊，中國軍隊有事經過反而得繞著外面走。世界上哪有這樣的事情？倫敦、巴黎或者東京都沒有這樣的『使館區』，更沒有中國軍隊前去駐紮。東交民巷是一塊國恥之區，就在北平城裡面！」

「我還沒說完。」江文也緩緩說道，「踏上這片大陸，我首先感受到的是廣闊自然帶來的震撼，也終於理解老子和孔子的努力都是要把自己的德性提升到與大自然相等的高度，這是日本所沒有的。這也讓人深刻感覺到，俗世的爭執十分短暫，只有天、光線和空氣永恆不變。」

「你太浪漫了。」老志誠並不同意江文也的說法，但彼此初見，並不想為此爭論到底，只是嘆了口氣說：「有時候我不禁懷疑，在這種時候學習音樂，對國家民族究竟有什麼幫助？」

「藝術也是永恆的。」江文也充滿自信地一笑，「我們要努力創造流傳後世的音樂，就像這些偉大的古蹟一樣。」

♫

江文也回到旅館，也沒換衣服，往床上一倒就陷入深沉的睡眠。

「叭叭叭——」一陣嘹亮的軍號將他吵醒，一看手錶，才早上六點。江文也坐了起來，想起今天是舊曆的五月五日，三閭大夫屈原投江的日子。但奇怪端午節為什麼會吹奏軍號？

他走到窗戶張望，旅館前面——正確來說是王府井南口以西、御河橋以東的這塊空地上，竟有一支舉著義大利國旗的軍隊正在進行分列式。隊伍聲勢浩大，軍官威武地在馬上發號施令，小號手用力吹奏傳達，空地上人聲馬嘶，士兵肩扛長槍、拉著鋼砲奔馳來去，又不斷變換隊形，揚起大片塵土。

江文也看了半天，想起老志誠說的「國恥」，他對這話並沒有切身感受，心底隱隱然將「古老的中國文明」和「現實的中國」分隔開來。自己深受震撼吸引的是永恆的歷史之美，至於中國的苦難，似乎只是另一個異國的事情。

但當他轉身想要離開窗邊時，心裡卻忽然冒出一個令自己痛苦不已的念頭：「若是以音樂風格來說，你的體內不也和這北京一樣駐紮著世界各國的軍隊嗎？最早是德國，然後是法國、俄國、義大利、匈牙利和美國。那你自己到底是什麼？」

這個念頭像一把鋒利的匕首刺進江文也的胸膛，他無法回答，急急衝出飯店在街道上來回踱步，內心發出地獄般的叫喊，腦中不協和的管弦齊奏，定音鼓亂打一氣，幾乎使他發狂。

「我到底該怎麼做才好呢？」遠方的空地上仍然斷斷續續傳來軍號的吹奏，江文也摀住耳朵，往相反方向的胡同裡疾奔而去。

七月五日，他和齊爾品一家分乘不同的輪船返回日本。到家沒幾天他就得了重感冒，頭痛、發燒、噴嚏不止，昏睡一整日。隔天開始退燒緩解，但症狀持續了將近一個禮拜才逐漸痊癒。病中醒來，看著熟悉的家中環境，不久前的中國之旅好似遙遠的夢境一場，非常不真實。

等身體稍稍恢復，他立刻開始工作，用飛快的速度寫下〈午後的胡琴〉、〈夜晚的琵琶彈奏〉、〈北京正陽門〉、〈嗩吶〉和另外三首無標題短曲，加上過去一年間所寫的〈青葉‧若葉〉等九首，輯成十六首《斷章小品》。每一首短曲都記錄下一個特別的情緒瞬間，可以說是他的音樂日記。而樂曲的風格從印象派日本風情、無調性前衛實驗，到後來融入中國民族風，更記錄下他創作歷程的轉變。

江文也滿意地將樂譜理成一冊，準備拿給齊爾品出版。他抽了一張白紙當作封面，寫上標題「斷章小品──Bagatelles」以及作曲者「江文也」，接著毫不猶豫地寫下「Wen-Ye Chiang」，取代一直以來慣用的「Bunya Koh」。

這時有客人來訪，原來是郭柏川聽說他生病，前來探望。

「你看起來氣色不壞，這樣我就放心了。」郭柏川說。

「只是稍微感冒，沒要緊啦。」

「北京怎麼樣？」郭柏川問。

「是好所在。很美，很值得一去。」江文也話匣子一開便興沖沖說個不停，對北京讚不絕口。

末了，他亮出樂譜封面，得意地說：「你看，Wen-Ye Chiang，這是中文發音的『江文也』。從今以後，我要以這個名字活躍在世界音樂的舞臺。」

「嗯。」郭柏川接過樂譜默默端詳。

「你知道你的名字用中國話怎麼念嗎？」

「Kuo Po-Chuam。」郭柏川不假思索地說。

「你怎麼知道？」江文也大感意外。

「學校裡的中國留學生教我的。」郭柏川把樂譜還給江文也，忽然說：「你有沒有聽說林獻堂先生的『祖國事件』？」

「沒有。」

「算起來是你到北京的前一日，林獻堂先生被一個日本浪人打了。」

「什麼！怎麼回事？」

「三月的時候《臺灣新民報》辦了一個華南考察團，林獻堂先生在上海歡迎會致詞時，講了一句『今日歸來祖國』，被特務報告臺灣軍司令。六月十七日林先生受邀請去臺中公園參加『臺灣始政紀念日』園遊會，沒想到有個日本浪人當眾辱罵，還搧了他一耳光。」

「在場的官員和警察都不管嗎？」

「人是當場抓起來了，但是很快就判決不起訴，馬上釋放。」郭柏川忿忿地說，「那個浪人根本就是臺灣軍部指使的，故意要羞辱咱們臺灣人，當然不會有什麼處分。」

江文也難以置信：「只因為林先生講了一句『祖國』？這有什麼關係？」

「二二六事件之後氣氛開始變了，主張對中國出兵的統制派軍人得勢，所以格外不容許臺灣人和中國親善。」郭柏川好心提醒，「你把名字拼音改成中國話很好，但也可能因此惹來一些麻煩，你要有所覺悟。」

「我改拼音只是覺得有趣，又沒有別的意思。」江文也無所謂地道。

「你覺得有趣，日本人卻不這樣想。」郭柏川憂心地道，「兩國不和，咱們臺灣夾在中間難做人。上次我偶然參加中國留學生的聚會，他們一聽說我是臺灣人，緊張得像是看到特務一樣，什麼話都不講了。」

「這又是為什麼？」

「臺灣被日本統治太久，他們不信任臺灣人。」郭柏川吁了口氣，無奈地道，「實在也是臺灣有些流氓敗類，跑到廈門和上海仗著日本人的勢頭為非作歹，把臺灣人名聲都打壞掉，被取了『臺灣歹狗』的難聽綽號。」

「臺灣歹狗？」江文也興味盎然地一笑，「這麼拗口的說法，虧他們想得出來。」

第八章　奧林匹克風波

過了一年中最熱的八月，九月初稍微涼爽了些，這幾日忽然又熱到三十四度。

「天氣還真奇怪呀，冬天那麼冷，夏天又那麼熱。」江文也拿著扇子猛搧。

乃ぶ端來一杯甘酒，沒好氣地說：「不熱怎麼叫做夏天呢。」

「甘酒！」江文也猛然攫起杯子一口喝掉，動作太急，潑了一些在胸口。

「真沒個樣子！」乃ぶ連忙拿了抹布過來，這時剛會走路的女兒純子踉踉蹌蹌地過來，一下撲倒在她身上，乃ぶ連忙抓住：「唉呀呀，照顧一個孩子就夠累了，我還得一次照顧兩個！」

「純子來！」江文也一把將女兒抱過去，嗚嚕嚕地逗弄了老半天，忽然說：「妳記不記得半年前那場大雪？」

「當然！你那天冒雪回家，整個人都被凍僵，害我擔心死了。」乃ぶ跪在榻榻米上擦拭，一邊說：「討厭，甘酒滲進縫隙裡面去啦。說起來這榻榻米也該換了。」

「那是五十年來最大的一場寒流，我抱著《臺灣舞曲》總譜走了好遠……本來以為冬天既然那麼冷，今年夏天會涼快一點，沒想到卻還是好熱。」

「啊，奧林匹克。」乃ぶ坐直身子，醒悟道，「藝術競賽的結果應該要發表了吧。」

「嗯。」江文也把扇子塞在純子手裡，握著她的手不住搧動，純子覺得有趣，咿咿唔唔笑個不停。江文也一邊搧著，頭也不抬地道：「諸井三郎老師是奧林匹克音樂委員，照理說應該知道比賽結果，但是記者問他的時候什麼都沒說。」

「沒有帶回好消息嗎？」乃ぶ彎下身子繼續用力擦拭，頭也不抬地問，「對了，你去支那的旅費還剩下多少？」

「六十圓[9]。」

「只有這樣？你不是帶了四百圓去？」

「嗯。」江文也更加用力搧風。

「還掉幾筆賒帳，剩下的就不多了。」乃ぶ放下抹布，嘆了口氣。「過兩天要付房租，你再拿給我吧。」

江文也一躍而起，卻不是去拿錢，而是坐到鋼琴前彈起〈午後的胡琴〉、〈夜晚的琵琶彈奏〉和〈北京正陽門〉等曲子。他越彈越覺得哪裡不對勁，以往他演奏的時候，乃ぶ都會靠過來聆聽，並且和他討論。但最近乃ぶ變得不太關注自己的音樂了，轉頭一看，乃ぶ正低聲教訓純子，指責她不該亂把東西放進嘴裡。

「三色堇覺得這幾首作品怎麼樣？」江文也高聲詢問。

「啊，抱歉，我沒留意……」乃ぶ忙著幫純子重新把衣服穿好。

「不喜歡嗎？」江文也語帶失望地繼續彈奏。

「怎麼會，阿彬的作品總是充滿靈感啊。」乃ぶ歪著頭刻意認真聽了一會兒，淡淡地說，「很美也很特別，不過我對支那音樂完全陌生，實在無法發表什麼意見。」

「啊——」江文也大吼一聲，忽然起身說：「走，我們去洗足池逛逛！」

「不是正熱嗎？」乃ぶ一愣。

「租條船划進樹蔭下最涼爽啦，總比待在悶熱的家裡好。」他立刻換上外出的短袖襯衫。

乃ぶ看著女兒，顧忌說：「純子還這麼小，坐船不太好吧。」

「她一歲半啦，剛好幫她拍張初次乘船的紀念照！」江文也戴上巴拿馬帽，順手拎起相機。

一家三口隨即出門，穿過安寧的住宅區很快就到洗足池。池邊有一座千束八幡神社，是當地歷史悠久的小廟，靜靜佇立在土岡上，四周種滿高大的槐樹、柏樹和榆樹。社境不大，裡外並無一人。

「純子，我們進去參拜神明。」乃ぶ把純子放下，帶著她在鳥居前一揖，到手水舍洗淨，然後牽住女兒的手，讓她自己一階一階爬上參道石階。雖然只有二十來階，對純子來說卻是人生中初次的奮力攀登。她戴著一頂藺草圓帽，使盡全身力氣抬腳登階，模樣可愛極了。一片陽光篩過樹蔭打在母女背影上，江文也舉起相機按下快門，覺得無比安慰。

拜殿灰瓦素木、精雅小巧，左右兩尊石雕狛犬身上泛著淡淡苔痕，與濃濃的綠蔭相互輝映，

9 六十圓：約合現在的日幣十二萬圓，或新臺幣三萬五千元左右。

充滿柔亮又寧靜的夏日氣息。

乃ぶ丟了幾個硬幣進賽錢箱，抓住繩子搖搖鈴鐺，二拜二拍手，合掌虔誠祝禱。純子在一旁有樣學樣，笨拙地抓住繩子搖個不停，江文也趕緊從後面抱住純子，把著她的手禮敬。

乃ぶ誠心祝禱：「希望神明保佑阿彬，順利獲得奧林匹克音樂比賽優勝。」

江文也忽然一陣鼻酸，帶著女兒深深地最後一拜。

他們繞著池子走了小半圈，樹木蓊鬱，池水倒映出一片綠光。江文也看到一株斜斜伸向水面的松樹，頑皮地爬了上去，純子也想跟著攀爬，引得乃ぶ連忙喝斥。江文也租來一條小船，帶著妻女划到一處濃蔭下乘涼。純子對著水面一揮手，四周的鯉魚全都游了過來，還招來兩隻水鴨。乃ぶ取出麵包撕成碎屑讓純子餵魚，江文也拿起相機拍照，純子舉手用力一拋，看著爭食的鯉魚「哇哈！」笑了起來。

♫

當天傍晚，郵差投遞來一個包裹。江文也出去應門，看是體育協會寄來的，頓時頭腦發脹、心臟狂跳，急急簽收了就在門口將紙包扯破。裡面是一張獎狀和一個掌心大小的橙紅色圓形紙盒。打開盒子，一枚銅色燦然的獎牌沉甸甸地躺在裡面，江文也大叫一聲衝進屋裡，差點和聞聲而出的乃ぶ撞個滿懷。

「妳看，是奧林匹克！奧林匹克！」江文也抓著獎牌歡呼。

兩人湊在一起端詳，那獎牌正面鑄著代表五大洲的五個健美男性，雙手各自拉著一條鐘繩，邊緣則有「BERLIN. 1936」和「XI. OLYMPIADE」字樣。背面則是柏林奧運的標誌——奧運鐘上面印著腳踩五環的德意志之鷹。

江文也顫抖地取出獎狀，儘管不懂德文，但Bunya Koh, Japan（江文也，日本）和Musik, Gruppe C（音樂C組——管弦樂）等字樣是明明白白的。

「Bunya Koh, Japan. Bunya Koh, Japan! 俺江文也贏得奧林匹克獎牌了！」江文也抓著乃ぶ雙臂不住跳躍，「三色堇，我們辦到了！」

「真是太好了。」乃ぶ如釋重負，忽然大哭起來。「如果父親看到這一天就好了，他知道你獲得奧林匹克獎牌，說不定也會願意贊助你去歐洲的。」

「老爹——請看我們的奧林匹克獎牌！」江文也誇張地把獎牌往天上一比，乃ぶ噗哧一笑，淚水依然流個不停。江文也故意取笑道：「妳到底是在哭還是在笑啊？」乃ぶ自己也覺得有趣，一邊哽咽一邊笑說：「我太開心了。」

江文也振臂大吼：「奧林匹克萬歲！《臺灣舞曲》萬歲！」

稍稍冷靜之後，兩人把獎牌和獎狀看了又看，奇怪的是，獎狀上並沒有註明名次。江文也疑惑道：「看獎牌顏色，我獲得的是銅牌嗎？更奇怪的是，獎狀和獎牌直接寄到家裡來，完全沒有任何新聞報導。」

「無論如何，這都是貨真價實的奧林匹克獎牌啊！」乃ぶ滿足地說。

「沒有新聞，我就自己發布吧。」江文也換衣服準備出門。

「天都快黑了，你要去哪裡？」

「去銀座的東京日日新聞社，我有認識的記者，他們晚上才截稿。」江文也揣著獎牌和獎狀往大門走去，回頭道：「妳帶純子去資生堂等我，晚上吃慶功宴！」

♫

江文也到東京日日新聞社找文藝欄記者篠原敏夫，遠遠看見對方就驕傲地高舉獎牌炫耀：「篠原君，我得到奧林匹克獎牌了！」

「終於寄來了嗎，這就是江君獲得的獎牌啊，幹得漂亮，恭喜你！」篠原敏夫接過獎牌把玩，似乎並不意外。「嗯，榮譽獎的獎牌，跟繪畫組銅牌得主藤田隆治手上那枚果然不一樣。」

「榮譽獎？」

「是啊，你看獎狀上寫著『Ehrenvolle Anerkennung』，就是榮譽獎的意思。不容易呢，江君在日本五位代表中占有一席，和山田耕筰、諸井三郎、箕作秋吉、伊藤昇等音樂界的大人物比肩，又在全世界三十三件參賽作品中脫穎而出。」篠原敏夫竟對比賽細節瞭如指掌，「德國作曲家獲得金牌、義大利和捷克並列銀牌，江君和另一位義大利作曲家得到評審團額外頒發的榮譽獎。說起來是在世界舞臺上，取得了第四名的成績。」

「你怎麼知道？」江文也瞠目結舌，「篠原君難道早就聽說我得獎的消息？」

「是啊，二十多名國際評審在六月三日舉行讀譜審查，十日舉辦決選演奏會，日本這邊不久就知道結果了。」

「六月十日……原來三個月前就已經選出來了，那是我出發去北京的前夕。」江文也如墜冰窖，腦中空白一片。「你怎麼沒告訴我？」

「啊，沒人跟你說嗎？」篠原敏夫同樣感到詫異，「我以為諸井老師早就通知你了，還想說你真沉得住氣，跟平常不一樣。」

「之前清瀨保二跟我說好像有這麼一回事，但音樂界完全沒有動靜，我以為他又在開玩笑。」江文也抓著篠原敏夫雙臂追問，「是諸井老師帶回來的消息？」

「是啊。」篠原敏夫見江文也臉色難看至極，拉著他坐下來緩和情緒，說道：「諸井老師親自到德國去參加決選演奏會，當場就知道結果。他回國時我們幾個記者去採訪，原本他不願意談論比賽的事，在大家追問下才不情願地說『只有小江獲得榮譽獎』，而且叫我們不要發布。」

「他有解釋不發布的原因嗎？」

「我們也覺得奇怪，本來以為是要等日本體育協會正式公布，但我們追問關於你的事情，他就生氣了。」篠原敏夫看著江文也，「諸井老師對你得獎似乎不太高興，我們幾家新聞社顧忌他的感受，就約定等體育協會的消息，沒想到那邊也一直沒有公布。」

江文也氣得發抖，臉孔幾乎變形：「原本以為諸井三郎雖然古板了點，畢竟是個值得敬重的紳士，我在支那還演唱他的歌曲，沒想到他竟是如此心胸狹小之人！」

篠原敏夫拍拍他的肩膀，安慰道：「官學派的山田和諸井兩位大老都沒得獎，單單被你一個後生小子壓倒，實在太沒面子了，不想提也是情理中事，你要從他們的立場考慮。」

江文也氣憤難平：「在奧林匹克世界舞臺得獎是日本音樂界全體的榮譽。為了輕蔑我一個人，卻寧可抹煞整個樂壇嗎？」

篠原敏夫知他年輕氣盛，一時難以平復，於是取出筆記本和鉛筆道：「反正你得獎是無可否認的事實，獎狀跟獎牌既然已經寄到，我就幫你做篇獨家特報。」

「那就拜託你了。」江文也不住用力吁氣。

篠原敏夫慢條斯理地點上一根菸抽了起來，他很了解江文也的背景，但為了安撫他的情緒，故意叨叨絮絮地從出身經歷問起，藉此轉移注意力。等江文也恢復冷靜，才開始詢問重點：「《臺灣舞曲》的內容是什麼？」

「這是描寫臺灣古代和現今風貌交織而成的繪卷物（長篇畫卷）。」

「真是令人神往，希望能夠實際聽到曲子演奏。」篠原敏夫一邊速記一邊問道：「那麼，江君對這次奧林匹克比賽有什麼看法。」

「我在偶然情況下成為歌手，但很快就對歌手的身分不滿足，開始自行摸索作曲，最初的作品就是《臺灣舞曲》，構思兩天，然後用一個月編曲。出道作就能獲得大獎，真是不勝感激。」

「確實可喜可賀。可否談談你的音樂理念？」

「我的音樂理念是……」江文也想起官學派遵奉德奧浪漫傳統而打壓新進，也打壓像他這樣的殖民地人，挺起胸膛發表一番驚人的宣言：「我認為必須否定一切西洋理論，建設完全的東洋音樂！為了對抗西洋，我們得拿出堂皇的理論和作品。現在日本音樂家過於自滿，除了少數新進之外，全都陷在西洋理論中無法自拔。我完全沒有受過學院內的音樂教育，只有這點意見。」

「喔，真是大膽的發言，等於一篇宣戰布告！」篠原敏夫將這段話盡量完整地記下來，再次問道：「徹底否定官學派，很有勇氣。不過你確定要這麼說嗎？」

「不行嗎？」

「從新聞報導的角度來說當然是絕佳素材。」篠原敏夫把快抽到底的菸按熄。

「這就是我真實的想法。」江文也滿懷鬥志。

五天後《東京日日新聞》登出多達五欄的獨家特報，中間醒目地放著江文也和奧林匹克獎牌的照片。內文報導得獎消息和江文也的背景經歷，另以附篇寫出江文也的感想。

江文也得獎的消息在臺灣造成轟動，包括官方色彩的《臺灣日日新報》等報刊都在第一時間大幅報導。臺灣鄉親振奮不已，楊肇嘉還匯來眾人集資的一千圓[10]禮金，表達祝賀之意。

相對於臺灣社會的熱烈反應，日本卻是一片靜悄悄。除了《東京日日新聞》之外，竟沒有其他媒體跟進。而江文也發表了激進的「宣戰布告」之後，本以為會引起一番大騷動，沒想到除了音樂雜誌上兩三篇不痛不癢的論文，沒有人附和，更未形成論戰。

過了幾天，郭柏川帶著一份《朝日新聞》來找江文也，上面登載一則「奧林匹克關連事宜座談會」的報導，引述諸井三郎的發言：「《臺灣舞曲》並不是有價值的作品，會得獎不過是激起評審們對異國趣味的好奇心罷了。」更有樂評人批評：「這樣講或許作曲者太可憐了，但我不得不認為，這個作品是針對外國評審投其所好而寫的，以所謂的民謠為題材（實際上來源不明），

---

10 一千圓：約合現在的日幣兩百萬圓，或新臺幣五十八萬元左右。

其配置和德弗札克的《狂歡節序曲》如出一轍，與其說類似不如說剽竊……」不僅把江文也得獎的榮耀徹底抹煞，還詆毀他的人格。

江文也把新聞紙揉成一團，憤慨地說：「我得獎的事竟然引起這種莫名其妙的回響。」

郭柏川說：「其實就是因為你引起很大的波瀾，他們沒有辦法回應，只好先裝作沒看見，然後故意把你說得一文不值。」

「說到底，大家根本沒有把我當成『日本的』作曲家。」

「你當然是『臺灣的』作曲家，得獎作品是《臺灣舞曲》，又不是《日本舞曲》，日本人怎麼吞得下這口氣。」

江文也用日語吼道：「我把自己置身在火線最前端，但沒有人把我當成對手。能對如此大作視而不見的話，就儘管忽視吧！」他用力把新聞紙團遠遠踢開，「白遼士的音樂、貝多芬的音樂、拉威爾的音樂！法雅、德布希、穆索斯基！他們的音樂裡面不存在讓人好奇的元素嗎？想假裝無視於我的存在就儘管假裝吧，我已經為志同道合的作曲家指出正確方向，這是誰也無法忽視的。」

房間裡傳出孩子的哭聲，乃ぶ一臉憂心地出來說：「你嚇到純子了。」

「抱歉。」江文也聽到女兒的事，稍稍克制，但情緒仍無法平復。

「你先冷靜點。」郭柏川沉穩地說，「你造成官學派很大的反感，恐怕會招來一些麻煩。」

「喜悅的夢醒了，我已經有所覺悟。」

「喔，這就是《臺灣舞曲》的總譜嗎，封面還印著奧林匹克的獎狀呢，真有你的。」箕作秋吉和清瀨保二欣羨地稱讚。

「這可是國際精裝本，我花了很多時間和心思在上面，當然漂亮。」江文也拿著剛印好的樂譜給兩人欣賞，不無炫耀的意思。

箕作秋吉這次也有作品入選參賽，雖然自己並未獲獎，仍衷心為江文也感到高興：「春秋社向來只幫山田耕筰之類的大作曲家出版，可見江君已經和他們屬於同一等級。」

清瀨保二關心的重點卻不一樣：「印製費很貴吧。」

江文也若無其事說：「總共一千三百圓，我和出版社討價還價，最後決定半自費出版。」

清瀨保二驚呼：「那你也得出六百五十圓，真是大手筆！」

「我把臺灣贊助者寄來的祝賀禮金都花在這上面了，現在又是兩手空空。」江文也爽朗地一笑，「不過這種東西大概賣不出幾本吧，我打算寄給全世界著名的管弦樂團，希望有機會演出。」

箕作秋吉熱心地說：「如果需要透過聯盟來聯繫外國樂團的話，我們可以幫忙。」

「那當然要多多拜託。」江文也驕傲地說，「不過出版社轉來大指揮家史托考夫斯基的來信，表示對《臺灣舞曲》很有興趣，計畫由費城交響樂團或柏林愛樂灌錄唱片。」

「喔——那真是不得了。」兩人一陣騷動。

「對了。」箕作秋吉說，「上個月巴黎國際現代音樂節，演奏了阿彬的《生蕃四歌曲集》，得到高度讚譽——『如此強烈野性的作品讓我們開心地知道，在吾人視野之外還有一些可以讓音樂發生的要素存在。』接下來的幾個國際音樂節，我都打算推薦阿彬的作品參加。」

清瀨保二故意用取笑的語氣說：「我以後就叫你『國際牌』好了，你幾乎就是日本音樂界在國際上的看板人物。」

「說到這個。」江文也語氣一沉，「相較之下，我在國內始終得不到最好的評價。今年的『第五回音樂比賽』，我用島崎藤村的新詩〈潮音〉譜寫合唱曲，雖然再次入選，最後還是只得到第二名；此外，我用信州民謠創作《基於俗謠的交響練習曲》，入選『新響國人作品比賽』，居然被某個評審批評得一文不值。」

許多人都看過那篇樂評，內容是這樣寫的：「有不少人稱讚江文也，但他的作品到底哪裡好，我實在看不出來。因為他的構成法暗藏著可怕的矯飾作風，就像大眾小說一樣。整體上只是不斷反覆，讓耳朵非常難以忍受。」

清瀨保二半開玩笑說：「我早就叫你別再用日本民謠創作了，誰叫你不聽？」

江文也冷冷地說：「從現在起，我絕對不會再用任何日本音樂素材。」語氣之決絕，令兩人聽了都有點不舒服。

箕作秋吉溫厚地說：「官學派從來就對新音樂不友善，這跟是否使用日本素材應該沒有關係……」

「我不懂！」江文也粗魯地打斷，「既然聯盟諸君都反對官學派高舉的後浪漫主義，為什麼我提出『建立完全的東洋音樂』的主張，卻沒有人寫文章附和呢？」

「你那篇宣戰布告，像山豬一樣太過莽撞。」清瀨保二直率地說，「我們是想要開創新音樂，但也不必和官學派撕破臉到這個地步。」

「等著看吧，我會寫出完全不用日本素材的東洋音樂，在國際上贏得更多肯定。」江文也執拗地說。

♫

十月初，齊爾品在東京舉辦三場「現代音樂節」，演奏他自己、史特拉文斯基、普羅高菲夫，以及日本與中國共八位作曲家的作品。第三晚，他排出江文也的《小素描》、三首《斷章小品》及《生蕃四歌曲集》，並邀請江文也親自演唱，給予相當吃重的分量。

接著齊爾品前往大阪、神戶、名古屋、札幌、廣島和京都巡迴演出，將現代音樂推廣到日本更多角落。

隔年（昭和十二／一九三七年）春天，齊爾品約江文也聚餐，同席的還有以《日本狂想曲》獲得齊爾品賞的伊福部昭。江文也在帝國飯店門口一見到伊福部昭便歡然上前招呼：「終於見到你了，傳說中的北海道天才！」

「久仰，初次見面請多多指教。」伊福部昭外表看似冷峻，骨子裡卻透露出一股熱烈又粗獷的力道，這是屬於北國男子的氣概，與齊爾品倒有幾分相像。

一行人乘車到目黑的雅敘園，這是一處超高級宴會場所，門關彷彿大名屋敷般宏偉，建築則如同日光東照宮似的華麗。江文也興味盎然地欣賞屋內繁複的裝飾，伊福部昭則冷眼審視著建物的木料。

入座後，女將詢問眾人先喝點什麼飲料，齊爾品夫婦點了一瓶法國紅酒——酒送上來時用布遮住酒標，江文也記得齊爾品說過這是尊重其他客人、不自我炫耀的紳士禮儀。伊福部昭要了一杯伏特加，江文也則點了水果潘趣酒。

「你還是不喝酒嗎？」齊爾品問江文也。

「對啊，我對酒精過敏。」江文也理直氣壯地說。

「日本的音樂家幾乎都不喝酒，連伊福部先生都是在我『命令』之下才開始嘗試，到底是怎麼回事？」齊爾品打趣說，「不喝酒而能創造歷史的人物幾乎不存在，在日本也是一樣。」

「這已經是我的上限了。」江文也舉起手中的水果潘趣酒向眾人致敬，他一邊喝著飲料，注意到伊福部昭始終盯著床之間（向牆內嵌入的裝飾空間）的床柱看，開玩笑問：「伊福部君，難道那根床柱上刻著什麼字嗎？」

「嗯，上面寫著『我是青桲』。選材很好，是難得的名木，不愧是雅敘園。」伊福部昭冷靜而認真地說。

一旁的女將訝異道：「客人真是不得了，我們接待過這麼多來賓，大家都覺得這根床柱很漂亮，但從來沒有人認出它的來歷。敢問客人在哪裡高就？」

「在下是北海道的林務官。」伊福部昭躬身說。

「是以音樂天才名聞國際的林務官！」江文也哈哈大笑，一邊給齊爾品夫婦翻譯解釋，兩人也大感驚奇。

「對了。」江文也忽然想起來，連忙從大提包裡取出一本樂譜，恭敬地呈獻給齊爾品：「承蒙您的指導，一直無法回報，只能送給您這本《臺灣舞曲》的總譜，作為臨別禮物。」同時又取出另一本送給伊福部昭。

「恭喜你獲得奧林匹克音樂比賽！」齊爾品欣然接過樂譜翻看，「用了國際精裝規格，印得很漂亮。這確實是一部好作品，我會好好保存。」

齊爾品也取出一本樂譜遞給江文也，乃是「齊爾品選集」中伊福部昭的《日本狂想曲》。「這部作品的管弦樂法很精采，你們可以互相參考。」

「謝謝您，但是我已經買了一本。」

齊爾品微微一笑：「原來你是那九分之一。」

「什麼？」江文也不解。

「這部作品在日本總共只賣出九本，你是其中一位識貨的行家。」齊爾品將兩本樂譜並列在桌上，問道：「你既然已經讀過，說說看法如何？」

「太棒了！伊福部君用了最宏大的編制，卻沒有半分笨重冗贅，而是巧妙地構成一幅燦爛的織錦，尾聲部分的音響更像煙火爆發一樣。這麼成熟的管弦樂法，實在看不出來出自二十一歲的年輕人之手。」江文也看著伊福部昭，衷心讚歎說，「更重要的是，伊福部君把歐洲和日本的樣式大膽結合，活潑熱情，完全沒有一般日本作品單調無聊的弊病。我在讀譜的時候就覺得作者一定是個有意思的人，很想認識，今天總算如願。」

「太過獎了，我還差得遠。」伊福部昭謙遜地低下頭。

「我很好奇作品中那樣豐沛力量是怎麼來的。雖然你在受訪時說過，這是描寫札幌神社祭典的『囃子』，但我認為絕對不只如此。」江文也急切地問，「祭典音樂我也聽過很多，《日本狂想曲》節奏充滿動態，更擁有奔放無比的生命力，絕非一般的日本風情。」

「嗯，說起來的話，也許是阿依努人的影響。」伊福部昭淡淡地道。

「北海道的土著阿依努人？」江文也奇道。

「我小學時父親出任河東郡音更村的村長，全家跟著搬去。村裡大部分是阿依努人——音更（Otofuke）這個村名，就是從阿依努語的 Otopuke 轉來的，代表『頭髮生長』的意思。」伊福部昭喝了一口伏特加，眼中燃起火光。「我還記得第一天到學校時的印象，所有同學全都打赤腳，穿著筒袖，完全是另外一個世界的人。我跟他們一起生活，聽他們的音樂，跳他們的舞蹈，耳濡目染了阿依努人和大自然融為一體的生活方式。也許我在不知不覺間，把那樣的情懷寫進曲子裡也說不定。」

「太妙了！」江文也悠然神往，「真是令人羨慕的經歷！」

伊福部昭看了他一眼，感心道：「會對我的經歷說出『羨慕』的，還真是少見。」

齊爾品愉悅地說：「怪不得清瀨保二先生說你們一個是南方原始主義，一個是北方原始主義，看來他說得對極了！」

「說到土著和原始主義，」江文也興奮地掏出另一份手寫的樂譜，「先生建議寫歌劇比較容易賺錢，我乖乖照做了。這是正在寫的《泰雅族之戀》三幕歌劇其中一段，絕對是傑作，請兩位看看。」

兩人將樂譜接過，當席閱讀起來。齊爾品手指在譜面上飛快點畫，不時微微點頭。伊福部昭則皺緊眉頭全神貫注觀看。

齊爾品說：「曲中使用了《生蕃四歌曲集》的素材，但更加狂野，期待你早日完成。」

「曲子很好，我沒有特別的意見。」伊福部昭看著樂譜封面，「不過題目叫做《泰雅族》就可以了吧。」

「不行！一定要有戀情！」江文也大聲叫道，齊爾品夫婦不禁莞爾。

「江君曾經和泰雅族人一起生活嗎？」伊福部昭冷不防問。

「沒有！」江文也率直回答。

「嗯……」伊福部昭抱胸不語。

「有什麼不對嗎？」江文也好奇道。

「恕我直言。」伊福部昭坐正身子，「我雖然對泰雅族一無所知，但以我跟阿依努人生活的經驗來看，這首曲子中缺少了真正的『原始』氣氛，比較多是出於想像。」

「每個人心中都存在著原始的呼喚，我描寫的正是這個東西。我認為音樂是沒有界線的，不必非得使用土著的素材，才能貼近『原始』。」江文也口頭上雖然這麼說，卻被伊福部昭的眼神看得有些心虛，對方不愧是真正和原始部族朝夕相處的人，一眼就看穿自己是憑空創造。

「原來如此。」伊福部昭顯得不以為然。江文也不再答話，但伊福部昭的這番話已然悄悄埋進他的心裡。

齊爾品並不作出任何判斷，只是愉快地喝著紅酒，巧妙轉換話題說：「我忽然意識到，江君是臺灣人，伊福部君來自北海道，而清瀨君則是九州人。你們這幾個搖動日本中央樂壇的人物，都來自邊陲地方呢。」

「確實如此！」江文也對這個發現大感興奮。

「歐洲中心的音樂權威，即將被新興地區取代。日本中央樂壇的權威，也要靠來自邊陲地帶的你們打破。」齊爾品意味深長地說，「什麼是中央，什麼是邊陲？往後可能會有一番全新的定義。」

這樣邊談邊吃，時間漸漸晚了。趁著另外兩人離席如廁，齊爾品倒了一杯紅酒給江文也：「江君，跟我喝一杯吧。」

「我不行啦。」江文也連連搖手。

「我們將來也許會在世界上的某一個角落再見，」齊爾品舉起酒杯，語氣中竟有些傷感，「但我有個不好的預感——希望不要成真——我們短期內恐怕不會在日本或中國有這個機會了。」

「怎麼會？」

「我原本打算遊歷整個亞洲，包括南亞和中東，但是一到中國和日本就被深深吸引，改變了計畫，長時間在兩地停留，得到絕大的收穫，也看見音樂未來的希望。」齊爾品逕自舉杯一飲，續道：「然而這兩個未來希望，看起來卻不免發生一場巨大的衝突。」

「先生也聽說了可能會開戰的傳言嗎？」

「不是傳言，而是親身見聞。」齊爾品遺憾地說，「這個月我在日本七個城市舉辦演奏會，所見所聞卻勾起俄國革命前的不愉快回憶，那是即將有事情要發生的氣氛。」

「人類真是愚蠢，明明就能創造出這麼多美麗的事物，為什麼一定要打仗呢？」江文也看著華麗的包廂裝飾，還有那根漂亮的床柱，百思不得其解。

「能夠以藝術取代衝突的時代還很遙遠。」齊爾品將瓶中剩下的酒盡數倒進杯中，「這次我會在中國待到四月，然後回法國去。希望我的擔心只是多餘，彼此很快就能再見面。」

「為了下次的見面。」江文也感受到濃烈的離愁，舉起酒杯相敬。

「為了下次的見面，以及長久的友誼。」齊爾品一反紳士風範，將酒一口喝乾。他把杯子放在妻子的空酒杯旁，看著兩只杯底殘留著血汙般的酒痕，脫口說：「我打算和維克小姐離婚。」

「什麼？」江文也大吃一驚。

「維克小姐是個好人，我們之間也始終保持著良好的友誼——對，友誼。畢竟落魄貴族和暴發戶富商的婚姻終究是難以長久的。」齊爾品自失地一笑，「我不想再當一隻櫥窗裡的泰迪熊了，縱使如此一來將會失去財務支援，我也必須找回我自己。」

江文也看著齊爾品，這時他不再是讓樂壇風靡的大師，只是一個即將步入中年的三十七歲男人，有著平凡人的困擾，也有奮力一搏的勇氣。而他對自己開誠布公，已超越一般的師徒關係，把自己當成交心之友了。於是江文也溫暖地說：「謝謝你告訴我這些，祝你未來一切順利。」

齊爾品瞬間恢復了平日的矜貴神色，打趣說：「只是這樣一來，我就沒有錢再出版『齊爾品選集』了，對你們比較抱歉。」

「哈哈哈！」江文也大笑道，「先生已經為我們做得太多，就請您在歐洲看我們把東方樂壇搞得天翻地覆吧！」他仰頭把杯中的酒都倒進嘴哩，只覺酸澀不堪。

♫

「好熱，夏天來了。」江文也坐在拉門邊納涼。

「喝點甘酒消暑吧。」乃ぶ端著托盤過來。

江文也拿起杯子慢慢端詳，卻不急著喝：「三色菫還記得上次我打翻甘酒的事吧。」

「當然啊，那是去年夏天快結束的時候，明明要入秋了，天氣卻異常熱。」乃ぶ跪坐在簇新的榻榻米上，微笑說：「好快，幾乎一年過去了。」

「那時候苦等奧林匹克的消息，等得好心焦啊。現在回想起來，彷彿是上輩子的事呢。」

「能得獎真是太好了，阿彬成了名人，馬上就有編舞家和鋼琴家來委託創作，再加上版稅，收入也漸漸穩定了——不過今年你還沒有新的作品，這不太像你呢。」

「從出道開始，我日夜不停拚命創作了三年，大大小小的作品總共寫了二、三十件，一心想著不趕快出頭不行。」他將甘酒一飲而盡，凝視著空杯底，「等到獲得奧林匹克獎牌之後，雖然還是有心要寫，卻好像氣力放盡了似的，腦中一點靈感也沒有。」

「你之前太累了，暫時好好休息一下也沒關係的。往後就重視創作的品質，不必太在意數量吧。」乃ぶ幫江文也又倒了一杯。

「其實也是因為想要轉變風格，正在構思。我決定不再使用日本音樂素材來創作，往後只寫臺灣的原始風格，還有支那風格。」江文也拉長了聲音說，「好想再去一次支那吶。」

乃ぶ欣慰地說：「真難想像，阿彬已經是個大人物了呢。可是我怎麼看，你都還是像個小孩一樣。」

「我永遠都是那個少年阿彬！」江文也冷不防鑽進乃ぶ懷裡，引起她一陣驚呼，兩人嬉笑打鬧了幾下，隨即抱在一起。江文也感歎似的說：「真安靜，難得純子被外婆帶回上田避暑，我們好久沒有這樣兩個人在一起了。」

「嗯。」

「怎麼樣，再生一個孩子吧。」江文也親暱地湊上前去。

「等一下，別又把甘酒打翻了……」

「別在意，大不了再換新的榻榻米。」

兩人溫存了老半天，最後江文也卻在緊要關頭敗下陣來，懊惱地說：「怪了，以前從來不會這樣的。」

「你一定是甘酒喝太多啦。」乃ぶ掩著嘴笑個不停。

第九章　國民精神總動員

我一定會得勝歸來，英勇立誓離家鄉，不建功勳豈能還？進軍喇叭響起時，眼前就浮現飄揚的戰旗……早已覺悟要為戰爭捐軀，草裡的蟲啊別為我鳴泣，若是為了東洋平和，區區生命不足惜！

「外面在吵什麼？」江文也好不容易開始創作，又被街上喧鬧的聲音打擾。

乃ぶ探頭看了一下：「山崎家的兒子入伍，正在辦壯行會，大家唱軍歌。」

「還真是接二連三啊，佐藤家的兒子不是才剛出征？」

「支那事變擴大了，軍隊一直被派出去。這陣子我不知幫別人縫了多少千人針[11]。」

「這種時候就覺得當臺灣人也有好處，至少不會被召集。」

「噓！別亂說話。」乃ぶ小心地左右張望。

江文也從鋼琴前轉過身來聆聽街上的歌聲，沒想到兩歲半的純子竟跟著唱了幾句：「若是為了東洋平和，區區生命不足惜。」雖然口齒不清，但也有幾分模樣。

「妳怎麼會唱這首歌？」江文也詫異地說。

乃ぶ無奈地說：「大概是回上田的時候學的吧，這陣子大街小巷人人都在唱，連這麼小的孩子都不例外。」

「旋律寫得不錯，確實很容易讓人記住。作者採用小調，營造出浪漫悲壯的氛圍。」江文也一心只關注音樂的部分，把純子抱到膝蓋上教學起來：「不過呢，這個地方應該這樣唱……」

「唉呀，你怎麼還教純子唱。」

「不過是首歌嘛。」江文也不以為意。

乃ぶ憂心地說：「事變開始了，你現在是有名人，可別像以前一樣心裡想到什麼就亂說。」

「嗯嗯。」江文也把著純子的手拍起節奏。

這時街上傳來人們激昂的吶喊：「萬歲——萬歲——」

「這樣的日本真討厭，為什麼要派軍隊去攻打那麼美的北京？」江文也低聲喃喃自語。

♫

入秋了，天氣慢慢涼下來，冷雨下個不停。江文也在新橋驛出站，前往銀座的日本樂器社，

11 千人針：日本民間信仰，認為在一條白布上請一千名女性用紅線各縫一針，讓出征士兵隨身纏帶，可在戰場上獲得好運。

參加日本現代作曲家聯盟的昭和十二年（一九三七）十月例會。午後飄著有一陣沒一陣的毛毛雨，江文也懶得打傘，拉緊風衣快步前進。

昨天雨顯然下得很大，不僅把街道淋得濕濡不堪，還把許多貼在電線杆和牆壁上的海報都給泡爛。墨汁被雨化開，每個大字都像流著黑色的血滴。雖然字跡模糊，但不必辨識也知道原本寫著些什麼——自從七月盧溝橋事變以來大家早就看慣了，無非是「八紘一宇」、「舉國一致」、「堅忍持久」、「消滅人類公敵共產主義！」，或者「暴支膺懲（懲罰暴虐的中國）」這類標語。

原本舉辦音樂會的日比谷公會堂，近來變成『暴支膺懲國民大會』的場地。而路旁一些「愛國志士」們聲嘶力竭地唱著許多激昂的歌曲，也增添幾許肅殺之氣。

江文也到得稍遲，推開日本樂器的大門時愣了一下，沒想到山田耕筰也來參加聯盟例會。只見山田耕筰站在主位，其他會員們則全體肅立像在聽訓。

「江君來得正好，我正要宣讀文部省和國民精神總動員中央聯盟的公告。」山田耕筰示意江文也入列，接著官腔官調地念起文書。大意是號召藝術界為國家聖戰盡一份心力，響應滅私奉公。具體措施是強化唱片內容檢查，要求創作者自主淨化，寫出昂揚戰爭意識的作品、舉辦呼應時局的演奏會。此外，為了鼓勵愛國精神，作曲界應該一改過度追求西樂的傾向，要多以國內各地方民謠為素材從事創作等等。

「以上！」山田耕筰把文書正式交給聯盟主席箕作秋吉，並且再次強調：「音樂能激勵士氣、鼓舞人心，大家不要忘記身為國民的義務。」說罷便領著一幫跟班離去。

眾人沉默了一會兒，都提不起勁說話，或者不敢亂開口。清瀨保二忽然打了一個大呵欠，抱怨道：「什麼嘛，本來以為北支（華北）事變很快就會結束，結果事情越鬧越大，擴大成支那（中國）事變，簡直沒完沒了。現在還想把全體國民都扯進去。」

江文也戲謔地說：「這下山田老師被打了一個大耳光，他向來主張全面學習德奧後浪漫派，現在可得多鑽研國粹了。」眾人覺得這話確實諷刺，但沒有人笑得出來。

箕作秋吉說道：「時局的事，大家勉強應付一下。聯盟的主旨還是和國際交流，會繼續寄件參加外國音樂節、舉辦音樂交換會，大家要創作有開創性的作品。」

「喂，國際牌！」清瀨保二問江文也，「你怎麼說？」

「寫什麼歌都無所謂，只要委託者有付稿費就行了。」江文也滿不在乎地答。

「說得好。」清瀨保二反應極快，「最好文部省撥一些經費下來，讓我們有稿費可賺。如果想出一些跟戰力結合的名目，說不定還能騙到旅費四處遊玩呢。」

江文也說：「剛好你最擅長去箱根收集民謠嘛。」

他們兩人說相聲似的一搭一唱，眾人不禁莞爾，沖淡了一點沉悶的氣氛。但是新作發表時大家還是意興闌珊，幾個人上去草草演奏完便結束了。

散會之後，箕作秋吉請江文也留下，取出兩張唱片交給他，第一張是箕作秋吉譜曲的《芭蕉紀行集》，由江文也演唱，搭配管弦樂團伴奏。

「喔，出來了啊，真不錯。」江文也喜孜孜地翻看。

「多虧阿彬的演唱，讓拙作大大增色。」箕作秋吉慎重地鞠躬致謝。

「幹嘛那麼客氣，能演唱小吉的作品我非常開心。」

「勝利唱片的製作人要我順便帶這張唱片給你。」箕作秋吉遞來另一張唱片，是時局歌曲〈北支之空（華北的天空）〉，演唱者是上田幸文。

清瀨保二也還沒走，探頭看了一眼說：「這個上田幸文是誰？」

「就是我。」江文也說。

清瀨保二奇道：「沒想到江君這麼熱心時局。」

江文也神色自若地把唱片收好：「我這半年多都沒有發表新作，多虧錄了這兩張唱片，總算有點收入。」

「阿彬對上田有很深的感情呢，取了這樣的藝名。」箕作秋吉隨口說。

「我就是上田的幸福阿文。」江文也眨眨眼，「這種時局歌曲我才不要用本名來演唱。」

♬

江文也忽然得到消息，許久不見的楊肇嘉決定舉家搬到東京居住，他大致打理妥當之後便邀請江文也去參觀，江文也興沖沖地找了郭柏川一起去。

楊家在神田川北岸的小石川區，附近有著名的後樂園和小石川植物園，環境清幽。江文也二人按地址尋到地方，楊肇嘉正在屋內指揮家人布置陳設，見他們來了熱情相迎，一貫地用力握手：「好久不見，看到你們真歡喜！」

「楊先生搬來東京實在太好了，以後我可以常常來看你。」江文也高興地看著楊肇嘉，卻覺得他和往昔有些不同。印象中楊肇嘉身形相當魁梧，這時卻似乎整個人小了一號，神情不若以往精悍，兩鬢泛白，增添了幾許滄桑。

楊肇嘉領著他們裡外繞了一圈，最後在後院的水池邊站定。江文也讚道：「這間房子真好，有這麼美的水池和草坪，真令人欣羨。」

「過兩天我叫人來把雜草清一清，種點蓮花，夏天的時候就能在這裡看一整天了。」楊肇嘉環顧院內，像老農巡田水般默默盤算著。

郭柏川覺得宅邸並不如想像中大，頗不符合楊肇嘉的身分，於是問道：「我聽說楊先生以前在武島町七番地的房子很大，隨時都有二十多人寄宿，現在這間看起來卻比較清幽。」

「那時我來早稻田讀政治經濟系，想說有能力就多照顧幾個鄉親，也方便臺灣人彼此聯絡、參加運動。」楊肇嘉淡淡地說，「不過這間宅院，我取了個名字叫做退思莊——我是來這裡閉門看蓮花的，越清靜越好。」

江文也笑說：「你那麼忙，才沒有時間看蓮花呢，到時我來幫你看。」

楊肇嘉微笑不應，轉過話頭問：「怎麼樣，最近有沒有什麼好消息？」

「巴黎、柏林和倫敦的國際音樂節都已經決定要演奏我的作品，並且做電臺放送，這些之前都已經寫信跟楊先生報告過。」江文也被問到興頭上，自顧咕咕呱呱地說，「我把歌劇《泰雅族之戀》的第一幕初稿寄到巴黎給齊爾品先生，他很稱讚音樂的部分，不過擔心實際在舞臺上演出的效果，怕我走冤枉路，所以寫信來邀請我在年內去巴黎，學習這方面的技術。」

「嗯嗯。」楊肇嘉不置可否。

「我最近也感覺到自己正在一個重大的轉捩點，如果能突破，未來的創作就會繼續往上，但是不順利的話，也可能從此就停頓在這裡。所以無論如何都要設法去巴黎。」江文也如同往常一樣殷切地懇求楊肇嘉，「就算只是旅費的一部分也行，請楊先生務必協助我。」

「我剛才說要來這裡『退思』，不是講玩笑話。」楊肇嘉意氣消沉地說，「現在時勢不比以往，日本和中國開戰，很多事情都變得有困難。」

「這個我了解，這種時候還拜託楊先生，我也於心不忍。」江文也不顧楊肇嘉委婉的暗示，急切地說，「我已經四處募集到一千圓左右，剛好是去程的旅費，請楊先生贊助回程的旅費，或者介紹可以贊助的人士。就算只去三個月或半年都好，如果無法深入研究，恐怕之前投入的苦心都會失敗。我一想到這裡，就覺得心頭亂糟糟，千萬拜託！」

「你可知道，林獻堂先生和蔡培火也都全家搬到東京來了。」楊肇嘉沒來由地說。

「他們兩位都來了？」江文也變得更加興奮，「請楊先生幫我引見，討論一下贊助的事宜！」

沉默了半天的郭柏川忍不住說：「阿彬你是真憨還是假憨？人家都是不得已來這裡避難的。」他轉頭問楊肇嘉：「林獻堂先生是因為『祖國事件』被浪人毆打羞辱的關係吧？」

「沒錯，總督府放任一個浪人羞辱林先生，意思很清楚了。連林先生他們都敢動，其他人更不用說。」楊肇嘉嘆了口氣，「像蔡培火這麼有膽識的運動者，都跑到早稻田開了一家叫做『味仙』的臺灣料理，當起餐廳老闆，你們就知道情勢有多緊張。開戰之後，臺灣總督府和臺灣軍部管制越來越嚴，萬般事情都要配合國民精神總動員，新聞紙上不能再有漢文，若是不小心講了一句『祖國』，也不再是一個耳光就可以解決的問題。日本人要強化對臺灣精神面的統治，就先拿我們這些抗爭者下手，若是不肯合作，恐怕身家性命都有危險。」

江文也不解：「雖然戰爭氣氛濃烈，但我感覺對臺灣人的態度並沒有很大的改變啊。」

郭柏川說：「那是因為你都住在日本。內地的日本人看臺灣人還算好，平時表面上沒顯出什麼差別。但是在臺灣的日本人隨時都擺出統治者的嘴臉，開口就是『清國奴』、『馬鹿野郎』，連隨便一個小小巡查都能去找有身分的臺灣人麻煩！」

楊肇嘉感慨萬千地細數道：「臺灣文化協會、議會設置請願運動、臺灣民眾黨、臺灣自治運動……咱們奮鬥了將近二十年，不管什麼路線，現在全都成了一場空。」他看著江文也說：「大局勢是這樣，我對你的支援恐怕得減少，乃至於暫時停止了。不只是因為現在我的財產沒辦法自由運用，也是因為要收斂一些，不好支持臺灣人跟日本人競爭。請你體諒。」

江文也原本以為楊肇嘉搬來東京，可以時時見面，更方便獲得援助，沒想到情勢卻正好相反。儘管楊肇嘉以長輩身分謙下地尋求他的諒解，他卻自顧沉浸在苦惱中，一時忘了該講幾句場面話，只問：「你看戰爭到底會打到什麼時候？」

「難講。」楊肇嘉語帶保留，表情卻顯得很悲觀。

郭柏川憤憤地將一塊石頭踢進池子裡，不屑地說：「我看日本太過自不量力，中國太大，真的跟中國打起來只會陷在裡面難以脫身。」

「中國太弱，還是要看能不能把英國和美國拉進來……」楊肇嘉警醒地抬頭張望一番，不願再多談論這個話題。

「為什麼非得要在這種時候打仗呢？」江文也懊喪地說，「這下我的歌劇該怎麼辦？」

郭柏川不以為然：「大家都艱苦，你怎麼還能只顧著自己的歌劇？」

江文也理直氣壯回答：「戰爭總有一天會結束，藝術卻是永遠的！」

♫

這天箕作秋吉忽然來拜訪江文也，轉達一份邀請：「阿彬，有一位東和商事的川喜多長政先生想見你。」

「川喜多？我不認識，找我有什麼事嗎？」

「他想找你幫電影譜寫配樂。」

「電影配樂，那可是名利雙收的好事呢！」江文也眼睛發亮，一股腦兒把滿腔心情都掏出來訴說：「這下得救了！真是在地獄中見到佛祖呀。開戰才三個月我就已經快活不下去了，新音樂的發表會一個接著一個取消，臺灣贊助者的支持也忽然斷絕，不僅前往巴黎的夢想變得更加渺茫，連該怎麼生活下去都不知道。這個委託來得太及時了，不過為什麼會找上我呢？」

「這是非你不可的委託——這部電影計畫前往支那拍攝，需要熟悉支那音樂的作曲家來配樂。阿彬是臺灣人，正好又懂支那音樂，放眼全日本只有你符合這個條件。」

江文也聽了更加興奮：「原來如此，原來如此！」

箕作秋吉面帶微笑說：「川喜多先生說，他本來應該來拜訪你，不過你如果不介意的話，可否到他鎌倉的家去好好談一談？」

「鎌倉是好地方，我隨時都可以去。」江文也躍躍欲試，一副立刻可以出發的樣子。

到了約定那天，江文也前往鎌倉，川喜多長政到驛前迎接，領著他沿著若宮大路走到鶴岡八幡宮前的大鳥居，往左循著小路走到山邊，就到了川喜多長政的家。兩層樓的木造平房依靠在小山崗前，背後別無房舍，一片茂盛綠意，也有幾株轉黃的楓樹點綴著秋意。

「哇！」江文也看著背山而建的雅致平房，讚道：「川喜多先生，你也太會找地方蓋房子了！下次我要帶太太一起來，她一定也會喜歡。」

「歡迎！」川喜多長政的妻子かしこ（kashiko）出門相迎。川喜多長政三十多歲年紀，眉毛很寬，純然一派文人氣質。かしこ身穿和服，笑起來充滿鄉間女性的淳樸。要是不說，誰都想不到他們二人每年引進的外國電影占了整個日本市場的七成。

「請進。」在かしこ招呼下，江文也把鞋子脫在屋前的踏腳石上，走進屋內。榻榻米上擺著一個大石缽，裡面炭火散發著暖意，三人圍著石缽坐下。江文也環顧室內，陳設十分簡單。床之間擺的不是傳統的掛軸或插花，而是一座西洋自鳴鐘和青花瓷花瓶。

川喜多長政用字正腔圓的中文問道：「這個花瓶好看嗎？是我在北京護國寺大街上買來的。」他看江文也愣然不解，改用日語再說了一次。

「很棒的花瓶！」江文也笑道，「川喜多先生忽然說起道地的支那語，真是嚇我一跳。」

「江先生不會說支那語？」川喜多長政笑問。

「窩．係．江．溫．葉——」江文也怪腔怪調地把自己會說的中文全都搬出來：「你好，要，不要，勞駕勞駕，沒法子，隨你便！」

「哈哈哈！」川喜多長政夫婦見他毫不做作、率性任真，都對他很有好感。

「見笑了，我只會講這些。」江文也好奇問，「川喜多先生的支那語是在哪學的？」

川喜多長政說：「我在一九二二年進入北京大學就讀。可惜因為兩國關係緊張，後來轉去德國，因緣際會認識當地的電影商，回來之後便創立東和商事，代理西洋電影。」

這時かしこ已在旁邊的地火爐燒了開水，取來茶具和一小包茶葉，川喜多長政親自執壺沖泡起來。熱水沖進壺中的瞬間，一股茉莉花香撲鼻而來，令人心神一爽。

「這是朋友剛從北京送來的香片，八百一包的上品，請用。」川喜多長政奉上一杯茶。

「一小包茶要八百元？」江文也吃了一驚，拿起那張茶葉紙包來看，上面印著「彰儀門牛街北口外大森茶鋪」字樣。

川喜多長政笑道：「茶鋪習慣把十文叫做一百，所謂八百其實是八十文的意思。」

「哈哈，原來如此。」江文也拾起杯子就喝，確是佳品。

「支那茶不像日本茶道那麼多規矩，看似隨興，其中的深奧之處卻比茶道不遑多讓。」川喜多長政十分享受地啜飲罷，用中文歎道：「真是團香鬥品，兩腋生風！」

「一聞到這個茶香，就好像置身在北京一樣，實在太懷念了。」江文也看著川喜多長政陶醉的表情，理解地說，「看來川喜多先生對支那文化的喜愛超過一般文人的『支那趣味』。」

「我對支那的熱愛，絕非餘暇消遣的支那趣味可比。」川喜多長政慎重地道，「家父為我取名『長政』是有深意的，他期望我效法江戶時代活躍於東南亞的山田長政，懷抱對全亞洲的關切。我將商社叫做『東和』，也是希望增進人們彼此理解、調和東亞的意思。」

「真是遠大的理想。」江文也覺得川喜多長政充滿文化氣質，很快就把他當成好朋友，真誠地說：「如果人人都像您這樣，世界上不知道能夠避免多少紛爭，日本和支那也不至於非得開戰不可了。」

「說得太好了，真是名言！」川喜多長政如遇知音，「看來我真是找對人了。」

「那麼，川喜多先生想找我譜寫配樂的是什麼樣的電影？」

「是。」川喜多長政一改閒談的放鬆姿態，挺直身體道：「敝社剛剛成立了電影部，希望聘請江先生為第一個製作《東洋平和之道》譜寫配樂。這部片的故事是這樣——」

一對中國貧窮農村夫婦，平時苦於土匪盜賊的騷擾，又為了躲避戰火而輾轉在中國各地逃難。途中不斷遭到中國游擊隊和敗兵襲擊，幾乎性命不保，幸而獲得紀律嚴明的日本兵搭救，平安抵達北京投奔親戚，因此深深感謝新政府建立的和平生活。

「總之是可憐的支那農民受到可惡支那人騷擾，而被正義日本兵所救的故事。」川喜多長政自嘲地一笑，「老實說，劇情是有點愚蠢。因為這部片子背後有軍部的資金，表面上當然要擺出配合宣傳國策的樣子。不過故事本身並不是重點，而是趁此機會拍攝支那各地山川風景，以及北京的名勝古蹟，本質上是一部旅遊電影，讓日本觀眾飽覽支那風光，進而對支那產生好感。」

「真是奇妙的計畫呢。」江文也笑了一笑，「不過你說背後是軍部啊……」

「江先生不必擔心，藝術就是藝術，只不過用軍部的錢來完成而已。」川喜多長政充滿自信地說，「我很久以前就想去支那拍片，但一來沒有資金，二來也無法自由地前往支那拍攝，直到現在才出現這個機會。與其說軍部利用我拍攝宣傳片，事實上又何嘗不是我利用軍部的資金和力量，拍出傳達理想的電影呢？」

「話雖如此，軍部難道不會干涉嗎？就拿音樂界來說，現在文部省要求音樂創作要配合國策，舉辦音樂會也必須符合這個條件。」

「軍人都是死腦筋，根本不懂藝術，只要形式上滿足他們的要求，其他就任由我們發揮了。」川喜多長政又沖了一泡茶，舉杯嗅聞芳香，沉溺地說：「啊，北京的故宮、天壇、北海、萬壽山，還有八達嶺長城！你不覺得把那樣壯麗的景色搬到日本觀眾眼前，一定能讓大家愛上支那，這是多麼愉快的事情啊。」

江文也時時懷念美好的北京名勝，早已怦然心動，問道：「我也能一起到北京去取材嗎？畢竟要寫出具有支那風的配樂，必須參考當地音樂、感受現場的氣氛才行。」

「當然！」川喜多長政歡然說，「作曲家一定要去現場感受氣氛，才能寫出理想的音樂啊。」

「太好了，我要去！」江文也立刻答應。

「我還沒談到酬勞呢。」川喜多長政說。

「能去北京就已經是鉅額的酬勞啦！」江文也按捺不住喜悅，一躍而起。

♫

「北京！北京！」江文也隨著東和商事的工作人員，在昭和十二年（一九三七）十一月來到北京，他一走出前門東站就感動得幾乎要流下眼淚來。「真難想像，上次來竟然已經是一年多前的事情。」

「現在北京的時區和東京同步，不必把錶撥慢一小時了。」川喜多長政提醒道。

東和商事安排了汽車，把江文也、川喜多長政和其他工作人員接往在西城府右街皇城根旁的事務所。車子沿著皇城南邊行駛，江文也一路都趴在車窗上觀看，雖然主要街口都有荷槍的日本兵站哨，但是並沒有想像中的緊迫氣氛。

「真是祥和啊，相較之下，東京街上貼滿標語，一天到晚辦壯行會什麼的，還比較像前線呢。」江文也愉快地說，「我本來還擔心北京被戰火波及，幸好沒什麼改變，還是跟夢中一樣。」

「城內並未爆發大規模戰鬥，確實萬幸。」川喜多長政說明道，日本將占領下的「北平」改回「北京」（國民政府依然稱之為北平），並且扶植「中華民國臨時政府」治理河北、山東、河南、山西等四省。這時北京遠離戰線，表面上和戰前一樣寧靜，人們看似從容度日，只是臉上蒙著一層隱而不顯的陰影。

東和商事在南海對面的府右街租了一整座宅院作為事務所和工作人員的住處，顯得十分大氣。劇組早從九月開始就前往山西大同拍攝外景，近日剛剛拉回北京拍攝近郊場面，事務所裡人來人往相當熱鬧。江文也被安排在一個有鋼琴的獨立房間，不受外界打擾。他把行李一扔就立刻彈了起來，直到被請去吃接風宴為止。

隔天一早，川喜多長政來問候：「睡得還好吧？」

「很好。」江文也興味盎然地說，「我上次來住在北京飯店，這是第一次住進民家，感覺很新鮮。不過支那的房子圍牆真高，宅院也很幽深，和日本很不一樣呢。」

「這樣比較容易防治盜賊，而且擁有充分的隱私，不必事事在意鄰居的觀感。」

「原來如此。」

「電影正在拍攝，距離剪出毛片譜寫配樂還有一段時間，不過現在有一件事要拜託你。」川喜多長政笑吟吟地說，「我們在北京招募了一批年輕的中國演員，片中的女主角各方面條件都不錯，只可惜不會唱歌，怎麼請人指導練習都沒有用。江先生是聲樂家出身，正好幫幫我們。」

「好啊。」江文也爽快地答應。

那女孩隨即來了，一進門就彷彿在陰冷的冬天裡曬進來一道疏懶的北京陽光。她約莫十六、七歲年紀，一襲月白色旗袍展現著婀娜的身段曲線，顯得性感而不做作。略顯豐滿的輪廓上綴著兩道柳眉和一對鳳眼，不開口時看似有些生澀靦腆，講起話來表情卻無比生動，確實是有潛力的明星胚子。

「唉呀呀，好漂亮的小姐。」江文也讚道。

「這位是敝社全力培養的演員史永芬，是從將近四百名應募者中挑選出來的未來之星，麻煩你照顧了。」川喜多長政為江文也介紹完，又用中文對史永芬說：「江老師是世界知名的音樂家，獲得柏林奧林匹克音樂比賽獎牌，是亞洲第一人，妳要在各方面多跟他學習。」

「江老師好！」史永芬大方地招呼，毫不怕生地睜大眼睛看著江文也。

川喜多長政說：「她剛開始學日語，我來幫你們翻譯。」

「那麼先實際聽聽看演唱。」江文也走到鋼琴前面坐定，問道：「妳會唱什麼歌？」

川喜多長政轉達了問題，史永芬躍躍欲試地說：「那就唱〈太湖船〉好了。」

「妳唱什麼音域？」

「女高音。」

江文也彈起前奏，史永芬隨即唱了起來。她用力逼緊嗓子，聲音嘲哳尖銳非常刺耳。江文也皺起眉頭，停下鋼琴問：「妳說話比較接近女中音，為什麼硬要捏著嗓子唱女高音呢？」

史永芬說：「大家都叫我這麼唱。」川喜多長政跟著解釋：「所有的女明星都得唱女高音啊，這是最受歡迎的唱法。」

「不！」江文也斷然說，「妳不要勉強自己去做不適合的事，我改個調子妳唱唱看。」他用較低的聲調彈奏起來，史永芬放鬆嗓子，朱脣輕吐，唱起日語歌詞的版本：

陷入愛河之中時，他的歌聲就是春，真是喜悅浮世呀。
年輕女孩這樣說，人家非常喜歡你，真是喜悅浮世呀。
一旦愛情遠逝去，萬物蕭瑟秋降臨，真是悲傷浮世呀。
年輕女孩這樣說，人家非常討厭你，真是悲傷浮世呀。

雖然史永芬死記日語發音，許多地方咬字並不正確，但感情洋溢，充滿渲染力。江文也起身用力鼓掌，史永芬高興地抓著他的手不住雀躍：「謝謝江老師！從來沒有人讓我這樣唱，我拚了命練習高音卻怎麼也唱不好，都快要覺得自己不會唱歌了。」

川喜多長政喜出望外：「太動聽了，只不過改了一個聲調，沒想到竟有這麼美妙的效果。江先生果然是專家！」

「我自己是男中音，如果硬要我唱男高音那也是不行的。」江文也微笑說，「她的嗓音沉勁厚實，具有獨特的魅力，應該選擇能夠充分發揮的唱法。」

川喜多長政說：「江先生可為敝公司救回一位歌星了！」

「妳具有唱歌的才能，但是沒有學過正確的發聲方法，要從頭學起。」江文也親切地說，「有空就常過來練習，不必客氣。」

從此史永芬只要不上戲時就來練唱，江文也發現她是個可造之材，嚴格加以訓練，抱著很大企圖心開發她的潛力；史永芬演唱了許多民謠，這是江文也第一次耐著性子聆聽中國民間音樂素材，慢慢也聽出一些規則來。這段期間，不僅史永芬的歌唱能力突飛猛進，江文也的中文同樣進步神速，何況兩人有心溝通，即便有時不靠言語也能理解對方的意思。

這天史永芬唱完一首曲子，見江文也陷入沉思，好奇詢問：「您怎麼啦？」

「我忽然明白，我的老師齊爾品先生為什麼對中國音樂這麼著迷。」

「喔？」

「說起來有些複雜，我的中文也還不夠好……」江文也艱難地搜尋著中文詞彙，夾雜著日語勉強解釋道：「西方傳統音樂重視結構，講究多聲部、多線條和音樂的調性，新音樂則試圖打破這些規則。而我發現中國民間音樂表面上看起來單純，其實不斷變奏，形成一種恆久的旋律。這對我的音樂創作很有啟發性。」

「老師您講的我聽不懂。」

「就像這樣，我彈妳聽。」江文也在鋼琴上彈奏了幾段中國民謠，又示範了一些西方古典音樂的基本原理，忽然喜上眉梢喊道：「我有靈感了，可以用賦格的形式來表現中國音樂。」江文也興頭一來，把一段中國民謠分別在三個聲部上彈奏，彼此變奏應答，組合成一種新鮮的效果。

「我可以用這個素材寫一首《以賦格樣式展開的序曲》！」江文也沉浸在創作靈感中，幾乎忘了在一旁的史永芬。他彈了一會兒遇到瓶頸，這才停下來思考。

史永芬趁機拉著他撒嬌：「今天練習得夠了，老師也累了。您看外面天氣這麼好，不如我們出去玩兒吧。」

「又去玩？」江文也抬頭一笑，「妳已經帶我去過整個北京啦，今天又要去哪兒？」

「看您想上哪兒去唄。」

「我聽人說雍和宮有意思，一直還沒機會去。」江文也見史永芬露出古怪的笑容，問道：「怎麼，哪裡不對嗎？」

「因為喇嘛廟很『那個』嘛。」史永芬掩嘴竊笑。

「啊。」江文也恍然醒悟，密宗信仰帶有性色彩，自己卻冒冒失失地邀請年輕女孩同遊，不免有些唐突，甚至顯得居心不良。於是趕緊說：「既然是西藏主要的宗教，必然有它的道理。聽說廟裡有一尊用整棵白檀木雕刻，大得驚人的佛像，我很想見識一下。」

「好啊。」史永芬爽快地答應了。

兩人相偕前往雍和宮，無論是法輪殿的建築造型，還是萬福閣內必須站在佛像腳邊仰觀的十八公尺高彌勒佛站像，都令二人驚歎不已。他們也看到傳聞中呈現性交姿態的歡喜佛，江文也興味盎然地湊近觀看：「好珍奇啊，雖然是陰陽合為一體的神像，男神的模樣卻這麼可怖，究竟想表現什麼呢？」史永芬雖也好奇，但畢竟年輕臉嫩，只敢躲在江文也身後偷看。

「走在這座廟裡面，好像穿梭在天國和地獄之間。」兩人參觀已畢，準備離開的時候，江文也說：「如果不是有妳帶路，我可能在天國裡迷路，出不去了。」

「哪兒有這回事，瞧您說的。」史永芬笑靨如花。

從雍和宮出來之後，正巧這天隆福寺有廟會，於是兩人叫了輛洋車拉到東四牌樓。從隆福寺大街進了廟東門，攤販的布棚搭起一條不見天的長街，無論古玩字畫、衣服飲食、命相雜耍應有盡有。廟會上人潮洶湧，熱得穿不住大風衣。為免被擠散，史永芬一直緊緊挽著江文也的手臂。

江文也興頭大起，每攤每棚都細細觀看，見有喜歡的當即買下，也不還價，史永芬幾次急得攔下來和老闆爭論一番才讓江文也把錢遞出去。

「好東西太多了，如果有錢都要想買。」江文也哀嘆道。

「江老師買《禮記》做什麼，這是古文，您又看不懂。」史永芬不解地問。

「裡面有中國古代音樂的記載。我現在看不懂，以後總會看懂的。」江文也站在路邊翻起書頁，一副就要讀起來的樣子。

「老師來做件長袍吧。」史永芬忽然指著一家綢緞店說，「您老是穿西裝，不嫌太拘束了嗎？穿長袍比較自在些。」

「我還是穿西裝比較挺拔些。」

「看看又不礙事！」史永芬不由分說，拉著他就進店裡去。江文也問了幾塊布料的價錢，但是他看得上眼的都太貴了，也並不真的想穿長袍，於是說：「先別急，慢慢再做吧。」

好容易擠出廟會來，兩人頓覺一陣輕鬆。江文也忽道：「有件事我覺得奇怪，中國女人平時看起來冷淡，甚至有點傲慢，可是相處熟了才知道，其實大家都很親切，我不明白。」

「是嗎？」史永芬歪著頭，似乎不覺得如此。

「譬如日本的女人，總是帶著微笑和人說話，在日本，這樣才是有禮貌。」

「如果沒什麼可笑的事，卻老掛著笑，在我們中國人看那叫賣笑，是諂媚！」史永芬率直地說，「日本人鞠躬總是把腰彎得那麼深，看起來挺卑屈的。」

「日本人表面上看起來守禮、卑屈，心裡卻不一定那麼想。」江文也聽得頻頻點頭，「怪不得我在中國過得十分自在，原來是因為不必處處守著這些禮節。」

「那叫虛文！」史永芬在空曠的大街上依然挽著江文也，大聲說道：「高興的時候笑，不高興就不笑，這不是理所當然的事情嗎？」

「高興的時候笑，不高興的時候就不笑。」江文也像在背誦什麼名言似的重複了這句話，心裡覺得非常舒暢。

第十章　東洋平和之道

「江先生這次來北京，感覺和上次很不一樣吧？」川喜多長政問。

「我覺得北京沒有什麼改變。」江文也說。

「就算是同樣的景色，身邊有個美人陪伴，看起來就大不相同了。」川喜多長政伸出小指，促狹地笑說，「看來咱們那個小姑娘很仰慕你啊。」

「你是說史永芬嗎，她有天分又熱心學習，所以我也盡力教她。」

「只有這樣？」

江文也掩不住臉上的笑意：「老實說，這段時間是很愉快。我本來一直以為自己還很年輕，和那個女孩相處之後才發現自己已經老了。奇妙的是，同時間感染到一種青春氣息，似乎又變得年輕了。」

「這就是戀愛感覺啊。」

「這也是北京給我的感覺，像是一種恆久的青春。古人說『樂不思蜀』，我現在終於明白了，北京和東京像是兩個不同的世界，連時間流動的方式都不一樣。在日本時每天壓迫著自己的焦躁情緒，到了這裡都一掃而空。

「哈哈哈，你這麼說好像是到了龍宮的浦島太郎似的。」

「是啊，只怕一回到日本，就會瞬間變成白髮蒼蒼的老公公了。最重要的是，北京帶給我無窮靈感，原本還覺得遇到創作瓶頸，現在卻是樂思泉湧。電影配樂的主題已經有了，你聽——」江文也歡快地在鋼琴上彈奏起來，「這裡的上行五連音是飛上天的小鳥，會用單簧管演奏。這段支那民謠風的旋律則是用法國號，搭配長笛和小提琴的顫音，能夠營造出平靜的田園風情。」

「原來如此，果然是天闊雲高的華北氣象。」川喜多長政聽得十分神往。

江文也節奏一轉，從四四拍變成四二拍，彈出歡戲般的快板：「這是村民的舞會，大家越來越興奮，慶祝美好的生活。」

「太棒了，江先生真是天才，請你譜寫配樂真是正確的決定。」

江文也回到開頭的平靜氣氛，以弱音結束全曲。他慢慢把手從琴鍵上抬起，滿意地說：「我會把這些素材寫成一首《田園詩曲》，當作獨立作品來發表。」

「樂見其成！」川喜多長政忽然想起來似的說：「對了，我有個老朋友松崎啟次，他是東寶映畫社的文化映畫（紀錄片）課長，正在製作一部電影《南京》，等一下要在我們這裡試放毛片，請你一起來看看。」

兩人稍晚來到一間放映室，川喜多長政介紹了松崎啟次，彼此寒暄一番。這時門外一個身影飄然而至，眾人都說：「王二爺來啦。」江文也一看，那人穿著一襲長袍，頭戴瓜皮帽，眉毛甚濃，臉上似笑不笑，舉手投足都是旗下大爺的做派。

「您就是大音樂家江先生吧，幸會，敝姓王，名嘉亨。」王嘉亨遞來一張名片，上面的頭銜寫著「北京，武德報新聞公司總經理」。他並不多說話，江文也不知道他出席的目的，只覺得眾人似乎都對他有些敬畏乃至忌憚的樣子。

眾人隨即入座，電影開始播放。這是粗剪的毛片，尚未配上旁白和音樂，只聽到膠卷轉動時噠啦噠啦的細碎聲音。在「東寶」商標之後，銀幕上出現「戰線後方記錄映畫　南京」的標題字樣，接著打上字卡：「在我等同胞團結為一的光輝戰鬥歷史中，南京入城在世界歷史上寫下燦爛的一頁，這部電影記錄下這一天，作為給子孫的贈禮。」

影片重現了日軍進入南京城的景象，步兵、騎兵、卡車、坦克絡繹前進，還有循江而上的日本船艦。接著是日軍的進城閱兵分列式，行列嚴整的騎兵部隊從城門中穿行而過。然後是莊嚴的升旗典禮和陣亡將士招魂慰靈式。

畫面轉而呈現中國軍民戰敗後的窘境，避難所外大排長龍的俘虜和難民獲得妥善安置，日軍施放粥飯、提供醫療援助，甚至分發香菸點上。孩子們捧著碗公大口扒飯，圍在一起放鞭炮玩樂，臉上綻放著無邪的笑容。

日本士兵趁著休暇搗起年糕，旁邊裹著繃帶的傷兵面帶笑容閱讀家書，一派祥和溫馨。最後日軍山呼萬歲、高唱軍歌，紀律嚴明地離開南京城往下一個目標前進。

影片全長將近一個小時，江文也看得昏昏欲睡，好不容易才熬到結束。

「怎麼樣，江先生覺得這部片子如何？」松崎啟次首先詢問江文也的意見。

「看得出來製作的用心，但並不是我有興趣的題目。」江文也勉強忍住呵欠。

「那麼江先生對我皇軍進入南京的過程印象如何？」

「到處都是斷垣殘壁，顯然經過一番苦戰，但一想到北京並未遭遇相同的命運就覺得萬幸。」江文也隨口說，「其他沒有特別的感想，只是占領工作看起來比想像中平和多了，軍隊對俘虜和難民也很一視同仁。」

「其實呢，」松崎啟次頓了一下，「我們想請江先生為這部電影配樂，你是全日本中唯一熟悉支那音樂的作曲家，請務必和我們合作。」

「原來是要找我寫配樂啊。」江文也看了一眼川喜多長政，「不過我已經先答應川喜多先生了，時間上不會衝突嗎？」

川喜多長政說：「《東洋平和之道》還在拍攝，這部《南京》則已經完成毛片，江先生如果有意願，可以先進行這個工作。」

「關於報酬的話……」松崎啟次說了一個巨大的數字。

「這麼高的金額！」江文也吃了一驚。

「以江先生在國際音樂界的地位，這是應該有的尊重。」

江文也聽了不免有些飄飄然，他雖然在奧林匹克競賽得獎，但始終未獲主流派肯定。松崎啟次恰到好處的逢迎，令人覺得心裡十分熨貼，於是歡然說：「我這次來北京，原本已經得到靈感，正在構思一首管弦樂作品《以賦格樣式展開的序曲》，不妨就先用在電影配樂上，之後再改寫成獨立作品發表。」

「真是一舉兩得的好事。」松崎啟次歡然道，「那麼江先生同意了？」
「是的，我做！」
「太好了，原本我還擔心江先生會有所顧忌呢。」
「顧忌什麼？」
「因為你是臺灣出身……不過看來是我多慮了。」
「我沒想過這個問題，畢竟只是幫畫面配上相應情緒的音樂而已。」江文也心裡正自得意，暗暗盤算著可以拿這部作品去參加第六回音樂比賽，並未慮及其他。
「好極了，恭喜江先生！」一直蹺著二郎腿冷眼旁觀的王嘉亨忽然一拍扶手，起身向江文也拱拱手，隨即道：「小弟先告辭，改日還有機會向江先生請教。」說完便頭也不回地去了。
江文也覺得一頭霧水，詢問松崎啟次：「這位王先生究竟是誰？」
「這個嘛，將來你就會知道了。」

♫

江文也到太廟後面、紫禁城護城河邊上的茶座譜寫《南京》的電影配樂。這是北京音樂家老志誠告訴他的好地方，雖然熙來攘往的中山公園就在對面，此處卻絕少遊人，極為清靜。廟裡種滿了有數百年樹齡的柏樹，枝幹蒼勁、綠蔭蔥蘢，一水之隔處午門西廊和紫禁城城牆巍然橫亙，給人一種安穩之感。江文也沏上一壺茶，叫幾盤瓜子、蜜棗，便能專注地坐上一整天。

「文也兄！」忽然有人呼喚，江文也抬頭一看，正是老志誠來了。

「打擾你了嗎？」老志誠問。

「不會，我剛好寫到一個段落。」江文也拿起樂譜得意地展示，「這是我正在寫的電影配樂，雖然是第一次嘗試，但非常順利。我用《以賦格樣式展開的序曲》的主題旋律為中心，配合不同場景加以變化，營造出緊迫、衝突、莊嚴或者愉悅等不同氣氛。」

老志誠仔細閱讀，弦樂高音部演奏悠長的中國民謠風旋律，弦樂低音部和管樂則帶有節奏性地演奏較活潑的變奏，同時鋼琴在五聲音階上敲擊著現代感的分散和弦，三者看似各自獨立，卻又融合無礙。

江文也續道：「我有個日本作曲家朋友說過，電影配樂這種東西，一晚上寫個二十首也不過分，現在我算是親身體會了。只要掌握訣竅，寫起來比自己想像的還要快。如果能順利多接幾部電影配樂，說不定去歐洲的經費就會有著落呢。」

「音樂很出色……」老志誠忽然察覺有異，「不過這是什麼電影？為什麼這個地方標記著『南京』和『皇軍入城』？」

「日本人管這個叫『文化映畫』，也就是新聞影片，記錄目前南京的實況。」

「你怎麼能為這樣的東西譜寫配樂？」老志誠詫異地將樂譜放下，「你雖然是日本國民，畢竟是炎黃子孫。日本侵略我中國，怎可為虎作倀？」

「我只不過幫畫面營造一點情緒，這有什麼大不了？」江文也不以為意地笑說，「毛片我看過了，都是一些很平和的場面，沒有戰鬥也沒有鼓吹政治思想，不要緊的。」

「你知道日本人在南京做了什麼嗎？」老志誠起初還有點顧忌，東張西望欲言又止，然而越想越氣，不由得渾身發抖。「日軍放任士兵屠殺百姓、姦淫婦女，受害者不下數十萬，那都是我們的同胞！」

江文也詫異地說：「這應該是哪裡搞錯了吧，我在日本許多年，知道日本人的不少缺點，但是他們一向十分遵守禮節和規矩，甚至到迂腐的程度，不至於會做出這種事情。而且電影裡也拍到避難所的情形，難民們確實受到良好照顧。」

「那都是日軍的宣傳，怎麼能信呢。消息最先是外國記者透露的，有照片為證，南京城裡血流成河、屍積如山啊！」老志誠神情痛苦，彷彿隨時都要崩潰大哭。

江文也一時難以置信：「兩軍交戰難免會有死傷，或許那是戰場的照片。」

「日本人防備得緊，這些消息和照片無法公開，但大家私底下都在流傳。我親眼看到過，被屠殺的是平民百姓，不會錯的。何況日本人在北京城裡也是耀武揚威，大家敢怒不敢言……」

這時茶座老闆忽然提著水壺過來吆喝道：「欸——給您添個茶。」他一邊沖水一邊壓低聲音說：「這世道，多喝茶，少說話吧您。」

老志誠這才醒悟這是公共場所，而且江文也底細如何、能不能相信也還難說，於是強忍著情緒道：「文也兄心性單純，容易受到欺騙，你要好自為之。」

江文也平日左右無事，不時到劇組去探班。史永芬只要下了戲就和他形影不離，在外人面前也毫不顧忌，出雙入對猶如戀人。

這天劇組到西山取景，分乘幾輛汽車和軍用卡車前往。車隊從阜成門出城，這裡日軍設有嚴密的警戒，同時派了一個小隊隨同劇組出城。江文也詢問川喜多長政為什麼有軍隊陪同？川喜多長政含糊回答說城外土匪猖獗，不過編劇兼導演助理張迷生卻私下告訴江文也，這是因為城外的中國游擊隊太過活躍，所以不得不出動軍隊。

江文也在拍片現場發現一個有趣的現象，由於《東洋平和之道》的演員全都是中國人，因此每當日本導演下達指示時，都必須由張迷生逐句翻譯成中文，演員才曉得該怎麼行動。江文也聽說張迷生是華北大學的日本文學教授，兩人在現場彼此混熟了，自然不時聊起來。

「張教授，你是哪裡人？」江文也偶然問道。

「福建南靖。」張迷生想也不想就答。

「我覺得你像臺灣人。」

張迷生看了他一眼，不動聲色反問：「何以見得？」

江文也笑說：「你說的日本話有很重的九州腔，仔細聽也有一點臺灣腔，跟我的臺灣親友一樣。」

「早就知道瞞不過你。」張迷生眨眨眼，低聲說：「這裡不方便講話，我們另外再談。」

過了幾天，劇組工作熬了個通宵，等到天矇矇亮才散。張迷生拉著江文也說：「又累又寒，走，泡澡堂子去！」

張迷生帶他到西四牌樓華賓園，一掀開厚棉布門帘，統艙裡沸騰滾動的開水鍋爐和洋爐子的熱氣便撲面而來，身上再怎麼凍也都瞬間融化了。冬天裡上澡堂子避寒的人很多，而且往往能泡上一整天。

兩個穿白汗衫的年輕茶房過來服侍他們脫衣、擦拭，等泡過溫熱四池，又幫著搥腿、修腳，後面還有師傅伺候理髮和刮臉。一切料理停當，心情鬆泛了，最後便到樓上套間雅座喝茶抽菸。

「這澡堂子真是有不可思議的魅力。」張迷生歪在花梨紫檀椅上，用細瓷茶具泡了壺八百一包的好茶，連喝兩碗，閉上眼睛感歎：「來一趟全身骨頭都軟了。」

「你到北京多久了？」江文也用臺語問。

「民國十三年正月來的，剛好滿十四年。」張迷生知道他要問什麼，主動說了：「我是臺北板橋人，本名叫做張我軍，其實是北京大學日文系的教授。這件事，請你在劇組面前替我保守祕密。」

「原來是北大的教授，這是很有地位、有面子的身分啊，為什麼要隱瞞？」

「我不想要讓人知道我在替日本人拍電影，一個弄不好就會被當成漢奸。」張我軍搖搖頭，「我們一家七口全靠我一個人養，教授薪水才不過四百元爾爾，生活很困難，所以不得不做。」

江文也想起和老志誠的談話，關切地問：「替日本人做事真的那麼危險？」

「你住日本所以不知道，在北京的臺灣人都講自己是福建人，還用『白薯』來當作『臺灣』的暗語。」張我軍又喝了一碗茶，肚子餓得咕嚕作響，於是向串澡堂子的小販買了兩個燒餅，和江文也分著吃。

「真好吃！這是日本人做不出來的味道，看起來簡單卻有種樸實而大方的香氣。」江文也看著手上的燒餅開玩笑說，「連小吃都這麼美味，怪不得你一直待在北京。可以的話，我也想到北京來長住。」

張我軍深沉地說：「說起來也是真奇妙，我十幾年前來北京是為了逃避日本統治，考進師範大學國學系讀書、在臺灣推行白話文運動，後來卻變成日文教授，翻譯日本文學。」

「喔？這是為什麼？」

「終究還是因為臺灣出身，人家看到我就想到我會講日文，好像我臉上刺著『日文』兩個字一樣。國學系不會給我聘書，只有需要日文教授的地方才會找我。最初是工學院師生要讀日本翻譯的西洋書，所以找我去教，後來日文系也來合聘。」

「原來如此。」江文也很自然地用日語說，「那還真是辛苦啊。」

「不過我也是有抱負的。中國文明程度太落後，日文書翻譯快，書價又便宜，透過日文學習西洋文明比較方便。」張我軍深沉地說，「說起來無奈，日本用先進文明來侵略中國，但中國若想超過日本，甚至打倒日本，卻不得不先學習日本。」

「你不用把日本人看得太高。」江文也傲然一笑，「日本人『阿搭瑪控固力（頭腦跟水泥一樣硬）』，我在日本作西洋音樂，比誰都前衛。而且西洋藝術文化已經碰壁了，音樂的未來在東方，我打算往後改作中國音樂！」

「你是天才，境界和一般人不一樣，我說的是一國整體的文明程度。而且《孫子兵法》也講知己知彼嘛，中國跟日本關係那麼深，打過幾場大敗仗，終歸是因為不夠了解日本，不管親日還是反日都應該多了解才對。」張我軍把手上剩下的半個燒餅塞進嘴裡囫圇吃完，接著道：「現在日本對中國常常只看壞的一面，那也不行。川喜多拍這部電影，把中國實際的情況給日本人看看，這樣才能讓他們認識和尊重。我相信可以用文化來改變社會。」

「我沒有想得那麼複雜，只想追求藝術。不過你這樣一講，我也覺得好像參與了一件了不起的事情……唉呀，你看我把芝麻掉得滿身都是。」江文也把幾粒芝麻和燒餅屑撿起來塞進嘴裡，後來覺得麻煩就索性全拂到地上。他天真地一笑，用蹩腳的中文說：「這就是中國話講，吃芝麻沒有不掉燒餅的？」

「吃燒餅沒有不掉芝麻的！」張我軍哈哈大笑。

♫

外景拍攝結束後，劇組準備前往東京進行最後的棚內拍攝工作，演員們都得了兩天假回家省親，史永芬也不例外。江文也獨自待在東和商事宅院裡，覺得百無聊賴，瞥見天井裡一個穿著長袍馬褂的身影正要外出，仔細一看竟是川喜多長政，於是喚道：「川喜多先生，你這身打扮我都認不出來了呢，完全是支那人的樣子。你要去哪裡？」

「去北京大學附近走走。」

「我跟你去！」江文也二話不說，套上風衣就走。

二人叫了兩輛洋車，腳上蓋了毛毯，直拉到景山東邊的北京大學第一院。下了車，映入眼簾的是一棟氣勢巍然的紅磚建築，川喜多長政神情憂鬱地看著這棟建築，江文也還未及問話，門口站哨的日本憲兵凶霸霸地過來斥道：「馬鹿野郎！這裡不准逗留張望！」

川喜多長政上前表明身分，商請憲兵讓他在門口看一下，那憲兵看了看名片，揮揮手叫他們別待太久。

「沒想到著名的北大紅樓，卻變成憲兵隊的隊部了。」川喜多長政十分感歎。

「川喜多先生為什麼特地來看這棟建築？」江文也問。

「這是我的母校。我曾在這裡就讀哲學系，入學時的面試教授是胡適之先生。」川喜多長政臉上帶著又驕傲又感傷的複雜表情，「那是民國十一年的事。」

「也就是大正十一年……距離現在已經有十六年。」江文也想了一下才算出來。

「不過我只待了兩年，當時距離五四運動發起不久，學校裡反日氣氛很強烈，我無法專注學業，最後只好放棄就讀，轉往德國去留學。」

「你這麼一說我才想起來，一般人都想去歐洲留學，川喜多先生為什麼要特地來支那呢？」

「我是遵照亡父的遺訓來的。」川喜多長政取出一把隨身的短劍摩娑著，「這是我父親大治郎先生的遺物。他是陸軍砲兵大尉，曾在日俄戰爭中經歷血戰立下功勳，獲頒金鵄勳章的無上光榮。後來他受清朝政府邀請，出任保定武備學堂兵學教官。出於對支那的熱愛，他毫無保留教授自己所知的一切。沒想到憲兵隊卻懷疑他洩露軍事機密，派出一個分隊到他北京的住處去逮捕，事後宣稱父親持刀抵抗，所以將他當場射殺……」

「啊！」

川喜多長政瞥了紅樓前往來的日本憲兵一眼，低聲說：「父親生前就已經有所覺悟，留了一篇遺訓給我。我繼承他的志向，要將此生投入日本與支那親善的事業。」

「所以你才想要拍《東洋平和之道》？」

「日本人輕視中國，支那人也瞧不起日本，這樣的情感在長期累積中爆發，恐怕也是這次事變的主因。電影是最受大眾歡迎的藝術，我想透過電影把中國的風景人情帶到日本觀眾面前，增加彼此的了解和好感。」

「原來如此。」江文也微微一笑，「川喜多先生這番話讓我想到張迷生教授，你們的抱負都好偉大啊。我呢，只想找個安穩的地方好好創作音樂。」

「國內的情況你也感覺到了，戰爭越來越激烈，什麼地方都不會安穩。」

「北京就很平靜啊。」江文也理所當然地說。

「那只是表象，無法維持太久的。」川喜多長政瞥看左右，壓低聲音道：「老實說我認為日本開戰很愚蠢，支那擁有廣大的土地和悠久歷史，根本無法征服。就算軍事上一時取得優勢，長久下來大陸的魅力也必將融合日本，我想讓更多日本觀眾了解這個事實。」

「這話說得太好了，真是名言！」江文也並不關心時局，抓著川喜多長政的結論歡然說：「我會把美妙的支那音樂帶給日本聽眾，讓大家感受大陸的魅力！」

劇組在昭和十三年（一九三八）一月底前往東京，在富士攝影棚進行最後的室內場景拍攝。演員們一開始對於要前往交戰的敵國還有些擔心，沒想到一踏上日本就受到熱烈歡迎，被當成親日的中國人樣板來招待。

史永芬在拍戲之外，仍繼續學習聲樂演唱，直接到江文也家去上課。她第一次上門時，江文也向乃ぶ介紹道：「這就是我說過的那位演員，她很有天分，這段時間會來我們家上課。」

「唉呀呀，好漂亮的小姐，不愧是映畫明星。」乃ぶ一看到史永芬便已心中有數，臉上不動聲色，依然掛著親切的微笑。

史永芬大方問候：「初次見面，我是史永芬，請多指教。」

「日本話說得很好呢。」

「剛開始學，只會講一點。」

「那麼以後就由我來教妳日本話吧。」乃ぶ熱心地說。

「太好了，謝謝！」

「妳今年幾歲？」

「十六歲。」

「好年輕啊。」乃ぶ訝異地看著江文也說，「一比起來我都變成歐巴桑了呢。」

江文也笑說：「一不留神我們都二十七歲了，但還是很年輕啊。」

乃ぶ又問史永芬：「來日本覺得怎麼樣？」

史永芬率直地說：「來之前大家都有點擔心，畢竟兩國之間正在戰爭，沒有想到我們一踏上日本就受到盛大的歡迎，大家也都很親切。」

「那真是太好了。」乃ぶ連番問個不停，「在東京住哪裡？」

「暫時借住在東京女子大學的宿舍，一邊上點課，不過住得不太習慣。」

「住在宿舍是辛苦了點，妳還要拍戲，晚上不好好休息不行，我來幫妳找個住的地方。」

史永芬滿心歡喜地說：「實在太感謝了，太太真是好人！」

當天上完歌唱課後，江文也送史永芬坐電車返回杉並區的東京女子大學，很晚才又回家。

準備就寢時，乃ぶ若無其事地說：「我想到可以讓那個女孩住在哪裡了，以前雙葉學園的同學家有多的房間，我明天再去拜託她。」

「在什麼地方？」江文也一邊換上睡衣。

「國分寺。」

「那麼遠？來我們家多不方便。」

「離東京女子大學很近啊。」乃ぶ瞪了他一眼，「很少人願意把房子租給支那人，我也很久沒跟同學聯絡了，為了該準備什麼禮物苦惱很久呢。」

「多虧妳啦。」江文也嘻嘻一笑，猛然抱住乃ぶ。「三色菫最可靠了，我真不知道沒有妳的話會怎麼樣呢！」

乃ぶ輕輕嘆道：「阿彬真的很喜歡北京呢，這次去了一趟，整個人變得元氣十足。」

「北京光是空氣本身就已經令人眷戀。」江文也像是唸詩般讚歎道，「北京的美無法只是從旁邊看著，必須整個人沒入其中，進去也還不能滿足，只能把一切變成空無。」

「好像馬拉美的詩喲，阿彬很久沒有這種詩情了。」乃ぶ冷不防幽幽地說，「看來那個女孩很仰慕阿彬呢。」

「啊？」江文也措手不及。

「阿彬該不會也對她產生戀愛感覺了吧？」

「哪有這種事，她只是個小女孩呀。」江文也一骨碌鑽進被窩裡。

「即將變成大明星的小女孩。」乃ぶ猛然掀開被窩，「不可掉以輕心！」

江文也捏捏乃ぶ的臉：「三色堇吃起小女孩的醋來啦，她怎麼比得上三色堇妳呢？」

「我已經是歐巴桑啦。」乃ぶ別過臉去。

這時剛滿三歲的純子醒來，看見江文也，跑過來抱住他說：「我要跟爸爸一起睡。」

「好喲，純子最乖，爸爸最喜歡純子了！」江文也抱住純子在被窩裡滾來滾去，逗得女兒樂不可支，乃ぶ在一旁看著，心頭一股悶氣暫時消散開來，但也不知是化解無蹤，還是埋進心底更深處去了。

♫

接下來這段時間，江文也趕著把《南京》及《東洋平和之道》的配樂寫好，史永芬也忙於拍戲和宣傳，兩人難得見上一面。

江文也把樂譜交給川喜多長政時，對方忽然提議說：「這部電影的男女主角是一對農民夫婦，片頭插曲〈鋤頭舞〉表現他們的身分，非常重要，能否請江先生擔任主唱，趁著你指揮樂團錄音的時候一起錄起來。以你的演唱水準，乃是不二人選。」

江文也推辭說：「我的支那語發音很不準確，還是算了吧。」

川喜多長政促狹說：「那真是可惜，這種夫唱婦隨的曲子，還以為你一定會答應呢。」

江文也這才醒悟機會難得，於是說：「如果你不在意發音的話，我趕緊來練習。」

錄音當天，江文也指揮樂團演奏，順利錄完電影配樂，接著他和史永芬合唱〈鋤頭舞〉，由他領唱一段，史永芬跟著唱和一段。

手把個鋤頭鋤野草啊，鋤去了野草好長苗啊，咿呀嘿，呀呼嘿，鋤去了野草好長苗呀呼嘿，咿呀嘿。

農夫啊農夫不用愁啊，五千年古國靠鋤頭啊，咿呀嘿，呀呼嘿，五千年古國靠鋤頭呀呼嘿，咿呀嘿。

這首歌原本還有一段「天生了孫公作救星啊，喚醒鋤頭來革命」，灌錄時自然省去不唱。江文也老是把「鋤頭」唱成「粗頭」，「農夫」唱成「農乎」，「古國」則唱成「嘓嘓」，第二段於是變成「農乎啊農乎不用湊啊，五岑年嘓嘓扣粗頭」，排練的時候史永芬不知抱著肚子笑疼了多少回，反覆糾正他的發音，最後總算勉強錄好了。

「這真是我唱過最難的一首歌。」江文也錄完之後滿頭大汗。

川喜多長政和他用力拍手：「這就大功告成了，多虧有江先生參加，讓本片擁有最好的音樂！等剪接完成，電影就要上映了！」

史永芬在喜悅中卻有些黯然：「電影上映，我也就要回北京去了。」

川喜多長政說：「你們不在真是寂寞呢，不過我們會再去拍新的電影，很快就會再見面的。」

史永芬說：「如果是這樣就太好了。」

江文也問史永芬：「怎麼樣，妳的藝名正式決定了嗎？」

「決定了！」

「是什麼？」

「白光！」史永芬篤定地說，「我想所謂的電影，就是一道白色光芒打在銀幕上，我要成為那道光！」

「好志氣！」江文也笑道，「妳一定會成為光芒耀眼的明星！」

第十一章　朝聖的歌聲

紀錄片《南京》在昭和十三年（一九三八）二月底於日本劇場上映，《東洋平和之道》則在三月底於丸之內的帝國劇場公開，江文也和乃ぶ受邀欣賞首映。江文也第一次聽見自己的音樂搭配電影播放，覺得十分新鮮。乃ぶ看完之後並未像往常一樣熱心地和江文也討論電影內容，只是淡淡地說音樂很好。

過了幾天，江文也趁外出之便，自己又到帝國劇場看了一次，豪華的放映大廳內空蕩蕩的十分冷清。散場時他意外巧遇川喜多長政，兩人沿著皇居外圍的城濠散步聊天。

「真是大慘敗，票房非常慘澹。」川喜多長政不復先前的風發意氣，灰心地說，「新聞紙上也是一片苛評，說這部電影的演員全都是支那新人，沒有觀眾熟悉的日本明星和符合潮流的戰爭場面，劇情也鬆散得像是觀光導遊節目……幾乎沒有半句好話，只有音樂獲得肯定而已。仔細想想，自己實在太天真了，必須深切反省。」

「其實我今天是特地來聽音樂的，首映那天太熱鬧，無法專心感受。」江文也沒有想到要安慰對方，只沉浸在自己的情緒裡。「可是很奇怪，今天總覺得這個音樂與我無關，甚至連整部電影都很陌生。畫面上那些熟悉的北京景色，還有那個藝名叫做白光的女演員，好像都不認識似的。」

「電影就是這樣的東西啊。」

「不，我才回東京兩個月，就覺得好像離開北京好幾年了，舉目望去都是一片陰暗沉重的氛圍。在北京獲得的清新氣息好像幻夢一般消失了。」江文也迷惑地說，「而且史永芬為什麼非得在首映之前趕著回北京，不再多待一陣子呢？」

「她接到母親病危的消息，所以才急著回去。」

「我聽到奇妙的傳聞，說她母親是用病危當藉口叫她回去，其實安排她立刻結婚。」江文也幾乎是抓著川喜多長政問，「這是真的嗎？」川喜多長政默默點了點頭，江文也難以置信地說：「為什麼？她不是正要展開明星事業嗎？」

川喜多長政嘆了口氣：「我也是聽說，她母親知道你們交往的事，所以才出此下策。」

「她母親曾到片場來探班，我們也見過面，那時她看起來並不反對啊。」

「我說這話你別介意——她母親一開始以為你是日本人，但是後來知道你是臺灣出身，而且已經有家室，所以轉為反對。」

「臺灣出身……」江文也啞口無言。

川喜多長政拍拍他的肩膀：「總之我們都作了一場美好的夢，關於電影、音樂和愛情的夢。如今只不過是醒來了，往後我們再一起編織新的夢想吧。」

♫

這天郭柏川和江文也約在神田見面，領他去吃一家蕎麥麵老鋪松屋。早春的東京依然帶著寒意，路上行人不多，但是一低頭穿過暖簾和拉門，就看見江戶風格的老屋裡擠滿吃麵的食客，充滿溫暖的氣氛。

郭柏川點了天麩羅蕎麥麵，店家很快送上來，他熟練地撈起一串蕎麥麵，嚥嚕嚥嚕地吸進嘴裡。

「真難得，阿川竟然點了天麩羅，一份就要一圓呢。」江文也奇道。

「這可能是我最後一次來吃這間店。」郭柏川用臺語說，「我要搬去新京，最近就會出發。」

「滿洲？」江文也本來有滿腔心事想找郭柏川傾吐，沒想到卻先聽到意外的消息。

「有臺南的朋友在那邊，替我安排好了。」

「怎麼這麼突然？」

「日本無法再待下去了，戰爭開始之後買畫的人變少，學校又不聘用臺灣人，一點出路也沒有。」郭柏川停下筷子，「現在臺灣人在滿洲和北京都很有發展，日本人需要統治管理，又不信任當地人，所以歡迎臺灣人。不論是做官、做教授，還是要考醫學院都很容易，不像在臺灣或日本到處碰壁。」

「你該不會要去做官吧？」

「哪有可能，我就算餓死也不甘願替日本人做官。朋友叫我先去新京的大學教畫，再看看北京那裡有沒有機會。」

「沒想到阿川比我還早一步去北京。」江文也有些失落。

「你也要去北京？」

「想是想，但沒有門路。」江文也笨拙地撈著蕎麥麵，哀嘆道，「我也好想去北京啊。在那裡才待兩個月，回來就感覺日本格局太小，路也小、人心也小，到處都讓人很不自在。北京才是屬於我的地方。」

「你如果想去一定找得到機會，只是你有太太和女兒，要看她們在北京住得習不習慣。」

「嗯。」江文也一時無言，吸了一口麵條，忽然捏著鼻子用日語大喊：「好嗆！」

「你是小孩子嗎，加那麼多山葵，難怪會被嗆到。」郭柏川用日語調侃他。

「我最不會吃蕎麥麵了。」江文也掏出手帕擦擦眼淚，「話說回來，你怎麼忽然想吃這個，還點了貴的，真反常。」

「我以前開的麻雀館就在附近，有時候下了班就來這裡吃一碗蕎麥麵，算是最大的享受。那段時間雖然辛苦，但也讓我學好繪畫的基礎，我一輩子都不會忘記。」郭柏川吃完麵條，叫服務生送來麵湯，倒進醬料碗裡攪拌一番，仰頭一飲而盡，然後看著老鋪裡的光景說：「往後不知什麼時候才會再來日本，說不定這世人都不會再來了。」

「先恭喜你，郭教授。」江文也拿起醬料碗代替酒杯，向郭柏川一敬。「我真替你歡喜！」

「多謝，相信我們很快就會再見面！」

♫

江文也報名了第六回音樂比賽，憑著《以賦格樣式展開的序曲》進入決賽，創下連續六屆入選的空前紀錄。他在日比谷公會堂親自指揮樂團演出，同時聽完全場之後，認為自己的作品遠遠超出其他參賽者一大截，對奪冠非常有信心。

所有作品演奏完畢之後，評審經過一陣閉門討論，最後由主席山田耕筰上臺發表結果。

「第二位，江文也，《以賦格樣式展開的序曲》……」四周響起一片掌聲，江文也起身扣上西裝外套的鈕釦，心裡波瀾洶湧。他感受到全場的目光集中在自己身上，也聽到有人低聲稱讚：「連續六回入選，這可是唯一無二的成績呢。」

山田耕筰在臺上念著江文也的簡介：「江文也氏，出身臺灣，畢業於東京武藏高等工業學校……」

「又是第二位，果然是萬年的第二位啊。」江文也一步步向舞臺上走去，心裡暗暗冷笑。「堂堂奧林匹克獎牌得主，在國內卻永遠和第一位絕緣。我是世界樂壇評為日本第一的作曲家，評審不反省自己的落伍，還在那裡用陳腐的標準來壓抑我的成績。」

山田耕筰持續用死板的語調念著作品評價：「……評審們認為本次的獲獎作品《以賦格樣式展開的序曲》相當有張力，看得出來是熱心投入工作的結果，並且巧妙地使用支那音樂素材，呈現出獨特情調……」

「得獎只是因為『熱心投入』，而且又是『異國情調』？」江文也並不服氣，但奇怪的是現在的他已不再感到憤怒，只覺得可笑。「就算我自認是日本國民，又替國策電影寫配樂，在主流派眼中終究還是殖民地人。」他在階梯前遲疑了一下，終究還是登上舞臺，從山田耕筰手中接過獎盃。

接下來的第一位頒發，江文也完全沒留心評審說了什麼。一等司儀說出：「今年的音樂比賽順利完成，謝謝各位參加，也恭喜得獎者……」江文也起身便走，不打算和樂壇人士交談或接受記者採訪，連獎盃都放在地上沒有帶走。

他快步走出公會堂，忽然被一個熟悉的聲音叫住，回頭一看，竟是山田耕筰。

「恭喜你再次獲獎。」山田耕筰點頭致意。

「託老師的福。」江文也語帶雙關，暗暗諷刺擔任評審的山田。

「接下來就是第二回新響國人作品比賽了。」山田耕筰笑容滿面地說，「江君出道以來還沒有錯過任何比賽，乃是樂壇唯一的『全勤獎』。這次還會拿出什麼樣驚人的作品呢？」

「我並不打算繼續參賽，事實上今天的比賽也不應該來的。」

「怎麼回事？」山田耕筰這才看出他神色陰鬱已極，「你看起來不太對勁，身體不舒服嗎？」

這時一個工作人員急匆匆捧著江文也的獎盃跑出來，雙手奉上：「江老師，別忘了要緊的東西！」

「我不要了。」江文也無所謂地揮揮手，「隨便你怎麼處理。」

山田耕筰向一臉錯愕的工作人員示意退下：「獎盃就先由音樂協會代為保管吧。」

「日本樂壇太迂腐了，死守著自以為是的規矩，永遠都趕不上世界潮流變化。」江文也冷笑說，「這樣的比賽，我沒興趣繼續參與！」

「原來如此。」山田耕筰表現得十分理解，「連著幾回比賽都是第二位，難怪你會覺得委屈。剛才決選會議上，其他評審們還是重彈音樂必須結構清晰、簡潔優美的老調，批評你使用素材過多，無法理解你採用支那式變奏法的妙處。你是我評分表上的第一名，但我無法說服其他人，真是遺憾。」

江文也有些意外：「老師聽出來了嗎，支那的變奏法？」

「支那音樂並不改變調性，而是在每次重複時透過細節的變化來變換色調，因此聽起來有無窮無盡的感覺，十分耐人尋味。這次的《以賦格樣式展開的序曲》就運用了這個技巧。」山田耕筰按著江文也的肩膀安撫說，「我去看了《南京》和《東洋平和之道》，以電影來說實在非常無趣——我是特地去聽你的音樂，寫得真好。」

「我一直以為老師並不欣賞我的風格，沒想到老師對我的作品這麼熟悉。」

「不只如此，《斷章小品》裡面幾首用支那素材創作的短曲也令人驚豔。」

「謝謝老師的肯定。」

江文也在高工時代到東京音樂學校御茶水分校上課，當時就是向山田耕筰學習作曲。畢業後被古倫美亞唱片公司錄取為簽約歌手，灌錄的第一首曲子也是山田的作品，能夠以非科班出身而獲得肯定，對他來說意義重大。兩人還曾一同在各地巡迴演出，可說淵源深厚，後來因為現代派和官學派的路線之爭，才慢慢變得疏遠。其實江文也對山田耕筰本人並無惡感，因此在灰心之餘忽然得到老師的稱讚，一時頗感安慰。

「這幾年『現代派』對我頗有誤解，我一方面公務繁忙，二來對種種傳聞也懶得解釋，結果連跟你都生疏了，真是可惜。」山田耕筰大方道，「怎麼樣，過幾天來我家裡聊聊，我覺得有很多事可以跟你一起合作呢。」

江文也還是有些半信半疑，因此只是唯唯以應。

「我不是客套，而是誠心邀請。」山田耕筰爽朗地說，「你一定要來啊！」

♫

「請喝茶。」山田耕筰親切招呼。

江文也剛在客廳坐下，女僕便送上整套用骨瓷茶具盛著的紅茶。山田耕筰緊接著問：「吃過早飯了嗎，要不要吃些點心？」

「好啊！麻煩了。」江文也端起茶杯喝了一大口，絲毫沒有作客的拘謹。他確實還沒吃飯，而且因為太早起床而大感睏倦，不明白山田耕筰為什麼非要在清晨六點就把自己叫來。出門時連電車都沒有，還是山田特地派司機開車到江家去接他。

「從《臺灣舞曲》開始，就看得出來你有飛躍性的成長！」山田耕筰大力稱讚，「最近幾個作品對支那素材的運用也很純熟，已經建立自我風格了呢。」

「老師不是一向堅持德奧理論，怎麼忽然對我如此肯定？」江文也有話直說。

「不同時代要有不同的作法。」山田耕筰目光炯炯，「明治維新以來，日本一直以西洋為師，對西洋過度崇拜。現在亞洲興起，回歸東洋不僅僅是國策，也是音樂發展成熟之後必然的結果。」

江文也詫異地說：「老師這番論調簡直推翻自己的理論，而且跟齊爾品先生的主張非常接近。」

「這只是過程順序不同。」山田耕筰靠在椅背上，如同往常般姿態篤定。「齊爾品看到未來趨勢，但他不了解日本國內音樂的發展進程。我過去所做的，是先將適宜教育的德奧音樂推廣到社會大眾，等到條件成熟再往下一步邁進。如今聖戰發動，正是民族音樂復興的時機到了。」

「原來如此。」江文也心下暗想，山田耕筰並非忽然轉性，只是跟著國策走罷了，不愧是永遠的主流派。

山田耕筰看了落地鐘一眼：「請你這麼早過來是有原因的，待會兒我們要去拜訪林大將。」

「那位當過首相的林大將？」

「是的，林銑十郎大將要見你。」

「啊？」江文也一臉疑惑。

林銑十郎是陸軍大將，在前一年二月二日奉召組閣，卻旋即在三月底解散眾議院舉行總改選，選後結果不如預期又立刻在六月四日辭職卸任，被輿論譏為「吃了就跑」、「史上最無意義內閣」。此外，滿洲事變（九一八事變）時他擔任朝鮮軍司令官，在沒有得到國內命令的情況下擅自派兵增援滿洲，因此又有「越境將軍」的稱號。江文也對林銑十郎的認識，就只有從新聞紙上看來的這麼多，完全無法想像這名位高權重的陸軍大將和自己之間會有什麼牽連。

「北京的『中華民國臨時政府』要在四月九日盛大舉行慶典，屆時將會在中央公園（今中山公園）由陸軍管樂隊加上數十個北支那管樂隊，進行聯合大野外演奏，演出國歌（卿雲歌）和其他相關歌曲。從寺內壽一司令官以降，軍、政界要人都會出席，也會由北京放送局對全支那進行放送，堪稱一大壯舉。」山田耕筰看著江文也道，「指揮者的殊榮，林大將指名由你擔任！」

「林大將怎麼會知道我？」江文也覺得不可思議。

「北京有重要人物推薦你，而且放眼國內，只有你出身臺灣又活躍於日本中央樂壇，是擔任兩國文化橋梁的不二人選。」

「我沒興趣。」江文也搖搖頭，他對於和軍部或政治有關的事並不熱衷。

「報酬很高喔。」

「暫時還不缺錢。」江文也有些心虛。

「我聽說江君的浪費癖是有名的。」山田耕筰的目光像是能夠看穿江文也，「何況《國家總動員法》已經通過，馬上就要實行，到時候重要物資都會管制，你應該不忍心讓家人過苦日子吧。」

「最近剛寫了兩部電影配樂，報酬很好，可以支持一陣子。類似的文化映畫往後應該還有很多，無論如何電影配樂還是比較有藝術價值。」

山田耕筰淡淡一笑：「文化映畫背後都是軍部支持，你不配合軍部指示，以後還想接到配樂的委託？」

「這……」江文也啞然，但也明白山田耕筰所言不虛。

山田耕筰頓時又改回熱切的表情，眨了眨眼道：「你就那麼放得下北京的情人？就是那個《東洋平和之道》的女主角，叫做白光是吧。江君豔福不淺，如此秀麗的美人，可不能讓她在北京獨自寂寞啊，哈哈哈。」

江文也想起史永芬，臉上一紅，但隨即想到她已出嫁，心裡一陣酸苦，無言以對。

「如果你願意去的話，可以讓你以教授資格在北京師範學院音樂系任教。」山田耕筰乘勝追擊，「你今年二十八歲，只有私立高等工業學校的學歷，並非本科出身，卻能一舉跳過講師和副教授資格直接以音樂教授聘任！怎麼樣，是相當不尋常的破格任用呢。」

「不可能吧？」江文也半信半疑。

「這是軍部的任命，北京方面非接受不可！」山田耕筰斷然道，「你很清楚自己在國內的處境，想要出頭可說千難萬難。與其困在這裡，何不開啟一番新天地？新生支那需要你擔任與日本之間的橋梁，你也將會成為大日本帝國的支那音樂第一人！」

江文也心動了，北京的一切隨時都在呼喚著他，而東京樂壇令人憎恨得想要逃離。一躍而成為大學教授，這是在日本無法想像的事，何況能夠常住北京，日夕浸透在古都氛圍裡，確實太令人嚮往了！

「我真的那麼受到軍部重視？」江文也內心隱隱覺得不妥。

「太過謙虛就不像是你的作風了。」山田耕筰不讓他有多思考的空間，看了看懷錶，俐落地起身。「時間到了，走吧。」

兩人坐車前往澀谷千駄谷的林銑十郎宅邸，山田耕筰在車上簡單說明拜訪林大將時應該注意的禮節，接著就不再言語，陷入嚴肅的沉默之中。

抵達林宅之後，接待人員引他們到玄關旁的小客室等候，江文也隱約看到別的客室裡還有其他候見的客人。山田耕筰始終正襟危坐，江文也自然不敢造次，只覺空氣肅穆得令人難以呼吸。

又過了大半個小時才輪到他們會見，接待人員領著二人經過走廊來到一間簡素的書房。門開處，首先看見的是林銑十郎那部著名的「凱撒鬍」——由德皇威廉二世引發流行的鬍型，極其濃密的上髭向左右剽悍地箕張開來。這樣豪邁的鬍型若在一張缺乏氣魄的臉上只會顯得滑稽，但林大將留起來確實威勢十足。林銑十郎把手上的文件往桌旁一丟，摘下圓框眼鏡，用意外溫和的眼神看著來訪的二人。

「大將，這位就是上次提到的音樂家江文也。」山田耕筰恭敬而不失熟稔。

「來得好。」林銑十郎微微點頭。

江文也全身都被林銑十郎的目光籠罩住，雖然他本人比新聞紙上的照片看起來柔和許多，仍充滿了令人震懾的威壓感。

「你是臺灣出身？」林銑十郎問。

「是，我出生在臺北，六歲時全家搬到廈門，十三歲到信州上田讀書，中學畢業後就一直待在東京……」江文也正要繼續說下去，山田耕筰搶過話道：「正如之前向大將報告的，他對日本和支那音樂都很嫻熟，是不可多得的人才。」

「唔！」林銑十郎從身後的副官手中接過一把短刀，向前平伸：「送給你！」

江文也一時愣住，山田耕筰低聲道：「快接過！」江文也才趕緊上前雙手接下短刀，又在山田耕筰暗示下說了感謝的客套話。

「實心奉公，好好為國效力！」林銑十郎微微轉頭看了副官一眼，副官當即喊道：「會面結束！」山田耕筰趕緊道聲：「百忙之中打擾了！」二人便鞠躬退出書房。

接待人員領二人走到玄關，一名中尉軍官上前告誡道：「今日所見所聞，包括大將說的話，以及家中布局陳設等等，都屬於軍事機密，絕對不可外傳。即便是家人肉親，也不能透露一句！」

等汽車駛出林宅大門，江文也才察覺自己肩背硬得像石頭一樣。前後短短五分鐘的會面，卻像是一個小時那麼漫長。他拿起那把短刀觀看，刀鞘和刀柄模仿西洋短劍的形式，用鯊魚皮和牛皮裝飾。他握住刀柄稍稍抽開幾公分，看見一小段刀鋒，心中一凜，立刻又推了回去。

「外觀是西洋短劍，刀身卻是日本短刀，象徵『和魂洋才』。」山田耕筰淡淡說。

「我並不是軍人，大將為什麼要送刀給我呢？」江文也不解。

「國家發動聖戰之際，不分文武都是重要戰力。一首好的歌曲，作用勝過千萬把鋒利刀劍呢。」山田耕筰見事情已成定局，輕鬆說道，「支那事變發生至今，皇軍已經占領北京、天津，也大舉登陸上海一帶，很快就會掌握中支（華中）。軍事行動之後緊接著就是文化戰，你我都不能置身事外。」

「我對戰爭沒有興趣，光是拿著這樣的兵器都覺得很不安。」江文也直言無隱，「而且我實在不知道能夠為國家有什麼貢獻。」

「哈哈哈。」山田耕筰乾笑幾聲，「江君不必太過介意，沒有要你上戰場去殺敵。我大日本帝國是亞洲最強國，有責任領導東洋抵抗西洋各國的侵略，讓黃色人種稱雄於世。遺憾的是支那人過於愚昧，不能理解聖戰大義，才和日本衝突不斷。我等文化人的任務，就是要盡力化解兩國人民誤會，增進日支親善，共同對抗西洋！」

「箕作君和清瀨君他們也都獲贈這樣的短劍嗎？」江文也疑惑地問。

「不，只有你。」

「為什麼？」

「還不明白嗎？」山田耕筰瞥了他一眼，「增進日支親善乃是前線第一要務！」

「請讓我在這裡下車吧。」江文也忽道。

「停車！」山田耕筰吩咐司機靠邊，對江文也交代道：「時間很匆促，你準備好隨時出發去北京！」

江文也下車後在路上茫然亂走，心中煩躁已極。不覺間走到一處熟悉的地方，才想起來箕作秋吉家就在附近，於是尋上門去。

「唉呀呀，稀客。」箕作秋吉沒想到他忽然來訪。

「小吉，我要去北京任教了。」江文也神情恍惚，顯得十分不安。「北京師範學院要聘我為教授，我想徵求你的意見。」

箕作秋吉感覺到他的猜疑和猶豫：「北京和東京各方面都很不一樣，你能不能適應啊？」

「適應不成問題，我非常喜歡北京。」江文也望著遠方出神，「我感覺得到，有什麼很微妙地滲透進來，我全神貫注在耳朵上，有一種靜謐的，著實靜謐的朝聖的歌聲……」

「你沒事吧？」箕作秋吉擔心地看著他。

「啊，不，我沒事。」江文也像是在說服自己，「俄國的林姆斯基—高沙可夫原本是海軍軍官，並非音樂本科出身，卻在二十七歲當上聖彼得堡音樂學院的作曲教授。有這樣的前例，我也應該要努力吧。」

「你確實很適合去北京發展，但之前從未聽你提起，為什麼忽然要去？」

江文也意識到那把短劍就收在大提包裡，想起軍官恐嚇似的告誡不可洩密，又覺得自己彷彿揣著某種羞愧的證物，頓時大感驚惶，起身說：「時間差不多了，抱歉打擾。」

「你才剛來呀。」箕作秋吉一頭霧水。

「總之我要走了，雖然寒暑假應該都會回來，畢竟能見面的時間變少了。」江文也難掩激動地握著箕作秋吉的手，「保重！」

「阿彬！」箕作秋吉叫住轉身而去的江文也，「北京一定會帶給你很多靈感，我很期待阿彬更進一步的蛻變！」

江文也轉身一笑，瀟灑地揮揮手。

♫

「怎麼突然要到北京去？」乃ぶ一邊幫江文也收拾行李，一邊問道。

「有點事。」江文也淡然說。

「該不會是去見小芬吧，本來以為拍完電影你們就不再來往了。」

「別亂想。」江文也默默取出短劍，「妳看，這是林大將送我的。」

「那個『吃飽就跑』的林大將？」

「嗯。」

「唉呀，阿彬該不會沾惹上什麼麻煩事吧。」乃ぶ憂慮不已。

「跟軍部有關的事，我不能多口。」

「會去很久嗎？」乃ぶ唯一能問的只有這個。

江文也露出溫暖的笑容：「等我在那邊安頓好，妳再帶純子過來。」

隔天清晨，江文也提著兩箱裝滿樂譜和譜紙的行李出門。乃ぶ抱著純子在門口相送，他沿著通往洗足池的巷子走去，在轉角回頭揮手。兩歲多的純子大聲喊道：「爸爸再見！爸爸再見！」江文也笑了笑，轉身隱沒在長牆之後。

他走到池上電車的洗足池前驛，卻未買票進站。驛前停著一輛汽車，司機下來詢問：「江先生？」江文也點了點頭，司機便把車門打開請他上車。

車子直接往南開到羽田的東京飛行場，江文也下了車就被領到停機坪，看見一架大日本航空公司的中島 AT-2 飛行機在那裡等候。這是他第一次近距離看見飛行機，只見銀色的全金屬機身在陽光下閃閃發亮，兩具發動機都已開啟，轟轟然蓄勢待飛。

江文也登上僅設八個座位的狹窄機艙，連他在內一共只有五名乘客，其中一個是軍官。他們彼此點個頭，很有默契地並不交談。

飛行機在跑道上滑行一陣，逐漸加速，接著倏然騰空而起。江文也心裡一驚，彷彿魂魄還被留在地面上。初次飛行的恐懼很快轉為讚歎，他看著窗外迅速縮小的景色，辨認著這座自己熟悉的宮城，艙內噪音轟鳴，令人感到一切都很虛幻。

這段航程很長，將會中停米子、朝鮮京城、大連和天津。另外幾名乘客顯然坐慣了飛行機，神態安然地抽起菸來。

等飛離東京，江文也從大提包裡摸出一本紀德的《新糧》。最初是乃ぶ在神宮外苑的銀杏道背誦這本書裡的詩句，過一陣子市面推出日譯本，他讀了之後大為感動，又找來法文原版對著字典硬讀苦讀，翻來轉去把書都讀破了。

他隨手翻看，就著窗口的天光讀了起來：

一切的美德，是由放棄自己而完成。果實為了發芽，才會如此甘美……

我不認為尋求道德規律是明智的，事實上也不可能；我甚至不知道自己究竟是誰、是什麼？而當我不去思索自己時，我在愛中重新找到自己。

有時我同意自己必須拋棄一切道德上的思慮，不再抗拒願望；只有願望才能啟示我，我願依順它們。

江文也忽然覺得疲倦如一張巨大的黑幕罩下來，他把頭往椅背上一靠，很快就睡著了，連手上的書掉落在地上都不知道。下機的時候就這麼丟失了這本書。

「江教授，歡迎再次來到北京！」

飛機降落在北京南苑機場，江文也一走下機艙便有人上前迎接。那人身穿長袍，看似對他很熟悉，但江文也一時想不起來對方是誰：「請問您是？」

「江教授真是貴人多忘事。」那人改用日語說：「我們在東和商事見過，一起看了文化映畫《南京》。」

「我想起來了，您是武德報的王嘉亨總經理。」江文也大感意外，不明白怎麼會是他來接機，而且日語如此流利。

「敝姓山家，王嘉亨是我的支那名字。」那人掏出一張名片遞過來，上面寫著「北支派遣軍司令部報導部宣撫擔當支那班長陸軍中佐　山家亨」。

「啊，陸軍的……」

「北支（華北）地區的文化和報導工作都由我負責。」山家亨指示隨從幫江文也提行李，一邊用中文說：「您平常還是叫我『王二爺』就行了，比較親切些。江教授旅途辛苦，本社敬備菲酌為您接風洗塵，這就請了。」

汽車從永定門進入外城。江文也第一次在春天來到北京，放眼望去，端的是滿城春色，不由得讚歎：「這綠意像是洪水一般，都要滿溢出來了，跟上次來的時候完全不一樣。」

「北京春天短，江教授來得正是時候。」

山家亭帶江文也到王府井大街北邊的東安市場。山家亭隨口一問：「江教授不忌吃羊肉吧？」也不等江文也回答，逕自熟門熟路地從靠金魚胡同的市場北門進去，拐進東來順的藍幌子裡。跑堂的一見，熱絡地喊：「王二爺您來啦，老位子給您留著哪！」

門口十來個彪形大漢一字排開，揮動長長的羊肉刀，手底下片片飛舞，煞是好看。店裡門庭若市，跑堂的不時吆喝「來啦——」，格外顯得熱鬧非凡。

「北京還是一樣元氣十足啊。」江文也忍不住臉露微笑。

「這裡既便宜又好吃，而且有一個最大的好處——沒有日本人來！」山家亭搖頭道，「在北京的日本人，要不只吃西餐或日本料理，彷彿還是活在日本。要不就是去八大胡同的青樓胡鬧，到處破壞人家的規矩，造成中國人反感。」

跑堂的很快送上幾盤切得薄薄的羊肉，細分成腰窩、三岔兒、後腿等各種名堂，加上白菜、蘑菇、粉絲雜麵和十幾種佐料，叫江文也看得眼花撩亂。

山家亭舉起酒杯向江文也一敬：「歡迎到中國來，往後有許多仰仗之處。我知道江教授不喝酒，我就自個兒隨意了。」說罷逕自仰頭乾了一杯。

江文也連忙以茶代酒回敬，詢問道：「山家先生，不，王二爺，是您向林大將推薦我的吧。我到現在都還不明白，您為什麼要找我來北京？」

「很簡單，在東亞黎明之際，與大日本帝國提攜共榮的新中國，需要一位樂官。」山家亭熟練地挾起一塊羊肉，在滾燙的銅鍋裡一涮，蘸了佐料送進嘴裡。「文化的戰鬥往往比使用武器的戰鬥來得有效，我們需要一位真正的音樂家，同時還要熟悉中國音樂。這樣的條件，除了江教授之外沒有別人。」

「照山田老師的約定，我只需要來指揮一場管樂隊的野外演奏，然後就可以到北京師範學院音樂系任教。」

「哈哈哈，江教授真會說笑。如果只是指揮一場演奏會，何必特地安排您搭乘飛機過來。」

江文也感到有些不安：「如果是跟政府或軍部有關的事，我並不想多參與。」

「您放心，並沒有要您到政府裡面去做官，只是要借重您的才能，創作具有中國風格的音樂。」山家亨取出一張紙放在桌上，「聽說過新民會吧，他們想委託你為〈新民之歌〉譜曲。這是經過公開徵求，從四千多首應募歌詞中挑選出來的。」

新民會乃是華北的親日組織，以民間立場協助日本統治，江文也雖然聽過這個組織，但並不了解具體內涵。他拿起歌詞，上面寫著：

旭日照東亞，全亞協和為一家。學宗孔孟行王道，人作新民在中華。格物致知正心誠意修身齊家治國治天下。

撒上小康種，必開大同花，剷除各匪黨，人人防赤化。格物致知正心誠意修身齊家治國平天下。

博得河清與人壽，一切罪惡絕根芽，大家共度太平日，幸福永無涯。格物致知正心誠意修身齊家治國平天下。

「這種歌不具藝術性，沒有意思。」江文也把歌詞放回桌上。

「新民會提供優渥的報酬。以您的才能，花不到一個小時就能作好曲子，可說是輕而易舉。」山家亨不容拒絕地說，「這也是由軍部出面推薦您到師範學院的條件之一。」

江文也略感不快，覺得有些被騙，但既然人已經在這裡，多寫一首曲子似乎沒有太大差別。他再次拿起歌詞來看，雖然是充滿「宣傳臭」的東西，畢竟沒有美化戰爭或皇軍如何的內容，反而是頌揚孔孟王道、共度太平，看起來沒有害處。

山家亨補充說道：「聽說江教授正要開始研究中國音樂，無論您想聽什麼演奏，看什麼書，我們都可以安排。譬如每年春、秋舉行的祭孔大典，典禮中將會依照古禮演奏音樂，一般人是不能靠近參觀的，但是江教授可以通行無阻。」

「祭孔的音樂嗎？」江文也眼睛一亮，「請務必讓我參加。」

♫

民國二十七年（昭和十三年）四月九日，由日本扶植的「中華民國臨時政府」在北京中央公園（中山公園）舉行典禮，由日本陸軍管樂隊為骨幹，加上數十個華北地區管樂隊組成陣容龐大的樂隊，演奏典禮音樂，並由北京放送局對全中國廣播。

江文也穿著燕尾服踏上指揮臺，這不是音樂會，他不需要向來賓鞠躬，只要聽司儀的指示演奏。他環顧全場，看見觀禮臺上坐滿穿著大禮服的貴賓，並不認得誰是誰，只聽說從日軍北支那方面軍司令官寺內壽一以降，包括臨時政府行政委員會委員長王克敏等軍、政要人都盡數出席。

江文也抬高視線，越過一眾貴賓和滿場飄揚的五色國旗，看見遠處紫禁城的紅牆黃瓦，心中暗暗讚歎：「真是偉大而華美的建築啊，無論世事如何變化嬗遞，果然只有藝術能夠永恆長存。」

正當他想得出神時，猛然聽見司儀拔高嗓子喊道：「奏國歌——」

江文也舉起指揮棒，俐落地往下一揮，廣場上數百人組成的大管樂隊頓時演奏起〈卿雲歌〉，來賓們也齊聲合唱：

卿雲爛兮，糺縵縵兮。
日月光華，旦復旦兮。
日月光華，旦復旦兮。

這支臨時拼湊的樂隊水準參差不齊，服裝五花八門，有些樂隊連樂器都慘不忍睹。多數隊員看不懂江文也較為複雜的指揮手勢，不僅經常走音放砲，連最基本的齊奏都做不到。

江文也早先在排練時忍不住向山家亨抱怨：「這根本不能算是一支樂隊，我無法指揮。能不能只留下陸軍樂隊和其他幾個比較有水準的樂隊就好？」

「這不就是大東亞現實的縮影嗎？」山家亨雙手籠在袖子裡，雲淡風輕地說，「共榮的理想，是要大家一起參與的。江教授是日本最優秀的音樂家，以您的才能，一定可以領導這個樂隊。」

江文也無法，只好先抓緊陸軍等幾個核心樂隊把細節練好，再讓其他雜牌軍加入壯大聲勢。

他右手高舉指揮棒打著簡單明確的拍子，好讓所有人都看得到，同時以左手向核心樂隊下達表情指示，總算在典禮上奏出差強人意的聲音，順利完成國歌和數首慶典音樂的演奏。

幾天後，山家亨交給江文也一張北京師範學院音樂系的教授聘書。江文也看了大感詫異：「聘期從四月二十五日至七月三十一日止，只有短短三個月，這是怎麼回事？」

「江教授不用擔心，這只是一個形式而已。」山家亨皮笑肉不笑，「只要彼此配合得好，師範學院每個學期都會按時發聘書給您！」

第三部

第十二章　北京點點

江文也受邀參加了民國二十七年（昭和十三年）九月舉行的孔廟秋祭，為此他生平第一次穿上長袍馬褂。

典禮由中華民國臨時政府行政委員長王克敏任主祭官，政府各部會和民間翼贊團體、日華經濟協會、故宮博物院都派要員參加。儀式沿襲民國二年總統袁世凱制定的《民國禮制．祀孔典禮》，祭文則與乾隆八年修訂的〈闕里文廟及府州縣學用祀孔樂章〉完全一致。

這雖然是江文也第一次與祭，但在此之前已經來過孔廟數次。他還記得第一次看見半隱在兩排古柏樹蔭間的大成殿時，便已深受震動。這天他在清早六點前趕到孔廟，一進大成門，就看到黑壓壓一群穿著黑馬褂的與祭人員站在陛道上。他只對音樂有興趣，一路走到擺滿各種樂器的大成殿前平臺上，興味盎然地發現所有奏樂者都穿著古代漢式禮服。

「幹什麼？一般與祭人員不能上來！」一名警察過來驅趕，江文也正想解釋，山家亨忽然現身對警察說了幾句話，那警察便唯唯諾諾地退開。山家亨向江文也比了個手勢請他自便，江文也點點頭，選了個角落的位置站好觀禮。

禮官敲擊大鼓和大鐘宣告祭典開始，典禮共分為六章：迎神（昭和之章）、初獻（雝和之章）、亞獻（熙和之章）、終獻（淵和之章）、徹饌（昌和之章）和送神（德和之章），每章都以敲柷開始、刷敔[12]結束。

一個又一個政界要人上前獻禮、致祭，但江文也毫不關注，一片心思完全放在音樂上。樂器以笛和鼓為主，用編鐘和編磬附加節奏。奇妙的是，一旁排放著琴、瑟等樂器卻無人演奏。江文也好奇詢問一個奏樂者，對方說這是為了符合古禮所說八音齊鳴（八種不同材質的樂器齊奏）而準備的，但樂譜早已失傳，這些樂器擺著徒具形式，連弦都沒有調。

江文也暗暗搖頭，心想，經過數千年，雅樂畢竟退化或失傳一部分了吧。而且既有的演奏也實在太簡略了。然而奏樂時人聲和樂器同時發出純淨而悠長舒緩的聲音，每個音都孤立懸浮著迴盪在空間裡，仍然讓江文讚歎：「這真是俗世間所沒有的聲響，彷彿能夠上達天聽。好像是宇宙中蘊含的氣體忽然間凝結成音樂，不久又化為一道光消失。」

♫

12 柷敔：柷是上寬下窄的木箱，用椎（木棒）敲打內壁發聲；敔是虎形木雕，背上有二十七個金屬片，可搓刷出聲。古代奏樂時敲柷，終止時刷敔，二者有和樂的功能。

儀式結束後，江文也到景山上，去找在那裡寫生的郭柏川。郭柏川到滿洲後待了半年，隨即轉到北京藝術專科學校教畫，兩人在北京歡喜重聚。

「哇，你的畫整個光亮起來，跟以前在日本畫的那些烏趖趖的東西完全不一樣，看起來心情開朗很多。」江文也三步併作兩步爬上景山，看到郭柏川所畫的故宮俯瞰，當即讚賞起來。

郭柏川「嘿」地應了一聲，不置可否，繼續畫著黃色的殿宇屋頂，但看得出來整個人非常放鬆。他畫了幾筆，一邊調色一邊問：「你終於聽到孔子廟的音樂了，怎麼樣？」

「太簡陋了，聲音單薄，簡直像廢墟似的不成音樂。」江文也興奮地說，「不過我發現音樂和場所的關係非常密切，就像巴洛克音樂最初也是來自教堂，這麼簡陋的音樂在孔廟裡演奏起來，還是有一種無可形容的崇高性，沒有開始也沒有結束，像時空本身那麼悠久。裡面沒有歡樂也沒有悲傷，是一種東方的『法悅境』，讓人想起天的思想。」

「真有趣味，你原本是東洋最前衛的音樂家，現在卻講起什麼法悅境來。」郭柏川不禁莞爾。

「你還不是用野獸派風格畫起紫禁城來啦！音樂要回到原本的場所，人也要回到本來的文化土壤。」他滔滔不絕說道，「記得梅原老師說過的吧，我現在更能體會所謂『藝術的精神根源』是什麼了，孔子廟的音樂才是屬於我的音樂！而且中國音樂雖然看起來單純，其實永遠都在前進變化，表現的是意境，跟現代音樂的原理也有幾分類似……」

「看起來，你是要寫一首新的孔廟音樂？」

「我是有這個想法！」江文也認真地道，「這個時代講求速度，不，已經在講求超速度了，什麼東西都用機器製造，連音樂界都感染這樣的潮流，一直發明某某派、某某運動、某某主義，但也都持續不過兩三年，過後只留下空虛感。我想做真正的藝術，創作超越時代的永恆音樂，孔子廟的音樂就是這樣的東西。」

「真有志氣，以你的個性，馬上就會動筆了吧。」

「現在還早，現存的音樂素材不夠，我還要讀書做研究，也要聽過更多中國音樂才行。這半年來我整理了一百首中國名曲，但還不夠，這只是剛開始而已。」

「嗯，你來北京之後也穩重了很多。」郭柏川放下畫筆，眺望著故宮中軸線出神。

「這裡真是好所在啊，看出去有種胸懷天下的感覺，又好像從前面射出去的目光會從腦袋後面回來看見自己似的。」江文也忽然趴在欄杆上放聲大喊：「我總該徹底捨棄我自己！」

郭柏川嚇了一跳：「你幹嘛忽然那麼大聲。」

「沒有啦，我只是忽然覺悟，自己以前為了追求新世界，試過印象派、新古典派、無調性、機械派等一切最新的作曲技術，其實應該全部都捨棄掉。」

「哈哈哈，才剛說你變穩重，馬上又像小孩一樣大吼大叫起來。」郭柏川話鋒一轉，「你打算把太太和女兒也接來嗎？」

「師範學院一次只肯發一個學期的聘書，我才剛拿到第二期，還不知道往後會怎麼樣，等工作穩定了再說吧。」

「這是那個山家在後面搞鬼吧。」

「嗯，不過也是有他推薦，我才能來北京的。」

「你最好離那種人遠一點。」郭柏川調了褐色的油彩，畫起入秋轉黃的樹木。「我在北京都說自己是福建人，不領日本人的薪水和配給，雖然比較辛苦些，但也不會招惹麻煩事。」

「我第一不做官，第二不寫稱頌戰爭的歌曲，沒有關係啦。」江文也滿不在乎地說。

♫

很快地，江文也已在北京任教了一整個學年。春天再次到來，滿城花開，到處一片新綠，令人神清氣爽。他每天從受壁胡同（西四北四條）家裡出發，坐自家包月洋車到和平門外的師範學院去上課。雖然他的中文還是有很重的臺、日語腔調，但音樂知識和創作聲望都是頂尖的，加上教學風格活潑親切，遂成為最受歡迎的老師。

「你們是中國人，不要盡一味地學什麼貝多芬哪、柴可夫斯基呀，那未必是你們可以走的路。你們要多聽民間的音樂，吸取來作為你的資本，走出一條中國音樂的路。」某一天江文也講課時忽然有感而發。

學生們聽了議論紛紛，一個叫王克智的學生說：「您這個說法跟其他教授都不一樣！大家都說中國音樂落後，要把西洋的理論學好。」

「我就是讀飽了西洋理論，繞過一大圈之後才發現音樂前途還是在自己的文化裡頭，提醒你們別走冤枉路。」他微微一笑，講起中國古代音樂：「從《禮記・明堂位》上的記載，大概可以想像古代曾有哪些樂器。一般而言，依照材料不同有金、石、土、革、絲、木、匏、竹等，俗稱八音。實際上這樣分類絕不妥當，譬如笛子從吹奏功能來看，性能並沒有差異，但竹製、銀製和玉製的笛吹奏起來卻好像是三種樂器。不過實際流傳下來，或者從考古遺址中出土的少之又少，因此文獻可以相信到什麼程度，又如何進行推論，可以說極其困難。」

「所謂眼見為憑。」王克智喊道，「既然沒有實物出土，那咱們還學什麼呢？」同學們聽了都笑。王克智平日和江文也最是親暱，幾乎成了他的小跟班，因此講起話來也沒個分寸。

「你說得也對。」江文也胸有成竹地一笑，「上古樂器固然見不著，至少前清朝廷儀典用的樂器可都成套保存完好，可以當成研究的基礎。」

「那咱們豈不是得進故宮裡去上課了？」王克智道。

「進故宮倒是不必，午門上的北京歷史博物館裡就有一套，參觀免費。」江文也歪著頭想了想，忽然一拍手道：「好！咱們這就上午門去，眼見為憑！」

「江老師您別說笑了！」王克智驚呼，「從和平門到午門可遠，走一趟路就得四十來分，光打來回這堂課就結束了。」

「今兒個天氣大好，正是散步的好日子。」江文也把教材收拾了夾在臂下就往外走，「誰想一起來？」

學生們面面相覷，接著都從座位上彈起來，爭先恐後地追上江文也。

一班青春洋溢的學生們就這樣跟著江文也邊走邊玩，他沒有半點教授架子，倒像是大哥哥領著一群孩子出遊。正是秋高氣爽的時候，走起路來極為舒服，高遠深邃的天空蔚藍已極，像是幾千種深淺濃淡不同的藍色調合而成，讓人觀之不厭。大夥兒從正陽門進內城，對大街上帥氣地拉著洋車平穩飛奔的小夥子鼓掌喝采，一會兒聽到後邊「噹噹！咦噹噹！」響起路面電車的聲音，便趕緊嘻嘻哈哈地閃到路旁。好容易到午門上隨意看了樂器，又慢吞吞地返回學校。

到校時才知道，查堂的訓導氣壞了。教授連同整班學生不見，也不曾報備，實在不像話！但江文也只是吐吐舌頭不當一回事，畢竟他經常進行類似的自由教學，校方礙於他的來歷也不敢多說什麼。

♫

「看來江教授在北京如魚得水啊。」山家亨開門見山地問：「要不要出來為新政府做點事？新民會很需要您這樣的人才來推動文化業務，只要您點頭，職位、待遇都不成問題。」

「我對政治沒有興趣。」江文也不假思索地說，「我也不是做官的料。」

「新民會是民間團體。」

「那也差不多意思。」

山家亨一貫蹺著二郎腿說話：「您的臺灣同鄉柯政和，同樣在師院當音樂教授，他就擔任新民會北京特別市總會事務局次長一職。社裡的意思是，請您幫忙分擔柯教授一些業務。」

「這麼長的頭銜，我光聽都覺得頭昏，還是在學校教書就好。」江文也笑了笑。

「也無妨！」山家亨熱誠地一笑，「還有件事跟政治完全無關——中央廣播電臺的學生合唱團演唱很多您改編的中國古詩詞曲，團員跟聽眾的反應都很好。不過指導老師不太行，最近又請病假。您是歌唱家出身，現成就是最好的指導老師，請您務必幫忙。」

「好啊！」江文也爽快地說，「我很喜歡和年輕人在一起，剛好又可以告訴他們這些歌曲的演唱要點。」

山家亨滿意地點點頭：「那就每個禮拜兩次，請您到電臺去指導練習和指揮錄音。」

星期天早上，江文也依約到西長安街的中央廣播電臺指導。他到得早，就逕自彈起鋼琴，從改編古詩詞彈到他自己的創作，幾乎渾然忘我。一回神，才發覺團員們已經到齊，正安靜地列隊等候自己。

「不好意思，我彈得出神了。」江文也瀟灑地一笑，「謝謝。我們開始練習吧，先來唱郭震的〈子夜春歌〉。」江文也彈出前奏，團員們齊聲唱道：

陌頭楊柳枝，已被春風吹。妾心正斷絕，君懷哪得知。
青樓含日光，綠池起風色。贈子同心花，殷勤此何極。

江文也心裡一突，彷彿在人群裡聽見史永芬的聲音。他仔細分辨，察覺那聲音來自最後一排，一個穿著湖綠色竹葉紋旗袍的女生。他轉頭一望，那女生正用專注的眼神看著自己。

「大家唱得不錯，不過『哪得知』這一句，需要多一點技巧。」江文也刻意點了那個女生，「來，請這位同學唱一次。」

那女生看似有些靦腆，但當江文也彈起和聲，她便毫不遲疑地放聲唱道：「妾心正斷絕，君懷哪得知——」

她的聲音其實沒有史永芬那麼靈動，但相同的是充滿青春而真摯的感染力。江文也邊彈邊聽，一時彷彿回到和史永芬教唱的時光。等歌聲停下，江文也才抬頭仔細端詳那女生的容貌，她長得和史永芬並不像，充滿一股沉靜的氣質，眼神如北京秋天的青空般透明又深邃。

江文也起身正對著那女生，解說道：「這一句呢，聲音不是從舌尖，更不是從喉嚨出來，要在丹田用力，彷彿把『知——』字拋向遠方，像是要把心意傳達出去似的。」他使出渾身解數一唱，發出驚人的聲線，學生們「哇！」地鼓起掌來。

江文也領著眾人練習，他的解說切中要領又活潑生動，才一堂課就讓合唱團聲音大有改善。

「今天就練到這兒。」江文也心念一動，看看錶說：「還有點時間，我們彼此可以認識一下，請各位說說自己的名字，主科學習什麼。就從前排開始吧。」

學生們依序自我介紹，好容易輪到最後一排，一個看起來和那女生十分要好、氣質也頗出眾的女孩說：「我叫朱婉華，高中畢業後工作了幾年，今年想考北京藝專的西洋畫組。」

「那正巧，我的好朋友郭柏川就是藝專的老師，我可以介紹妳跟他學畫。」

「太好了！」朱婉華欣喜地說，「我基礎不行，正愁不知上哪裡學素描呢。」

「那妳呢？」江文也大膽凝視著吸引他的那位女生。

「我叫吳蕊真。」她內斂但不羞怯地迎著江文也的目光，「現在是師院音樂系的學生。」

「音樂系！我怎麼沒看過妳？」

「我剛上一年級，還沒上過江教授的課。」

「原來如此！」江文也歡然問，「妳主修什麼樂器？」

「琵琶。」

「是嗎，這是中國樂器裡最難彈奏，效果最好的樂器。」江文也連連點頭，「妳能不能教教我，讓我聽聽呢？」

「可以呀，江教授。」吳蕊真自然地回答。

「教授什麼的太生分了，不如西洋人直呼名字的習慣來得親切。」江文也爽朗地說，「大家如果一時叫不來，那就叫我江老師或江先生都行。」

「江老師！」朱婉華喜道，「別忘了幫我介紹畫畫老師的事嘍。」

「那還不容易？」江文也笑道，「郭柏川正在中央公園來今雨軒開畫展，離這裡很近，妳要是今天有空，咱們一道走一趟不就得了？」

「有空！」

「那就走吧！」

於是朱婉華拉著吳蕊真，和江文也一起走到來今雨軒，只見大門外廊簷下掛著大紅布條，上書「郭柏川西洋畫展覽會」的大字。江文也領著三人進去，看見郭柏川就在裡面，熱情揮手喚道：「阿川！」

「阿彬！」郭柏川走了過來，他穿著白襯衫，肩上跨著兩條吊帶，打著帥氣的黑領結，卻和他木訥剛直的外表不太相襯。

「我帶兩個學生來看你的畫展。」江文也介紹一番，兩個女生齊聲道：「郭老師好！」

「好，妳們好。」郭柏川看見朱婉華時愣了一下，彷彿呼吸到一股清新而透明的空氣，一時整個人都被籠罩在其中，臉上卻依然鐵鑄般毫無表情說：「歡迎、歡迎，妳們慢慢看。」

「什麼慢慢看，你要幫我們解說啊。」江文也笑著在他肩上拍了一掌。

「嗯。」郭柏川領著三人一幅幅看去，「這邊是民國二十七年的作品。有〈紅牡丹〉、〈玉泉山〉、〈北海白塔〉、〈中海秋風亭〉、〈北海五龍亭〉……」

江文也調侃說：「光念標題做什麼，那些牌子上就有啦，還要你說。」兩個女生聽了掩嘴直笑，郭柏川拙於言辭，窘得額頭冒汗。

「這是宣紙嗎？」朱婉華忽然對著一幅畫問道。

「對。」

「好別緻呀，郭老師在宣紙上畫西洋畫！」朱婉華驚呼一聲，吳蕊真也湊上去端詳，覺得不可思議。「顏色好特別，但不會有困難嗎？」

「如果照常用亞麻油做調劑會使彩度降低，而且有油汙。改用揮發性高的松節油就沒問題了。」郭柏川得救也似，流暢地答道。

這時朱婉華又有新發現：「這裡好像是國畫的披皴筆法！」

「妳說得沒錯，這確實是模仿披皴法。」郭柏川一手插在褲袋，一手比畫著侃侃而談起來，「我觀摩黃賓虹教授的『亂柴皴』，覺得很有意思，就想說能不能在西洋畫裡試試，效果不錯，但還要再繼續實驗。」他一講到繪畫的事情，頓時話匣子就開了。朱婉華觀察入微，總是提出許多有趣的問題，讓郭柏川越講越來勁，並覺得這個女孩子很有天分。

眾人大致逛了一圈，在幾張裸女圖前面站定。江文也看時間差不多了，遂說：「其實今天我們來，是因為有一位同學想找你學畫。」

「哪一位？」郭柏川竟有些緊張起來。

「我想和郭老師學素描，不知道老師肯不肯收？」朱婉華說。

「收，當然收。」郭柏川像是鬆了一口氣，問吳蕊真說：「妳不學喔？」

「我是學音樂的。」吳蕊真說。

郭柏川對江文也一比：「那妳歸他管。」接著又對朱婉華說：「我的畫室設在家裡，在二龍路，就是藝專對面。星期二、四、六下午我都會在那裡，妳兩點鐘過來。如果門關著就跟前院的宋媽講一聲，她會幫妳開門。」

「好的！」朱婉華眼神閃亮。

♫

玎玎璫璫、嘈嘈切切，吳蕊真懷抱琵琶彈奏，時而輪指如飛，時而冷澀低語，將一首〈蜻蜓點水〉演奏得十分流暢。她平素內向安靜，彈起琵琶時卻變了個人似的全身全神投入，臉上表情隨著音樂變化，時而神采飛揚，時而清恬微笑。

一曲彈罷，江文也大聲拍手：「太好了！」

「還沒學到家，獻醜了。」吳蕊真頓時恢復靦腆。

「不，妳彈得充滿感情，完全掌握住曲子的神韻，這等天分是最難得的。」江文也讚賞地說，

「這首曲子雖然不是琵琶大曲、名曲，但卻是古曲中描寫男女愛情的成功之作。」

「是嗎？」吳蕊真詫異地說，「我從小練這首曲子，老師只說這是《瀛洲古調》中的一首，沒提過什麼男女愛情。」

「中國人表現情感的方式含蓄，這是愛情準沒錯的。」江文也溫然一笑，在鋼琴上彈起〈蜻蜓點水〉的曲調。「妳聽，這裡輕聲細語，就像在傾訴愛慕之意。還有這個地方，同一個句子在高低音重複對話，不正是男女傳情？」

「一點都不像。」吳蕊真聽出其中意味，一時竟有些臉紅起來，卻故意說：「琵琶老師說這是蜻蜓在水上跳舞，要我們彈得生動些。」

「蜻蜓點水不是跳舞，而是為了產卵——傳宗接代。」江文也繼續彈奏，把男女間情愫暗生、彼此試探接近又欲語還休的情境表現得十分貼切。「妳照這樣彈彈看，一定更好聽。」

「我就會蜻蜓跳舞！」吳蕊真賭氣似的用力彈奏起來，但聽江文也這麼一說，指下不自覺地多了幾分溫柔情意。

「好極了！」江文也比剛才更用力拍手，「妳看，我說得沒錯吧。」

「胡說，才沒有這回事。」吳蕊真悄悄把臉遮在琵琶後面。

「我一定要在這個基礎上增加表現力、擴大曲式，讓它成為一支富有中國民族特色的鋼琴曲。」江文也反覆用不同方法試著彈奏，最後彈出餘韻悠長的結尾，慎重說道：「是妳的演奏讓我產生想要改編的衝動。」他說得極其認真，但因為臺、日語腔調太過濃重，反而顯得有些滑稽，吳蕊真忍不住噗哧笑了出來，隨即掩著嘴連聲抱歉。江文也並不以為意，自嘲說：「是我的中文發音太差了，要請妳多教教我。」

「老師的中文說得很好了。」

「不、不，我是認真的，請妳一定要教我。」江文也的表情十分嚴肅。

「那正好就從白居易的〈琵琶行〉開始吧。」吳蕊真將琵琶放倒，背誦起來：「潯陽江頭夜送客，楓葉荻花秋瑟瑟。主人下馬客在船，舉酒欲飲無管弦。醉不成歡慘將別，別時茫茫江浸月……」

「忽聞水上琵琶聲，主人忘歸客不發——我知道這首詩！」江文也接著用臺語誦唸起來：「尋聲暗問彈者誰，琵琶聲停欲語遲。移船相近邀相見，添酒回燈重開宴。千呼萬喚始出來，猶抱琵琶半遮面。轉軸撥弦三兩聲，未成曲調先有情！」

「這是什麼語言？」吳蕊真大感驚奇，「原本押不上的韻腳全都押上了，真是好聽！」

「這是我的家鄉話——臺語！」江文也自豪地道，「小時候在臺灣，來訪的客人常常和長輩一起誦讀古詩，祖父也讓我們三兄弟跟著學，至今我還能背出許多呢！」

吳蕊真笑道：「您既然記得許多詩詞，學起來最是便當。」

「便當？」江文也腦中浮現出飯盒的模樣，隨即醒悟她說的是「方便」之意，「敢情好，咱們倆互相學習，我教妳唱歌，妳教我說話。也不拘古詩詞，譬如現代的中國文學名家，妳也給我多介紹些。」

「好呀！」吳蕊真拍手道，「我也很愛讀文學書，像是什麼巴金呀，魯迅呀，還有老舍、謝冰心……對了，你應該先讀讀徐志摩，他的白話文詩又優美又好學！」

「那就一言為定！」江文也伸出手，「一言為定！」他的手裡多了一隻溫軟的小手，彼此緊緊相握。

♫

「江老師，我聽人說，您是為了追求白光才到中國來的，是嗎？」王克智興奮地問，一群到江文也家裡來玩的男女師範學院學生們跟著起鬨：「是嗎，是嗎？」

「什麼黑光、白光吶？」江文也暗暗瞥了吳蕊真一眼，「哪來的什麼光！」

「您別裝糊塗，這張唱片兒不就是您和白光合唱的〈鋤頭舞〉嘛，您賴不掉的！」

「一般人對於男女交往最感興趣，都當成茶餘飯後的大新聞，你們師範學生也犯這毛病？」江文也暗自警惕，同學們嚷嚷著要聽唱片，自己任由他們操作，怎麼讓〈鋤頭舞〉給放出來了？往後可得仔細著些。他面上好整以暇地說：「事實是，日本的東和商事去年拍了一部電影，叫做《東洋平和之道》。電影公司請我來北京配樂，並且指導一班年輕演員唱歌，其中一個就是白光。她的音質好，學習又認真。我這個人最喜歡教有音樂天賦的學生，不論男女，我都熱心教他們。」

「怪不得老師最愛教我，可見得我在班上最有天分！」王克智得意揚揚地說，同學們紛紛笑罵成一團。

「不要相信這些流言。」江文也的眼神落在吳蕊真身上，「拍完電影之後，我和白光就不再來往了。」

「白光剛剛結了婚，聽說是嫁給一個大老粗，真是一朵鮮花插在牛糞上！」王克智叫道。另一個同學嚷道：「小報上寫著，她是被母親逼著嫁的。」「這不是賣女兒嗎？」「不，聽說是她媽反對她跟日本男朋友交往……」大家紛紛議論起來。

「各位同學！」江文也打斷眾人，「快到吃晚飯的時間了，但今天是月底最後一天，我手上錢花完了，不能像平時一樣招待大家。肚子餓的人請自理。」

王克智咋舌說：「日籍教授月俸有二百元錢哪，江先生真是花錢如流水。」

「光是相機底片就得花掉我八十元！」江文也向牆上的櫃子一比，「樂譜、新書、舊書、唱片兒……該買的東西太多了。」

王克智說：「還有洋車、門房和最新式的抽水馬桶！天老爺，這日子太舒服了，我每次在這兒借廁所都覺得是人間一大享受呢！」大夥兒聽了又是一陣笑罵。

吳蕊真問：「江老師怎麼不計畫一下生活開支呢？」

「中國詩人裡面我最欣賞的就是李白，『天生我材必有用，千金散盡還復來。』多麼瀟灑！有錢就花，沒有錢就不花，怕什麼！」江文也笑著取過相機，「沒錢也有沒錢的玩法，趁天色還亮，不如咱們到北海去轉轉，我幫大家拍照！」

♫

江文也只要一有空就跟吳蕊真出遊，北京內外都讓他們跑遍了。他不愛熱鬧地方，唯一的例外是喜歡到隆福寺和琉璃廠的舊書店找書，有時一站就是三個小時，一旦發現有興趣的書籍，再貴都要買下來，每次都又提又挾地帶著一堆東西回家。

他最愛去的是自家附近的北海公園，還有海淀的頤和園。有時候他可以在北海邊的石頭上坐一整個下午，只眺望湖面的水光。

「這兒真有那麼好看嗎？」吳蕊真順著江文也的目光望出去，想弄清楚是什麼吸引了他。

「好看！我很喜歡湖水，它讓我感到安心。」江文也平靜而愉悅地說。

「你那麼喜歡湖，難不成日本的家也住在湖邊？」

「嗯。」江文也頓了一頓，「那是個叫做『洗足池』的小湖。」

「洗足池？」吳蕊真莞爾，「好奇怪的名字，難不成大家都到那兒去洗腳？」

「據說古時候有位高僧雲遊到那裡，曾停下來歇腳、洗足，所以得名。」

「原來是這樣，那裡的風景和這裡很像嗎？」

「不，很不一樣。北海大多了，而且有瓊華島、白塔、五龍亭、九龍壁，後面還看得到景山，很有歷史感。洗足池周邊只有兩間小神社，景觀比較自然。」江文也摘下頭上的巴拿馬帽把玩，懷想洗足池風景，自然浮現許多乃ぶ和純子的回憶。

「你多給我說說東京的事。」

江文也露出迷惑的表情，答非所問：「說來奇怪，我覺得東京的一切都十分遙遠，好像是上輩子似的。」

「那麼，你比較喜歡哪一邊？」吳蕊真歪著頭問。

「各有各的好處。」江文也的心思霎時回到北海，他看見划槳而過的小舟和開有宴席的畫舫悠悠從瓊華島前交錯盪過，而矗立在綠樹叢頂上的白色壺塔，彷彿已在這裡一千年，並且將會繼續存在一千年。

他轉過頭來，看見吳蕊真的側臉，近近地端詳分明，只覺眉眼鼻脣無一處不細緻，如同世上所有清新之物，不擺顯任何姿態而自然容色煥發。江文也暗想，是什麼樣古老的文化，才能孕育出這樣一張嫻靜又生動的面容？

「妳現在是人生中最好的時候。」江文也低聲說。

吳蕊真沒有聽見，隨口問道：「常聽人說日本文明如何發達，你為什麼喜歡北京？」

江文也凝視著她說：「如同音樂發展的歷史，過度講求文明之後就會變得僵化，人的心也是一樣。我一度想從原始主義裡去尋找救贖，但那又是另一個極端。北京存在著既古老又新鮮的東西，有些帶給我刺激，有些則靜靜在那裡等我喚醒。」

「聽起來真美。」吳蕊真聽得十分神往。

江文也悠然說：「譬如光是眼前這五龍亭，我就寫了許多首詩呢。」他用日語吟誦道——

這聰明的寂靜

嗅　深邃的睿智

這蓮花的馨香　漣漪　要是連日光也無用

那麼　你也用生鏽的釣鉤垂釣吧

「這首詩叫做〈天下無事〉。」江文也用中文解釋詩意。

「天下無事……」吳蕊真看著柔和的陽光，感覺肌膚上輕拂而過的微風，心裡卻有些遲疑。

「剛才我們經過的大西天也很有詩意。草是亮的，蟋蟀也是亮的，連無限靜寂本身都是亮的。我甚至可以聽見發亮的天在對我耳語。」江文也閉上眼睛，彷彿正在聆聽天的囁嚅，隨口吟道：

地球停止旋轉了
我不想聽任何聲音
不想知道任何事物
只想讓每一個細胞都化為空氣
化為北京千萬屋頂上的一片甍瓦

「詩很好，但是我不喜歡背後的意思。」吳蕊真有些不悅，「現在是亂世呀，到處都在打仗。就說北京，我有許多從小一起長大的朋友都到外地去了，不是去西南大後方就是去西北，留下來的日子也難過，怎麼能說『天下無事』？這有點自欺欺人呢。」

「無論在怎樣的亂世裡，總也要追尋心靈上的寧靜。」江文也看著澄澈的湖水，「人類歷史就是一部紛亂和苦難的字典。只有美能超越時間，帶給人解脫。就像這座白塔也見證過朝代更替，但它美的姿態帶給人們無限安慰。」

吳蕊真無法消除內心的迷惑，反而引出更多質問：「其實我老懷疑自己，在這種時候學習音樂是不是一件對的事情。」

「在任何時代，音樂都被當成沒有用的東西。孔子和貝多芬都活在亂世，但孔子最窘迫的時候依然弦歌不輟，連路人都聽得出他敲的磬聲『有心哉』！更別提貝多芬留給後世多少偉大的音樂。」江文也篤定地說，「正因為時代混亂，才更應該追求美呀！」

吳蕊真像是被他說動了：「我平時只能告訴自己，學琵琶就當作是傳承民族文化罷了，總不像你想得這麼透澈。」

江文也一笑，忽然起身說：「天氣這麼好，咱們去天壇吧。」

「又去天壇？」吳蕊真跟著笑了起來，「你真喜歡天壇。」

兩人出公園北門，坐噹噹車到天橋再走進天壇公園。這天並非假日，遊人甚稀，江文也直接走到他最喜歡的丹陛道上，對著天空敞開雙臂說：「這裡的空氣像金粉一樣，啊，光搖醒了光，光呼應著光。」

春風吹來，吳蕊真舒暢地吟道：「南風之薰兮，可以解吾民之慍兮！」

江文也頑皮一笑：「我從南方來，這『南風』說的不就是我嗎？」

「那你要拿什麼來解『吾民之慍』？」

「當然是我的音樂嘍。」江文也恣意在空蕩的御路上漫步，一時說：「奇怪，這個地方也是『前不見古人、後不見來者』。但為什麼我就是無法有愴然涕下的感觸呢？」

「陳子昂寫下〈登幽州臺歌〉，是因為請纓帶兵抵抗契丹不被接受，滿腔鬱憤無處抒發……」

吳蕊真說到這裡，忽然意識到自己彷彿在諷刺江文也似的，頓時不再說下去。

江文也並不以為意：「我並不是能夠阻止戰亂的英雄，連發生在自己身上的紛擾都無法逃避。」他望向遠方，悠悠然說，「你看這裡的時間就像一個絢爛的結晶，而這個大空間又像是真空似的。這裡美得簡直就要灼傷我了。」

♫

暑假時江文也返回東京，乃ぶ在八月二十六日產下次女庸子，一時家中更加熱鬧。他又到鎌倉的川喜多長政家住了幾天，不僅討論公事，更趁著清靜將大型管弦樂曲《北京點點》脫稿。

「完成了！」江文也寫下最後一個音符，振臂歡呼。

「恭喜！」川喜多長政聞聲而來，「文也先生又完成了一部巨作呢，而且是在舍下脫稿，真是與有榮焉。」

「哈哈哈，這確實是一部傑作呢！」江文也不改率直性情。

「這是部什麼樣的作品呢？好想馬上就來聽聽看呀。」

「我彈給你聽。」江文也在鋼琴上一邊彈一邊解釋，「這是以《斷章小品》中與北京有關的素材改寫，總共有五個段落——街上的嗩吶、劇場氣氛、在廢墟、牧童與垂柳，以及故都城門。各段落間不中斷連續演奏，以『廢墟主題旋律』作為連接。」

「類似穆索斯基《展覽會之畫》的形式？」

「沒錯！再聽聽這個，想像一下高音部是小號，低音部的節奏則是定音鼓。」江文也彈奏故都城門一段，音樂燦爛宏大，將北京正陽門的氣魄表現無遺。

「啊，這一段完全可以和《展覽會之畫》裡的〈基輔城門〉相比，不，氣勢還猶有過之！」

「正是如此！」江文也得意地說，「用管弦樂團演奏的話更加華麗十倍喔。」

「太令人嚮往了。」川喜多長政讚歎道，「這樣開闊的精神，在日本文化裡是找不到的。文也先生去北京果然是對的。你已經完全變成支那作曲家了呢。」

「說得沒錯，我已經成為不折不扣的『中國』作曲家。」江文也特別強調是「中國」而非「支那」，神采奕奕地說，「以前我創作的中國風情多半出於想像，但現在參考許多民歌旋律去呈現真正的中國精神。我這一年來總共寫了由五十首鋼琴小品組成的《北京萬華集》、改寫一百首《中國名歌集》，還將五十首唐詩和宋詞譜成聲樂曲！」

「喔！太驚人了，看來文也先生進入創造來潮期了呢。」

「這還只是開始，我有預感，接下來還會寫出更多作品。」

「了不起。」川喜多長政想了一下，好奇地問，「《北京點點》五個段落是用『廢墟主題』來串連，但是以『廢墟』作為北京的基調，感覺有些微妙呢。」

「在我看來，整個北京處於大沉睡狀態，而這些喧鬧的街道、熱烈的劇場和壯麗城門，似乎又隨時會從某一處廢墟中忽然醒來似的。」

「原來如此，有意思。」

「也可以這麼說，再漂亮的古蹟也彷彿是廢墟上的幻境；而表面上殘破不堪的廢墟，其中卻漂浮著永恆的美！」江文也傲然說，「只有我能讓這種美透過音樂重新活起來。」

「太深奧了，文也先生真是用音樂創作的詩人！」

「不過話說回來，這部作品不知何時才有機會上演。畢竟憑空想像和實際演奏之間具有落差，需要聽過之後再來修正。一想到這裡，難免覺得寂寞。」

「可以參加比賽啊。」川喜多長政理所當然地說，「文也先生是決賽的常客，只要入選就能被演奏啦。」

江文也搖搖頭：「我不再參加國內比賽了。」

「為什麼？」

「無法獲得公正評價的比賽沒有意思。」

「這樣啊。」川喜多長政理解地一笑，改換話題說：「你上次寒假回來時說已經忘了東京是什麼樣子，這次回來該不會迷路吧？」

「哈哈哈，怎麼可能。」江文也笑說，「迷路是沒有，不過感覺十分微妙，一踏上日本的土地，關於日本的事立刻全都想起來了。好像從一場中國的夢境醒來，夢裡的一切變得很遙遠。不，也不知道究竟哪一邊是夢，哪一邊才是真實。」

「真有趣，不愧是藝術家。」川喜多長政興味盎然看著江文也，「也許在哪一邊時，哪一邊就是現實。」

「那我豈不就擁有兩倍的人生了？」

「真幸福。」

江文也忽然臉色一轉，憂心地說：「不過這次回來，覺得東京的氣氛又變得更緊迫，比剛開戰時還要嚴重。」

「嗯，自從去年武漢陷落之後，日本軍的攻勢就大致停頓了。國內忙著供應比國土廣大數倍的前線，非常吃力。」

「相較之下，北京一直都很平和。」江文也開玩笑說，「也許北京人看過太多歷史性的大場面，覺得這根本不算什麼，自然一副天下無事的樣子。」

「哈哈，確實很像北京人會有的想法。」

「還是北京好啊。」

「哈哈哈，絕妙的結論。」川喜多長政附和道，「對！還是北京好！」

「真想趕快回北京。」江文也伸了一個大懶腰。

第十三章　孔廟大晟樂章

民國二十八年（昭和十四年）秋天，江文也再次前往孔廟聆聽祭典音樂。儀式結束後江文也出來成賢街上，吳蕊真已在槐蔭下等候多時，見了他便直笑。江文也忍不住問：「我有什麼可笑嗎？」

「你穿長袍很好看，只是走路樣子說不出的彆扭。」

江文也苦笑說：「來孔廟就得這麼穿，實在不習慣。」

「祭典的音樂怎麼樣？」吳蕊真問。

「太美妙了。」江文也陶醉地說。

吳蕊真有些詫異：「你不是說孔廟音樂十分簡陋，甚至像廢墟一樣？」

「美妙的音樂是在這裡頭。」江文也指指自己的腦袋，喜悅地說，「這是我第二次參加祭孔，聲音還是一樣單薄，但過去這一年裡我研究了明朝朱載堉的《樂律全書》、《皇明大政紀》，還有乾隆朝制定的祭孔音樂，所以今天我在孔廟裡一邊聽，腦子裡就源源不絕地有音樂流瀉出來！」

吳蕊真驚喜地拍手：「太好了，真想趕快聽到！」

「我要寫一首《孔廟大晟樂章》，用西洋管弦樂表現中國正統雅樂的金聲玉振，表現天地交和、沒有表情卻又無限豐富的『法悅境』，而且讓全世界的交響樂團都能夠簡單地演奏出來！這將與西洋音樂表現人與世界二元對抗的精神不一樣，而是『天人合一』的東方思想！」江文也對吳蕊真粲然一笑，「我馬上就開始工作，接下來至少三天不理妳啦！」

從這天起，江文也都到太廟後面的茶座去作曲，他樂思泉湧、下筆如飛，以自己嫻熟的現代手法多層次堆疊出新的音響色澤，重新創造他心目中祭孔音樂該有的豐潤鳴響。

這幾天他果然不與吳蕊真見面，也不參加任何活動、不見任何人，像得了夢遊病似的，一心沉浸在「法悅」的境界之中。他發覺自己一腳踏進世界音樂史上還沒有被發現的新大陸，而自己就是開拓者，這令他十分愉悅。

三天之後全曲完成，總共用了大型譜紙八十張，演奏時間超過半小時，是江文也至今最龐大的樂曲。他做完最後的整理之後，只覺神清氣爽、通體舒泰。過去每完成一個作品，他都高舉樂譜大喊「傑作！傑作！」然後急著找人分享，但這次他卻覺得無比平靜，得到充分的自我滿足。

他看時間還早，索性把答應為吳蕊真改編的曲子完成。趁著創作靈感正好，一口氣將〈蜻蜓點水〉和〈春江花月夜〉改成琵琶與鋼琴的二重奏，期待著和吳蕊真同臺演出。

江文也把樂譜仔細收進大提包，站起來伸伸懶腰，離開座位四處走走，這才發現不遠的鄰座上窩著一個熟悉的身影，當即喚道：「志誠兄！」

「啊，是文也兄。」那人懶懶地抬起頭來，正是老志誠。他們相識已久，又是師範學院同事，平日頗有來往，然而才幾天不見，老志誠卻忽然萎靡許多。江文也越瞧越不對勁，忙問：「咦，你怎麼啦？」

「昨天晚上被搶了。」

「什麼，在哪裡發生的事？」江文也關切地傍著他坐下。

老志誠稍稍坐直身子：「昨晚我正在練琴呢，忽然有人拿手槍闖了進來，說他是王克敏衛隊的，知道我剛關了餉，硬是把整抽屜的錢都搶走了。」

「你沒受傷吧。」江文也上下關照。

「沒有。」

「那就好，錢財乃身外之物，有去有來。人平安最要緊，留得青山在，不怕沒柴燒！」江文也掏出錢包，抽出幾張鈔票遞了過去。「這點錢你先應急，不夠再跟我說。」

「不用，不用！我把錢分幾個地方藏著，手上還有的，謝謝你的好意！」老志誠連連搖手，「我沮喪的是這世道。王克敏攀附日本人當上傀儡政權首長，他的衛隊同樣下流，公然持槍搶劫民宅。日本人欺壓中國人已經夠可惡，連中國人都要藉日本的勢來欺壓自己人！」

江文也安慰說：「無恥小人什麼時代都有，你留意好自己平安，往後小心門戶就是了。」

「我真後悔當初沒有撤退到南方去。當時我們學校沒有組織撤退，加上父親年事已高所以沒走。」老志誠遭遇搶劫之後情緒低落，這時將平日積壓的憂憤一股腦兒都發洩出來。「我應該在後方參與抗戰，而不是在淪陷區苟且偷生，過這窩囊的日子！」

「你在這裡教育年輕人，讓他們正常學習，也很重要。」

「我原本也這樣想，但實際上教材處處受限、難有作為，我還曾被誘騙去一個日本軍官家裡為他演奏蕭邦！最讓我感到恥辱的是，我原本想掉頭就走，卻怕讓家人惹上麻煩，最終還是屈服了。唉，這就是『亡國奴』的滋味！難道我們就只能這樣忍氣吞聲嗎？」

江文也從小聽多了「清國奴」之類的話，心情複雜，卻只淡淡地說：「盡力發揮我們的才能，讓日本人不得不佩服你，或者對祖國文化有所創造，就是最好的辦法。」

「你說得容易！」

「我剛寫好一部《孔廟大晟樂章》，你不妨看看。」江文也請老闆沏了一壺新的茶，取出樂譜讓老志誠觀看。

老志誠雖在憂憤之中，看到老本行的東西依然深受吸引，越讀越來勁：「雖然有些地方的音色我還無法想像，但這無疑是充滿民族精神的一部巨作！」

「你看這裡，」江文也遇到知音，興致盎然地指著譜面解釋，「弦樂的中高音部和單、雙簧管齊奏能夠產生類似笙的音色，鐘琴和鋼片琴可以模仿鐘磬。我用堆疊和聲創造更豐厚的織體，參考傳統祭孔音樂的旋律，又用現代手法擴充內涵。全曲都用五聲音階寫成，但我有把握，聽眾絕對不會感到疲倦。」

「太宏大了，這音樂恐怕超過我所能夠想像。」老志誠佩服得張大了嘴。

「最重要的是音樂的精神。『樂者天地之和也』，這是最純粹、最莊嚴的音樂，是心靈與天地自然的和諧，也是中國哲學的最高境界。」江文也安然說，「我從如同廢墟般的孔廟音樂裡，找到中國古代正雅樂的精神。我們何嘗不能從其他的廢墟中，找到更多中國復興的祕密呢？」

老志誠大感詫異：「我一直以為你受日本教育影響，不知道原來有這麼深的民族思想。」

「與其說是民族思想，還不如說是文化思想吧。」江文也還是一心在音樂的話題上，又翻出兩首琵琶與鋼琴的二重奏給老志誠看，忽然心念一動：「我想辦獨唱會，演唱自己改編的唐詩宋詞和中國民歌，請你幫我彈鋼琴伴奏──現在北京城裡就屬你鋼琴彈得最好，你一定要幫我。」

「這樣的音樂會我當然義不容辭。」老志誠心情開朗許多，一時卻又忽然表情複雜地看著江文也：「我們也算老朋友了，有些話不知當講不當講？」

「你既然提了，說說無妨。」

「我知道你性格單純，所以樂於和你來往，但你可知道很多同事在背後把你說得很不堪。」老志誠頓了一頓，「他們說你年紀輕輕就能當上教授、領日本人配給過好日子，是因為負有幫新民會服務的任務，自甘墮落；你平日不太跟中國人同事往來，更是仗著日本人的勢，有優越感！」

江文也付之一笑：「臺灣人屬於日本國籍，所以領日本配給，這不是我特意奉承誰才拿到的。我平日忙著創作，不參加無意義的應酬，這也成了一條罪狀？」

「你難道都不在意？」老志誠不平地說，「我知道有些罵你的人，骨子裡其實是嫉妒你的才華，也嫉妒你受學生愛戴，才藉著這個題目來發揮。」

「我從不理會這些事，這只會浪費我們寶貴的感情、精神和時間，不要管他。」江文也毫不掛懷地道，「一百年之後，這些紛擾都渺小得可笑，還是多寫幾支曲子為好！」

「你說的固然有理，但只怕世人並不這麼想。」老志誠語重心長地道，「我以朋友的立場勸你，別再幫新民會或政府寫曲子了。」

「那些算什麼？」江文也拍拍《孔廟大晟樂章》樂譜，「這才是我真正的作品呀！」

♫

年底時，江文也在崇文門內孝順胡同的亞斯立堂舉辦了兩場獨唱會，這兒就在使館區東門外，是一座基督新教的教堂，外觀使用本地灰磚砌成階梯狀的封火山牆，八角形的主堂則是木造傘形結構。一般來說，北京的西洋音樂會多在北京飯店或協和禮堂舉行，再不就是到青年會禮堂，但江文也考慮到聲樂演唱的音響效果，所以選在空間較為適中的亞斯立堂。

他邀請老志誠擔任伴奏，曲目有拿手的舒伯特〈菩提樹〉、華格納〈晚星之歌〉，也有山田耕筰的〈二十三夜〉和日本民歌，同時還有他譜曲的中國古典詩詞，從上古三代的〈擊壤歌〉、漢代樂府〈戰城南〉，以及唐詩、宋詞、近代民謠，以至於徐志摩的〈我有一個戀愛〉、〈雪花的快樂〉等，包羅古今中外，分成兩場，連著兩天晚上演出。

特別的是，他安排了兩首琵琶與鋼琴二重奏〈蜻蜓點水〉、〈春江花月夜〉，由他親自彈奏鋼琴，並由藝名「朱絃」的吳蕊真演奏琵琶。

臨上臺前，吳蕊真見江文也不斷呼著大氣走來走去，問道：「原來你也會緊張嗎？」

「緊張死了。我這輩子唱過不知多少演唱會，但就算是在日本唱威爾第的歌劇都沒有這麼緊張。」江文也舉起顫抖的雙手，「畢竟這是我第一次現場演唱中文歌曲，就怕歌詞唱得不對。」

吳蕊真莞爾道：「我不是陪著你一字一句練習過了嗎，怕什麼？」

江文也深吸一口氣，擠出笑容說：「有妳在，我不怕。」

演唱會進行得很順利，江文也起先專注在發音咬字，後來漸漸進入狀況，便能放開嗓子表現抒情。兩個晚上演唱下來，好容易唱完最後一曲時已然精疲力盡。會後觀眾們簇擁上來恭賀，從新民會的政要、臺灣同鄉、日本人，一直到師院的學生，包括連袂而來的郭柏川和朱婉華等等。

等到眾人散去已經晚上十點多，江文也謝過老志誠，找到自家包月洋車，先送吳蕊真回師院宿舍。洋車出了崇文門，在長而直的東、西河沿街上奔馳。夜已深沉，街道闃靜，只聽得洋車的腳鈴清脆地「丁零、丁零」直響，電石燈在地上打亮一個白圈。撲面冷風一吹，方才的熱鬧都不知跑到哪裡去了。

江文也湊到吳蕊真耳邊說：「這陣子謝謝妳，要不是妳耐著性子矯正我的發音，我決不能唱得這麼成功。」

「這是你自己努力的結果。這兩晚的獨唱會很成功，恭喜你！」吳蕊真握住江文也的手。

「我並不覺得成功……」江文也遲疑了一下說，「觀眾比預期差太多了，沒能夠吸引到一般北京市民的興趣。」

「兩個晚上不都坐滿了嗎？」吳蕊真詫異說。

「滿是滿了。」江文也自己最清楚，票房其實並不好，是山家亨的陸軍情報部在後面動員，才一下子把座位給填滿。他有些落寞地說：「觀眾對表演的反應是最直接的。我演唱那些古典詩詞掌聲都很稀落，還是民歌得到比較多喝采。用當代技巧譜曲、西洋聲樂方法演唱的中國詩詞，看來還是曲高和寡了些？這讓我想起從前回臺灣舉辦獨唱會，原意是想推廣音樂，然而出席的大多是日本人，難免不知所為何來？」

「正是因為這樣才更需要推廣嘛。」吳蕊真忽然發現江文也神情有異，「咦，你怎麼啦，我從沒看過你這麼消沉。」

「沒什麼，演唱會之後都是這樣子的，只是有點累，睡一覺起來就好了。」江文也舉起袖子擦擦眼角，露出大大的笑容。

♫

辦完獨唱會之後，江文也馬不停蹄地接著投入《孔廟大晟樂章》的首演，抱著破釜沉舟的決心公布了演出消息，還訂下西長安街上的新新大劇院作為演出場地。

他和北京交響樂團合作，這是師院音樂系的日籍教師籌組的樂團，成員以系上師生為主，加上一些白俄音樂家，以及業餘的本地愛樂者。人數再怎麼湊頂多也只有五、六十名，勉強編成雙管，水準則無法要求。

《孔廟大晟樂章》需要很高的演奏品質，只要稍有誤差便無法表現其深邃悠遠的意境。然而北京交響樂團既非職業性質，平時也只演出德奧浪漫樂派的曲目，無法掌握《孔廟大晟樂章》的中國五聲音階和現代派堆疊音響，演奏得七零八落，慘不忍聞。江文也怎麼嘗試都無法得到最基本的成果，最後實在迫不得已，只好取消演出。

天冷了，街上路人穿起皮袍棉褲，各種帽子都出籠。做棉襖棉被的山東姥婆挨家挨戶詢問要不要拆被子重做。沒留神間彤雲一壓，隔天早上屋外已是一片銀白世界，地上積雪盈尺。

這天山家亨邀江文也吃飯，照慣例去東安市場裡的東來順。

「江教授上次的獨唱會非常成功，再次恭喜您。」山家亨舉杯一敬，接著說道：「另外還有一個好消息，您的《孔廟大晟樂章》非常符合新政府弘揚儒學禮教的新民思想，更彰顯東亞和平的王道精神，上面準備大力推廣。這將成為您最為人知的代表作。」

江文也沒想到自己純粹的創作竟被軍部看上，要當作宣傳之用，當即說：「這是我自己的作品，與軍部無關。」

「新政府邀請您參加祭孔大典，原本就是想委託您寫曲子，沒想到江教授主動寫了，而且還是一部巨作。」山家亨拿出一份《東京日日新聞》遞給江文也，日期不過是幾天前，上面赫然有一篇三欄大的報導：「復興支那雅樂，江文也氏譜寫孔子廟音樂」，內容大略是江文也譜寫《孔廟大晟樂章》的因緣和心路歷程，說要光大東亞文明基礎的儒學、為和平之路盡力云云。文中並介紹他的背景，盛讚他是日中文化的橋梁。

「我根本沒有接受採訪，也沒有說過這些話……」江文也忽然想起來，祭孔大典結束後，曾有一名日本記者詢問他感想，當時他以為只是一般的觀禮心得，也很率直地表達了對音樂的意見，沒想到卻被當成大肆報導的素材，還加上許多自己不曾說過的內容。江文也覺得受到很大的冒犯，正想抗議，山家亨卻涮了幾片羊肉挾到他碗裡，讓他一時無法開口。

「江教授這麼積極安排樂曲首演，無奈北京交響樂團的水準實在太差。如此一部巨作，如果沒有得到適當的發表，實在太遺憾了！」山家亨吃了一片涮羊肉，閉著眼睛說：「真是享受，這兒的食物無論吃多少回都這麼美妙——只可惜北京再好，人們卻不懂得欣賞江教授的聲樂演唱，也無法演奏您嘔心瀝血的創作。」

「中佐的意思是？」

「不好意思，在下現在是大佐了。」山家亨目光銳利地看著江文也，用日語說道：「江教授也很清楚，您的作品只有在東京才能找到知音。事實上呢，東京交響樂團已經空出完整的檔期，準備好好排練、演奏這首曲子，並且將由中央放送局向全日本、全支那、南洋各地，甚至美國同步進行廣播。怎麼樣，是很華麗的首演吧，一切就只等江教授回東京去親自指揮。」

江文也一時無語，山家亨說得沒錯，除非他放棄創作，否則是無法離開日本的。然而軍部已經透過新聞報導，將這首曲子定調為「興亞」之作，自己如果接受安排回去指揮，也就等於默認了配合時局的作曲動機。

山家亨不等他回答，舉起筷子用中文招呼道：「來來來，咱們先吃東西吧。再不吃，您的羊肉都要涼啦！」

♫

木魚幾乎杳不可聞地敲了兩下，接著定音鼓輕輕跟著帶出節奏。低音管和低音大提琴同時奏出喑啞的聲音，彷彿太初原始的震動。弦樂由低而高穿過四個八度拉著緩慢的和弦。接著短笛、單簧管、鋼琴和小提琴同聲齊奏，堆疊成類似笙簫和鳴的音響，營造出宏闊氣象。

江文也揮動指揮棒，沉浸在自己創造的法悅境裡，無悲無喜，如同在天壇感受到的崇高與愉悅。「日本的樂團太棒了，果然能夠演奏出準確的音色，對指揮的要求也能立即反應。」江文也聽到心中意念化為空氣中流動的音樂，覺得世上沒有更令人滿足的事情了。

這是昭和十五年（一九四〇）三月在東京放送會館所舉行的廣播音樂會，使用了可容納上百名觀眾的第一錄音室。現場觀眾多是音樂界人士和文化部門官員，雖然江文也背對著觀眾席，仍可感受到聆聽者們的驚訝之情，這是他們沒有聽過的音樂，更是未曾領略的精神境界。

總共六個樂章、超過半小時的音樂，沒有起始也沒有結束，如同潮水一樣反覆進退，卻也沒有一片浪花是完全相同的。全曲乍聽之下沒有發展，沒有對比，甚至沒有情緒，卻透過不同樂器的音色轉換，不斷改變織體和音響，深深震動聽者的神識。

樂曲結束時，舞臺上下靜默良久，最後才爆出轟然采聲。

山田耕筰首先前來致意，握著江文也的手說：「太了不起了，這部《孔廟大晟樂章》非常成功。我果然沒有看錯，你到支那去實在是再正確也不過了，繼續努力！」他說話的時候，旁邊幾個記者挨擠著拍照，鎂光燈閃個不停。

「託老師的福。」江文也講了幾句客套話，送山田耕筰離開錄音室，然後應付記者們的採訪，最後去找在角落等他的箕作秋吉和清瀨保二。

「這真是最高傑作！」箕作秋吉拍手說，「它的優點不只是將雅樂予以洋樂化而已，而且完整保留明朝雅樂的氣氛，和我聽過的朝鮮雅樂類似，空靈而悠遠，境界太高超了。」

「這次甘拜下風。」一向自視甚高的清瀨保二也說，「這部作品已經沒有一點日本風，更擁有日本人完全沒有的寬廣要素，表面上既不粗壯也不強健，但卻帶有不屈的精力和厚實真理。看來你已經成為了真正的支那作曲家。」

「像這樣被清瀨君一本正經地稱讚，還真是不習慣呢。」江文也笑道。

箕作秋吉拍拍他的肩膀：「阿彬成熟多了，看來北京很適合你。當初你出發前來找我，整個人恍惚不安，令我非常擔心，回想起來真是多慮了。」

「北京確實是好地方。」江文也看兩人憔悴不少，問道：「東京如何，大家都好嗎？」

「過去一年幾乎都在忙著寫不完的時局音樂。」清瀨保二抱怨道，「江君真好吶，還能寫這麼有開創性的曲子，早知道我也去北京！」

江文也看看手錶：「時間還早，去咖啡店坐著好好聊吧，剛好DAT就在附近。」

「DAT歇業了。」清瀨保二說。

「啊？」江文也大吃一驚。

「『浪費是大敵！』——你沒看到滿街都是這種標語。」清瀨保二毫無顧忌地發起牢騷，「咖啡、砂糖和火柴都導入配給，咖啡店怎麼還經營得下去？難道北京一點都沒受影響？」

「北京確實像是世外桃源，不太感受得到戰火。」江文也深深吐了口氣，「回到東京才感覺戰爭確實正在進行，氣氛緊張多了。」

箕作秋吉低聲說：「戰爭長期化，不只是物資缺乏，往後對音樂界的控制也還會加強，大家要有所覺悟。」

「還要加強控制？那我們還能寫什麼？」清瀨保二嘀咕說。

♫

「好累！」傍晚江文也一回到家，衣服也沒換就在榻榻米上呈大字形躺下。「還是家裡好啊，不管外面怎麼樣，自己家總是最溫暖的。」

「爸爸！」五歲的純子撲到他身上。

「哇！妳長大了！」江文也被她壓得喘不過氣。這時才七個月大，剛會坐起來的庸子也在角落咿咿呀呀呼喚。江文也和純子滾了過去，父女三人玩成一團。

「爸爸回家怎麼不先換個衣服？唉呀，你一回來家裡就像多了一個長子似的。」乃ぶ把純子拉起來，又把庸子抱開。「爸爸很累了，妳們去裡面玩，讓爸爸休息一下。」

「呼——」江文也看著天花板長長地吁了一口氣，整個人徹底放鬆下來。

「晚餐吃糙米芋頭雜炊好嗎？最近都買不到白米了，有米穀存摺也沒用。」乃ぶ喊道。

「我要吃可愛故鄉臺灣的白米！」江文也任性地叫道。

「政府禁止販賣精米，不管是臺灣米、朝鮮米還是南洋長米，哪一種都沒有白米了。」

「是嗎？」

「我一直拜託食品店的老闆，好不容易才買到一點天麩羅。歐巴桑說現在炸天麩羅的食用油和燃料用的汽油都很難取得。」

「呼嚕……」

「嗯？」乃ぶ探頭一看，江文也已經睡著了。

隔天早上，江文也出門去買報紙。無論是《朝日新聞》還是《讀賣新聞》，都刊出了對《孔廟大晟樂章》首演的大幅報導，並附帶推崇備至的樂評。

「受到這麼大的重視，可是前所未有呢。」乃ぶ大感珍奇，拿起報紙讀了起來：「江文也氏乃是帝國內最重要的支那作曲家，創造出如此光彩奪目的作品，連最苛刻的樂評也無話可說了。」

「這是軍部選中的曲子，當然沒有人敢說一句壞話。」江文也喃喃自語。

「你說什麼？」乃ぶ繼續讀著報導，一面興沖沖拿出剪刀把報導剪下來。

「沒有。」江文也傲然說，「這確實是傑作，獲得好評是應該的，昨天在會場，箕作秋吉和清瀨保二他們這樣的專家都佩服不已。」

「不只如此啊，你看報導上說『山田耕筰教授給予此曲極高評價』，阿彬終於得到官學派的肯定。」乃ぶ把剪下來的紙片仔細貼進剪報本裡。

江文也默默拿筆把剪報上的『日支音樂橋梁』、『王道精神』和『和平樂章』等字樣塗掉。乃ぶ沒有發覺他的舉動，伸著懶腰說：「啊，如果文化上的貢獻能夠換來一點白米多好。」

「那就來北京吧，北京的日本人還是吃得到白米，甚至買得到俄國巧克力喔。」江文也說。

「北京嗎？」乃ぶ歪著頭回想那遙遠的古都，「上次帶純子去待了一陣子，她不太習慣呢，而且她也要上學了，在北京有適合日本人就讀的學校嗎？」

江文也不再回應，忽然翻身躺倒，把頭枕在乃ぶ跪坐的大腿上。「好奇怪呀，一回到家就只想躺下來呢。」

「爸爸別胡鬧，我還要忙呢。」

「讓我躺一下嘛，很久沒躺了——啊，好安心。」江文也說著，卻感覺乃ぶ的身體有些緊繃。他心想難道是乃ぶ察覺了什麼嗎？或者其實是自己面對她時無法再放鬆了？

♫

江文也去銀座的日本樂器社參加久違的日本現代作曲家聯盟例會，主席箕作秋吉卻難得遲到了。「抱歉抱歉。」箕作秋吉狼狽地說，「一直叫不到計程車，改搭電車花了很多時間。」

「怎麼會叫不到車？」江文也奇道。

「汽油開始實行配給啦，計程車買不到汽油根本無法做生意！」清瀨保二懶懶地說，「北京沒有價格統制令嗎？國內現在物資缺乏，聽說下一批管制清單連樂器都要列入。」

「樂器？」不只江文也，很多成員也不知道。「這有什麼好管制的？」

「銅鐵金屬啊！」清瀨保二擺出萬事通的姿態，「小號、長號、法國號……總之所有的銅管樂器，還有弱音器、提琴腮當和琴弦，恐怕都不能再製造販售了。」

「荒唐……」不知誰低聲埋怨，但大家都不敢公然附和。

「北京暫時還感覺不到汽油短缺。」江文也慢條斯理地說，「畢竟北京人出門都是搭人力車啊。」眾人哄堂大笑，清瀨保二說：「沒想到江君去了北京之後變得更有幽默感了。」

「山田老師來了！」箕作秋吉忽然指向停在門口的黑色轎車，眾人笑聲硬生生中斷。

如同往常，山田耕筰排場浩大地進入會場，逕自站在發言位置。他環顧眾人，帶著濃重的官腔說：「大家都來了，很好。時間有限，客套話就省略——如同各位所知，今年是我國皇紀二千六百年，各界都在籌備盛大的紀念奉祝，我們音樂界自然要當先表率。」

所謂「紀元二千六百年」乃是以《日本書紀》所載，傳說中初代神武天皇即位算起的日本紀年法。事實上相關史事和年分推算都有爭議，但時值日本發動對外戰爭、軍國主義高張的時刻，日本政府以此取代西元，誇耀本國歷史源流。

山田耕筰繼續說道：「內閣祝典事務局去年就向國際上與我友好的國家提出作曲邀請，德國的理查·史特勞斯已經同意參與；國內也會舉辦奉祝音樂會，我提議本聯盟發起會員一人一曲奉祝國家大典，內容必須頌讚日本歷史或者宣揚大東亞和平國策！」

「只有我們聯盟參加嗎？」江文也愣頭愣腦地問。

「當然不只，所有稍具名望的作曲家都必須參加。」山田耕筰細數道，「信時潔教授計畫創作清唱套曲《海道東征》，本人則是正在譜寫交響詩《神風》。我記得沒錯的話，在場諸位也已經有人開始著手，譬如箕作君的《皇紀二千六百年的抒情》，還有清瀨君的《日本舞踊組曲》。」

眾人看向箕作二人，只見清瀨保二臉上不動聲色，箕作秋吉則有些不好意思的表情。

山田耕筰嚴正地說：「奉祝會由秩父宮庸仁親王擔任總裁，近衛首相任副總裁，並在內閣成立事務局，是舉國一致的盛典，我等都必須慎重行事，拿出最好的作品。」

「頌讚日本歷史，或者宣揚大東亞和平國策……」江文也皺起眉頭，不知該怎麼辦才好。

「江君要寫的作品已經決定了！」山田耕筰看著他說，「高田舞團要在奉祝藝能祭上演出三幕舞劇《東亞之歌》，取材『支那皇帝和夜鶯』的故事，用活的夜鶯和機械夜鶯象徵東西文明差異。高田女士請我推薦作曲家，我說江君是帝國內代表性的支那作曲家，是當然的不二人選。」

江文也想起報上說自己是「日支音樂的橋梁」，這樣的任務勢必無法推辭，何況眾人也都已經著手進行，也只好點點頭說：「我明白了。」

「奉祝藝能祭是在九月三十日舉行，到時候自天皇陛下以降，皇族、元勳和政府高層都會全數出席，如此殊榮，江君可要全力以赴啊！」

♫

寒假過完，江文也離開日本返回北京，第一件事就是到中南海西門內的流水音老志誠家。這棟房子下面有一條從南海引流灌注護城河的水道，因而得名。不過江文也走近時聽到的不是流水，而是老志誠練習的琴聲。

「志誠兄，你聽了嗎？」江文也一進門就急切地問，「《孔廟大晟樂章》的廣播。」

「文也兄回北京啦，路上都還順利吧？」老志誠起身倒了杯水給江文也，「我照你說的時間開收音機聽了，音樂很好，許多光看樂譜不容易想像的音響，比預期的還要精采。」

「是吧！」江文也十分興奮，「日本樂評人也讚許說這樣寬闊的境界是日本所沒有的！」

老志誠點頭說：「這確實是一部大作，將中國音樂素材做了理想的發揮，很有開創性！」

「用現代科學方法來復興中國古樂，再用中國古樂精神創造一種新音樂貢獻世界樂壇，這是我潛心研究的根本想法，看來得到初步的成果了。」江文也迫不及待想知道這部作品在北京反應如何，「同事們、學生們和一般聽眾的想法怎麼樣？」

老志誠遲疑了一下：「我自己一個人在家聽的，不曉得其他人感想如何。」

「我回日本前請你幫忙提醒大家，你沒忘了吧？」

「我都提醒了……」

「那就奇怪了，無論欣賞不欣賞，總會有些意見或討論吧。」江文也樂觀地一笑，「沒關係，我知道你喜歡就好了。其他人的想法我再當面問他們。」

老志誠欲言又止，有些不安地轉著手上的茶杯。江文也發覺了，忙不迭起身說：「啊，我一定是打擾你練琴了，真是對不起。那我先走了！」

「文也兄！」老志誠喚道，「你不必去問其他人的意見了。」

「這是怎麼說？」江文也疑惑地回頭。

「你知道北京人都愛聽戲，聽西洋音樂的本來就少。你的作品既是廟堂雅樂，又用現代派技巧寫成，一般大眾並不感到興趣。」

「那同事們呢？」江文也格外關切中國音樂家對這部作品的想法。

「他們恐怕多半沒聽。」老志誠嘆了口氣說，「憑我們交情，實話告訴你，有些同事對此並不以為然。他們說——江文也根本是日本人，讓一個不懂中國文化的日本人來寫孔廟音樂，實在唐突斯文、侮辱中國！」

「太荒唐了，我怎麼會是日本人呢。」江文也氣得老半天說不出話來，一會兒才忿忿地說：

「音樂總要聽了才能評論，我把中國古代雅樂復興起來，同時注入現代精神，這是只有真正熱愛中國、了解中國文化的人才做得到的事情！」

「你先坐下。」老志誠趕緊拉著他坐好，「那幫人就是這樣，見不得別人好。我上次也說了，他們自私自利、嫉妒成風，你還勸我看開點呢。」

「狹隘，無知！」江文也握拳抵著眉心，顯得十分痛苦。

老志誠並不善於安慰，只能一個勁兒說：「這是部好作品，真正識貨的人就會明白。別理會那些光以出身論人的傢伙。」

江文也淒然一笑：「我醉心於中國音樂，費了偌大力氣加以復興，卻是日本人懂得欣賞，幫著大加宣揚。沒想到自己人不但不支持，還要詆毀，這是怎麼說！」

老志誠心下暗道，他們可沒把你當自己人，但面上只道：「知音本來難得。除了這首曲子，你還改編了上百首民歌和鋼琴曲，成績有目共睹。只要繼續寫下去，誰也否定不了的。」

「繼續寫下去。」江文也渙散地點著頭，「我當然會繼續寫下去。」

第十四章　卿雲轟轟兮

夏天來臨前，江文也、吳蕊真約了郭柏川和朱婉華相偕同遊頤和園。他們從蘇州街、四大部洲直攀上萬壽山巔的智慧海，進殿參觀了大銅佛，又從殿外的牌樓門洞裡俯瞰佛香閣和浩渺的昆明湖。牌樓乍看像是智慧海佛殿的山門，但門開處陡峭直下一如懸崖，根本無從行走。

郭柏川探了探頭，皺眉說：「明明沒路，幹嘛立一道這麼大的門？」

朱婉華笑說：「這不是給人立的門，是給菩薩立的，這樣殿裡的菩薩就能觀照下界啦！」吳蕊真也說：「凡人看著沒路，興許菩薩看著就是條康莊大道呢。」郭柏川卻仍自不服：「菩薩哪裡需要有人給祂立一道門。」兩個女生聽了直笑，都說他腦子太過死板。

江文也雙手扠腰，居高臨下眺望，忽然大聲吟誦起來——

實際上　那裡什麼都沒有
說有路　不過是一句假話

誰都可以　大膽邁步走走看

刻在這大自然的足跡　什麼樣的道路都能成就

「真有意思！」吳蕊真崇拜地拍手。

「你什麼時候也開始寫詩了？」郭柏川瞪了江文也一眼。

「我已經寫了五十多首，等寫滿一百首就能集成一本詩集。」江文也得意地說，「書名我已經想好了，就叫《北京銘》！」

「再來要去遊湖嗎？」郭柏川對文學的話題沒有興趣。

「今天不遊湖。」江文也興沖沖地說，「我先幫大家拍張照，再帶你們去一個好地方。」他指揮眾人或站或坐，拿起相機按下快門，然後領頭從西邊小路下山，很快遠離遊人喧囂，來到一處僻靜的森林。林中古松參天，各具姿態，耳中只聽見野鳥鳴叫，再無塵俗之聲。

江文也仰頭呼吸，十分享受地說：「這才像是皇家園林嘛。」

「好地方。」郭柏川肅穆的表情稍稍放鬆了些。

吳蕊真說：「我們都叫這裡『後園路』，是我們自己起的名字。」

朱婉華說：「好幽靜！我以前都沒來過，你們竟然找得著這樣的地方，真會玩兒！」

吳蕊真眼角含笑地看著江文也：「他就愛這些清靜地方，哪兒沒人往哪兒去。」

「來！」江文也爬上路旁一道已經崩成亂石堆的階梯，上面空無一物，四周卻有一圈斷牆圍繞。仔細一看，地上柱礎羅列，顯然曾有建築物在此，如今卻已片瓦無存，任由植物侵長。

吳蕊真說：「這裡曾經是乾隆皇帝的書房『味閒齋』，牆後面則是『眩春園』，上頭還有乾隆的御筆石刻呢。」

江文也說：「頤和園裡名勝雖多，都是皇帝、老佛爺實際去過的。但奇怪的是，我只有在這樣的廢墟裡才能感覺到乾隆也曾經站在這裡。」

吳蕊真拉著朱婉華偷偷笑說：「妳瞧，他的廢墟病又犯了。」接著兩人手拉手到後面山坡上找石刻去了。

郭柏川雙手插在褲子口袋，仰天環顧若有所思。江文也坐在一塊柱礎上，用臺語笑說：「皇帝在這讀冊，我也在這讀冊，只不過那時這裡是書齋，現在變回荒山爾爾。」

郭柏川在相鄰的柱礎上坐下，冷不防說：「我要結婚了。」

「真的！」江文也大感驚喜，指著後山問道：「跟她？」

「不然還有誰？」

「真正恭喜啊！」江文也調侃說，「烏矸仔貯豆油——看不出來！沒想到你手腳這麼快！」

「她每天來我畫室，孤男寡女相處久了，旁邊總有一些閒話。」郭柏川樸實地說，「她爸爸和姊妹都過世了，有一個小弟在南邊讀書，只有她跟母親在北京相依為命。她學起畫來很頂真，可以從上午十一點畫到晚上七點，中間不吃飯不休息，雖然天分普通，卻進步得很快。個性很溫順、能吃苦，又不服輸。」

江文也大笑：「被你講得好像買牛回家犁田！」

「不是啦，最主要當然是因為我們志趣相投，可以彼此了解。」郭柏川難得溫暖地一笑，但隨即又將笑容斂去。

「你想起千繪了嗎？」

「瞞不過你。」郭柏川的五官就像這遺跡般，已然被森林裡的風吹走所有情緒。「千繪鼓勵我、安慰我，甚至拿錢支持我的生活，但是後來不幸肺病過世。那時我的心也跟著死了，原本覺悟一輩子就這樣孤身一人。」

江文也理解地一笑：「直到遇見婉華。」

「我生命中有三個不凡的女性，媽媽像陽光，千繪就像水，婉華則是清新的空氣。」郭柏川長長一吁，「我從臺灣逃去日本，又從日本跑來中國，沒想到卻在這裡找到理想的伴侶⋯⋯」

「這是大喜事！」江文也搖著郭柏川肩膀，「你應該歡喜啊，怎麼反而憂頭結面？」

郭柏川苦笑：「我都已經四十了，她才二十五，總覺得耽誤人家。」

「她答應了？」

「答應了。」

「真難想像！」江文也看戲似的追問，「像你這麼古意是怎麼跟人家求婚的？」

「就她來上課，我叫她畫完之後稍等一下，有話跟她說。然後我出門喝了一壺酒再回來⋯⋯」

「居然還需要借酒壯膽，被你笑死。」江文也像是遇上自己的好事般滿心歡喜，「既然你們情投意合，哪有什麼耽誤不耽誤。你一定要好好辦一場風風光光的婚禮，讓人家有面子！」

「不用啦，我只有一個人在這裡，她們母女也沒有什麼親戚⋯⋯」

「至少臺灣同鄉都要請到。」江文也熱心地道，「我來幫你寫一首結婚進行曲，保證比孟德爾頌和華格納的都好聽，順便再幫你們的孩子寫個搖籃曲！」

「你在講什麼，還想不到那麼遠啦！」郭柏川露出靦腆而溫暖的笑容，伸手往江文也頭上拍去。江文也一邊閃躲，一邊伸手拍了回來：「四十歲了還會害臊？囝仔都生過兩個了，還是你已經忘記怎麼生了，要不要我教你……」兩個大藝術家像少年人一樣嘻嘻哈哈扭成一團。

「你們在玩什麼，這麼開心？」朱婉華和吳蕊真從山坡上下來，好奇地問。

「嫂子！」江文也站起來大聲喊道。朱婉華先是一愣，接著羞得兩頰飛紅轉身跑開，吳蕊真頓時醒悟追了上去。江文也哈哈大笑，又在郭柏川肩上搥了一記。

♫

郭柏川在二龍路住處太小，準備婚後搬到先農壇福長街，那裡離天橋不遠，算是市區邊緣，一整片灰灰矮矮的老房子都是雜院。搬家期間江文也每天去幫忙，提著糨糊桶糊窗紙。

朱婉華抱歉道：「讓江老師這樣的大音樂家糊窗紙，真是不好意思。」

「那有什麼呢，阿川的事就是我自己的事。」江文也糊得不亦樂乎。

「你這刷法不對。」郭柏川瞥了江文也一眼，手上一邊示範，「你要薄薄來回刷個幾次才會均勻。」

江文也嘻嘻一笑：「藝專第一的西洋畫教授在指導筆法了。」

「這不能隨便，若是沒刷均勻，寒天風一吹就掉了。」

「好嘛。」江文也照著方法仔細刷上糨糊。

郭柏川看朱婉華走遠，用臺語低聲問道：「你打算跟吳蕊真怎麼辦？」

「什麼怎麼辦？」

「你有要娶她嗎？」

「唉……」江文也嘆了口氣沒有回答。

「我自己當年沒離婚就跟別的女人同居，實在也沒有立場講你。」郭柏川停下刷子，「不過你跟乃ぶ是自由戀愛，她又為你犧牲這麼多，你可不能對不起她。」

江文也並不是沒有想過這個問題，但總是下意識地迴避開來。這時被郭柏川一問，只能含糊說：「我會好好照顧她們母女。」

「若是感覺孤單，就把乃ぶ接來北京嘛。」

「她來過兩次，住不習慣，每次待沒幾天就喊著要回日本。而且考慮到孩子的教育問題，還是待在東京比較理想。」

「那蕊真呢，你若不娶她，豈不等於玩弄人家？若是要娶，她可知道乃ぶ的事情？」

江文也無言以對，默默刷著糨糊。

「我當初就是太過優柔寡斷，離婚的事拖得太久，弄到兩個女兒都恨我！她們一直跟媽媽生活，沒看過我這個老爸幾面，所以對我離婚的決定深惡痛絕。」郭柏川痛心地說，「我是為你打算，不要弄到將來兩頭落空。」

「我總感覺，東京和北京好像兩個不同的世界。在日本我是Koh Bun Ya，在中國變成Chiang

Wen Ye，是不同的人生。」江文也出神地說，「在北京時，東京的一切好像一場遙遠的夢。但是每次一踏上日本的土地，又彷彿從一場叫做中國的夢裡醒來……」

郭柏川把刷子往糨糊桶裡一丟：「不要自欺欺人了，這就是同一個世界，咱們也只有一段人生。不能只選你想要的好處，對不想要的部分裝作沒看見！」

「若不是乃ぶ的支持，我不可能成為音樂家。但若沒有蕊真帶給我的刺激，我也不可能完成自我風格。」江文也殷切地尋求郭柏川諒解，「兩邊都對我同樣重要，我無法放棄任何一邊。」

「簡單一句話，你要中國這邊還是日本那邊？」郭柏川逼問。

「我真的有選擇的權利嗎？」江文也苦澀地一笑，心不在焉地把一張窗紙貼歪了，撕下來想重貼，卻被一陣風吹起紙角自相沾黏、理不清楚，一時大感煩亂，索性整張揉掉。

♫

八月底，郭柏川在四十歲農曆生日那天和朱婉華訂婚，按照雙方意願一切從簡，只在北海公園漪瀾堂的仿膳辦了一桌招待至親好友。號稱「臺灣八仙」的同鄉好友來得齊全，包括張我軍、活躍於政界和音樂界的柯政和、作家張深切、洪炎秋，還有臺灣第一位飛行員謝文達等等。

吳蕊真當女儐相，穿著一襲白底淡紅圓點旗袍，樣式和剪裁是江文也設計的，格外顯出她曖曖含光的氣質。

「噹噹噹噹！」江文也彈奏起特地為今天譜寫的結婚進行曲，郭柏川和朱婉華盛裝入場，眾人熱烈拍手祝賀。朱婉華落落大方，反而是郭柏川重做老新郎，顯得有些不好意思，眾人見了更加輪番取笑他。

這天的菜色除了清宮御膳，特別跟廚師商量做幾樣臺灣風味的蘿蔔煮筍、白斬雞和薑絲木耳，並搬出整罈女兒紅、竹葉青、菊正宗清酒和三得利威士忌。這群臺灣同鄉都有日本留學經驗，又在北京聚首，幾杯下肚之後拋開顧忌暢所欲言，一下子就歡聲熱鬧不已。

「我給大家講一個笑話。」張我軍說，「我在報紙上看到一篇奇文，題目叫做〈臺灣素描〉。」

「喔，祖國難得有人關心臺灣的事情。」眾人一聽十分好奇：「作者是臺灣人嗎？」

「不是，但他說自己在臺灣住過一年，臺灣整年都在三十五度以上……」

「黑白講！」眾人抗議道，「那麼熱能住人嗎？」

「這還不算什麼。」張我軍頓了一頓，「他講臺灣地震很多，多到朋友約見面時會說：『我明天早上地震之後去看你！』」

「又不是時鐘，地震還那麼準時！」江文也加上一句點評，眾人笑得前仰後合。

「他還講說他一年裡遇到九百多次地震、臺灣的客家人都吃人肉！」張我軍忍笑說完。

郭柏川冷不防說：「你看的應該不是報紙，是《山海經》吧！」

「哈哈哈！」眾人一陣笑罷，張深切搖頭說：「這就是祖國民眾對臺灣的一般認識，可悲！」

柯政和改換話題說：「今日我拿到幾張新出版的曲盤，都是要拿去北京廣播電臺的宣傳品。」

「放來聽，放來聽看看！」眾人聞言起鬨，謝文達帶了電唱機，當即播放出來——

卿雲轟轟兮，東亞醒矣，君不聽吾等嚴然呼號！文化光芒兮，三千餘載，世界和平吾等眼前！

幸哉幸哉，亞洲民族！

「我感覺這條歌的曲調怪怪。」謝文達疑惑道，「有點像乞丐唱的〈蓮花落〉，又有點像是咱們臺灣的〈思想起〉。這是誰寫的？」

「是文也兄作的曲。」張我軍指向江文也。

「啊呀，失禮失禮！」謝文達連忙道歉。

「文達兄不必抱歉，你講的很對。」江文也毫不以為意，「這條歌本來不是這樣，是當局要求要有北方的曲風，改來改去的結果，才變成這個鬼樣子。」

「哈哈哈！」眾人哄堂大笑，只有張深切蹙眉搖頭道：「上面的人只要求形式上的融合，也不管音樂實際上聽起來怎樣，真是糟蹋斯文。」

「我感覺歌詞更是莫名其妙。」謝文達又說，「彩雲又不是飛行機，應該是優雅飄動，怎麼會用『轟轟兮』來形容？」

張我軍嘲諷說：「祥雲很多，用轟轟兮才足以形容它的壯觀嘛。」

「『文化光芒三千餘載』，這也有問題。」謝文達益發不服，「中國歷史明明是四千年，怎麼能講三千餘載？」

張我軍故意一本正經說：「日本人講他們的『皇紀』是兩千六百年，加上中國四千年，除以二不就是三千餘載？」

「噗哈哈哈！」眾人噴飯捧腹、敲肩搥桌，笑得東倒西歪，連眼淚都笑出來，唯獨張深切表情彆扭不發一語。謝文達問：「這條歌詞該不會是深切兄的大作？」

「原本是，但也同樣被上面黑白亂改，變得狗屁不通。」張深切忽然摀著肚子起身，「失禮，我不太爽快，去便所一下。」說罷便離席而去。

謝文達等張深切走遠，低聲說：「這種配合時局的東西就是這樣，大家開個玩笑，深切兄何必那麼介意。」

「不是啦。」張我軍解釋道，「他本來用盡全副力氣辦了一份《中國文藝》，每期都被搶購一空，常常還要加印，但是最近被中國公論社強制接收，一番心血全部付諸流水，所以心情不好。」

江文也問：「中國公論社是什麼單位，怎麼可以這麼霸道？」

「文也兄竟然不知？那就是山家亨負責的陸軍報導部啊！」張我軍說，「他看《中國文藝》發行量和影響力太大，又暗中宣揚中國文化、鼓吹反抗思想，所以把深切兄叫去，一句話就整個接收掉，讓深切兄受到很大打擊。」

「實在可惡。」「日本人就是這樣。」眾人議論紛紛。

這時謝文達說起一件新聞：「大家可知道，蔡培火和吳三連在日本被逮捕了。」

「什麼罪名？」

「說是宣揚反軍部思想。」

「這也可以當成一條罪？」張深切從外面回來聽見，忿忿不平地說：「日本人對臺灣人的迫害越來越嚴重，要是有路走，我真想去大後方參加抗戰！」

「別傻了。」張我軍說，「我以前做過北平市長祕書，日本軍進城以後，市政府幹部連夜撤走，都沒人通知我。我原本想自己到南邊去，可是留守同事好心勸告，說上面已經查出我的臺灣人身分，沒把我抓起來已是手下留情，如果我去南邊，一條老命就沒了。」他指著謝文達說：「文達兄加入過中華民國空軍，貢獻很大，到頭來還不是被懷疑成日本間諜。」

謝文達深沉地說：「咱們臺灣人就像是有兩個祖國，不過哪一邊都不認你，想當日本人不行，想當中國人也不行。」

「別講那些啦。」柯政和在新民會任職，不願多談這類話題，刻意用中國話說：「今天是柏川兄跟婉華小姐大喜之日，大家多講點開心的事。來，我們敬新人！」

「對對對，乾杯！」大家舉杯相敬，「祝新人百年好合，早生貴子！」

「其實我今天還準備了一首《小奏鳴曲》，彈給大家助興。」江文也說。

「你不早講！」眾人笑罵起來。

「這是我在北京生活的記錄，也可以說是用音樂寫的日記。」江文也到鋼琴前坐定，雙手輕輕放在琴鍵上彈奏起來，這是由十幾段短曲連綴而成的組曲，結構類似《斷章小品》，曲風則已大異，融合中國民謠元素和現代音樂的極簡手法。曲中處處洋溢著一股清新氣息，以及溫柔甜蜜的愛情氣氛，非常適合在這樣的場合演奏。

江文也一邊彈著，目光不時飄向吳蕊真。他沒有告訴大家的是，每段短曲都有一個標題：〈邂逅〉、〈預感〉、〈午夜燈影〉、〈趕上桃源〉、〈在後園路〉、〈在智慧海山上〉……事實上是他與吳蕊真交往的感情日記。

一曲彈罷，眾人直喊安可。江文也回座時在吳蕊真耳邊低聲說：「這首曲子是獻給妳的。」吳蕊真聆聽時就已隱隱約約猜想到曲子的主題，心中正自蕩漾，聞言更是羞得臉上飛紅。

「文也兄彈琴的時候就在那裡眉來眼去，一回來又忙著講悄悄話。」張我軍取笑說，「什麼時候輪到吃你們的喜酒啊？」

「喔，真是喜事成雙！」眾人跟著起鬨。

「快了，快了！」江文也爽朗地笑了起來。

宴席結束後大家各自散去，江文也安步當車往西四的自宅走回去，吳蕊真緊緊挽著他，只覺幸福洋溢。走到金鰲玉蝀橋中央時，兩人被填滿北海的仲夏荷花吸引，停下腳步欣賞。放眼望去，綠油油一片荷葉中點綴著無數桃紅粉嫩的荷花，薰風吹來，花葉如波浪般擺舞搖曳，美麗已極。

「謝謝你送給我的曲子，這真是我收過最好的禮物。」吳蕊真說。

「這曲子每一段都有標題，〈邂逅〉寫的是我們在中央電臺第一次見面，那時我從人群中被妳的聲音所吸引，耳朵裡就再也聽不見別的東西了……」江文也解說了十幾個標題，鉅細靡遺回憶兩人相處的點點滴滴。

吳蕊真十分感動：「你是真正的藝術家，連這些小事都能寫成音樂。」

「這些都是寶貴的回憶，怎麼會是小事？」江文也理所當然地說。

「你能不能答應我一件事。」吳蕊真仰頭看著他，「別再幫什麼『卿雲轟轟兮』那種愚蠢的宣傳歌寫曲了，這實在太浪費你的天分和時間。」

「那有什麼，不過是花一小時賺五百元錢罷了。」
「賺錢總有別的辦法，你寫這些曲子，別人在背後批評得可難聽呢。」
「他們怎麼說？」
吳蕊真遲疑了一下：「他們說這是在幫日本人，是漢奸。」她語帶央求說，「他們罵得無理，但就算你看得開，我聽了也難受，你就當是為了我吧。」
江文也看著她熱切的目光，心裡被觸動了，點頭說：「好吧，以後我能推的都會推掉。」

♫

郭柏川結婚沒多久便惹上了麻煩，這天吳蕊真匆匆跑到江文也家，一進門就喊：「郭老師出事了！」
「怎麼啦？」
「婉華說他跟系上的日本老師吵架，把桌子都踢翻了，還差點打起來。」
「走，去看看！」兩人直奔先農壇福長街。到了郭柏川家裡，只見他一個人默默坐在門口抽菸，朱婉華在他背後拿著一件外套，似乎想給郭柏川披上卻又不敢，滿臉不知所措。
「聽說你跟人打架？」江文也挨著郭柏川坐下。
「若是真打起來就好了。」郭柏川忿然說。
「對喔，你是拳頭師，誰跟你打誰倒楣——到底發生什麼事？」

「幹伊娘的伊東！幹！」郭柏川暴雷似的一串粗口，嚇了眾人一跳。

江文也看郭柏川盛怒之下青筋暴露，身上衣衫卻很單薄，又不知已經在這風地裡坐了多久，怕他著涼，於是說：「你的新娘在後面嚇壞了，想幫你披件衣服又不敢，你也好心點！」

郭柏川聽他這麼一說，這才從朱婉華手上接過外套披著，情緒也就稍稍緩和了些。江文也示意吳蕊真進屋去陪朱婉華，郭柏川抽完菸之後開始說明原委。原來藝專美術系有個日籍教師伊東哲，毫無真才實學，仗著替興亞院[13]在學校當特務監視師生，整日裡作威作福，專找中國教師麻煩，郭柏川早就十分不滿。

「這個伊東沒有實力，怕被學生看破手腳，竟然提議四個教授每禮拜換一個年級來教，說好聽是要讓學生自由發展，其實是方便他魚目混珠，教不好不用負責！」郭柏川滿臉不屑，「我當然反對到底，校長怕惹事，一直幫伊東說話。我氣起來，乾脆建議用日本美術學校的辦法，讓學生自由選擇教授，將他一軍！」

江文也皺起眉頭：「學校怎麼會聘這款人？」

「軍部直接下的命令，學校能說不要嗎？伊東是學西畫的，西畫系沒有教授缺，校長只好讓他進國畫系，把黃賓虹老師氣壞了。」郭柏川在好友面前直抒胸臆，激憤地說：「我們在日本學畫都有選擇老師的自由，日本人來北京卻是這樣欺負中國教授和學生，根本是愚民教育。張深切勸我忍辱負重，但是我為了藝術和民族尊嚴，絕對不肯退讓，沒想到伊東就去告密，說我跟張深切不用日本籍而用中國籍，是通敵，對國家不忠，要把我們遣送回臺灣！」

「唉呀，這條罪可不輕。」江文也緊張起來，「結果怎樣？」

「伊東只是虛張聲勢，根本沒那個本事！但是咱們的臺灣人身分已經公開，學校很為難，最後還是叫我們自己辭退。我去找伊東拚命，這小子聽到風聲走得比誰都快，大家又都拉著我，結果讓他逃了。」郭柏川嚥了口唾沫，嘆氣說：「我自己就算了，只是對深切兄比較抱歉。」

「那你現在沒工作怎麼辦，需不需要幫忙？」

「我在師範學院還有兼課，另外看能不能多收幾個家教學生。」

江文也靈機一動：「我跟京華美術學院的音樂系主任老志誠很熟，我來請他介紹你去西畫系。」

「那真是太感謝了。」郭柏川依然鐵著臉，瞪大眼睛看著江文也。「我一直覺得你很天真，其實我更天真。我進藝專的時候跟校長約定好不教日語、不領日本配給、不畫宣傳畫，甘願吃高粱米、拿比較低的中國教授薪水，就是不想沾惹政治，只想專心畫圖教書，但連這樣單純的想法都無法實現。日本人就是不讓你有路可走！」

「其實像伊東那種人，你不要睬他就好了，浪費自己寶貴的時間。」江文也安慰道，「你堅持藝術和尊嚴，很令人敬佩。不過這種事情若是等五年、十年之後再回頭來看，其實也沒什麼大不了。你畫的畫是要流傳後世的，應該多畫幾幅，學生裡面有天分的也多栽培幾個，這才是真正跟日本人拚輸贏。」

---

13 興亞院：昭和十三年（一九三八）十二月，日軍在華占領範圍日漸擴大，第一次近衛內閣遂成立興亞院以統一指揮占領區的政務和開發事業，從此軍部全面參與對華政策，積極控制政治、經濟和教育等事務。

郭柏川瞪了他一眼：「自己兄弟，我勸你一句。講難聽點，你也是軍部安插進師院的，雖然你是真正一流的音樂家，也受到學生歡迎，但其他的中國教授難免覺得礙眼，久了也會出問題。我看，你還是離日本人遠一點，最好能用中國人身分教書就好。」

江文也苦笑：「你的畫拿去哪裡都長得一樣，不會換個地方就變難看或者沒人欣賞。我的音樂卻要靠人演奏發表，也要懂的人才能理解，現此時還無法離開日本。」

「局勢如此，你恐怕要有所取捨，總是別陷太深。」

「好啦，我知道。」

郭柏川表情稍稍放鬆下來：「今日多謝你來。」

「自己人講這些幹嘛。」江文也笑了笑，「你要是有困難，隨時來找我。」

♫

郭柏川事件剛發生不久，老志誠也出事了。他忽然遭到日本憲兵隊逮捕，大半個月後才遍體鱗傷地被放出來。江文也前去探望，被他幾乎不成人形的樣子嚇了一跳。「志誠兄，你到底犯了什麼事，被折磨成這樣。」

「日本人懷疑我是共產黨，每天用棍棒和皮鞭毒打逼供，又把我倒吊起來浸水，最後實在問不出什麼才把我給放了。幸好沒傷到手指頭，還能彈琴。」老志誠舉起雙手動了動十根手指，「牢裡實在太過煎熬，渾身疼得沒法睡覺，又不知道要給關到什麼時候。我怕指法生疏，有時就在腿上虛練，才知道心裡有音樂的時刻真是美妙無比，我甚至還能作曲呢！」

「喔，你作了什麼曲子？」

「我把〈正氣歌〉譜成四部合唱！我恨鬼子占我國土、殺我同胞，恨他們如此橫行霸道，但也恨中國如此貧弱，因此寫了這首曲子激勵同胞士氣。」老志誠雖然躺在床上，仍然激動不已，「就算不能在本地發表，也要在後方發表。就算現在不能發表，以後也一定要發表！」

江文也向門外望了一眼，忙道：「先別說這些，你剛被放出來，也不曉得有沒有人盯著？暫且稍安勿躁，留得青山在，不怕沒柴燒……」

老志誠悲憤地哭喊：「整座山都要被剷平了，留著一棵枯樹又有何用！」

江文也越聽越是絕望，打斷道：「你說太多話了，不管怎麼樣，都得先把身體養好再說吧。」他扶著老志誠躺好，又說了幾句安慰的話之後便匆匆告辭。

♫

「江教授，藝能奉祝祭在九月三十日就要上演，現在已經是八月下旬，您該及早動身回東京參加《東亞之歌》的排練了吧。」山家亨一貫蹺著二郎腿說。這天他約江文也見面，卻不是在常去的東來順飯莊，而是到西單闢才胡同的中央公論社，並且非常罕見地穿著軍服現身。

「我暑假一回東京就把樂譜交給高田舞團，那時也參加過排練，等上演前幾天再回去就行了。」江文也一派輕鬆地說。

「這是天皇陛下親臨御覽，所有皇族政要都會出席的大儀典，江教授可不要輕慢。」山家亨態度異常嚴峻，「高田舞團的演出內容修改不少，音樂也得做出相應的調整。而且為了避免颱風等意外因素影響船班，您還是早點回去比較妥當。」

「川喜多先生約我九月初到上海去，討論新電影的配樂工作，預計待個三、五天，等結束之後我就去東京，最晚十一、二號會到吧。」江文也淡淡地說。

山家亨瞪視著江文也，一會兒才說：「是趕了點，不過也罷。」

「我有事想請教王二爺……」

「在這個地方只有山家大佐，沒有王二爺！」山家亨粗魯地打斷。

「好。」江文也深吸一口氣，「請問大佐為什麼要接收張深切的《中國文藝》？還有藝專西畫系的郭柏川教授，最近被人密告誣賴，丟掉了教職，大佐能不能去跟藝專校長說一聲，恢復他的職位？」

「江教授還是多擔心自己的事吧。」山家亨冷笑一聲，「張深切在刊物上暗中鼓吹反日思想，郭柏川公然批評日本在北京推行愚民教育，沒把他們關起來，已經很優待了。江教授可別步上他們的後塵。」

「我並沒有反對日本。」

「但您越來越忘記自己在這個職位上的本分，是要作為北京新政府的樂官、大日本帝國治下的中國音樂家代表，還有日中音樂的橋梁。可是您卻把北京當成了溫柔鄉，只知沉溺在愛情裡，怠忽自己的責任。」山家亨眼神銳利得像是可以看穿江文也的心思，「在金鰲玉蝀橋上，您不就答應了愛人不再接受新政府委託的譜曲？」

「你怎麼知道？」江文也大吃一驚。

「用音樂來當作愛情的日記啊，真是浪漫。」山家亨倒背如流地說，「〈邂逅〉、〈預感〉、〈午夜燈影〉、〈趕上桃源〉，嗯，還有〈在後園路〉。江教授不回日本參加重大的國家慶典排練，卻把全副心思拿來寫這些東西。」

「後園路是我和蕊真私下取的名字，沒有外人知道的……」江文也頓時覺得毛骨悚然。

「熱戀男女眼中只剩下兩人世界，都看不見身旁還有別人存在，無論特務靠得有多近都不曾引起您的懷疑。」

「你派特務監視我？」

山家亨搖搖頭，彷彿聽見什麼荒唐事：「稍有頭面的人物——尤其是殖民地出身者，隨時都有特務在監視。這種常識，江教授該不會是頭一次聽說吧？」

江文也訝異到說不出話來，他常聽臺灣同鄉提到特務的事，但總以為自己不涉政治，不至於受到監視，這時才知道自己太過天真。

「唉呀，這就是橋本的不對了。」山家亨用日語對著角落喊道：「橋本！你跟著江先生這麼久卻都沒有打招呼，太失禮了！」

一個穿著長袍、其貌不揚的人從暗影裡走出來深深鞠了一躬，大聲說：「我是橋本，失禮之處萬分抱歉！」

江文也覺得對方有些眼熟，但完全記不起來是在什麼時候、什麼地方見過。他深感羞辱，同時心底不由得一股寒意冒了上來。

山家亨擺擺手叫橋本退下，接著說：「江教授和吳小姐的好事近了吧——要同時維持東京和北京兩個戶口不容易啊，尤其以您的浪費癖，等於一般人養四個家。國內物資供應越來越困難，一般國民配合戰時體制都付出許多犧牲，相較之下，您在北京實在過得太逍遙了。」

「你想怎麼樣？」

「江教授可別忘了，您在師大的教職、往來日本的交通、自由出版樂譜的特權，還有優渥的配給，都是軍部特准的。一旦中止的話，恐怕日子將會過得很辛苦吶。」山家亨用手指敲敲桌面，「尤其是您念茲在茲的創作，恐怕也得中止了。」

「我的創作不能中止。」江文也激動起來，「你不明白這些創作的意義，就算時代再怎麼改變，作品都會流傳下去。現在是我的創造性來潮期，能夠把沉睡的中國音樂傳統再次喚醒、復興起來。錯過這個時機，說不定就再也沒有機會了。」

「近衛首相提出『大東亞新秩序』，從文化領域來說，中國音樂也被認可是其中一環。」山家亨好整以暇地說，「江教授只要記得對國家的責任，就能盡情發揮您的才能。在下非常期待！」

第十五章　我有一個破碎的魂靈

數日後，江文也從天津搭船前往上海，川喜多長政親自到黃浦江碼頭上迎接。

「哇，好漂亮！」江文也看到外灘上一整排壯麗的西洋建築群，不由得手舞足蹈。

「江先生盡量別開口說話。」川喜多長政用中文低聲說道。

「為什麼？」

「等上了車我再解釋。」川喜多長政領著江文也到馬路上，神情警戒，一找到自家座車就迅速鑽了進去。車子開動之後，他的表情才稍稍放鬆，問候道：「一路上辛苦了。」

「上海還是一樣繁榮啊，人們行色匆匆，和北京完全是兩個不同的世界。」江文也趴在車窗上張望。

「上海和戰前很不一樣了。」川喜多長政把江文也拉離窗口，隨手遮上窗簾。「文也先生請務必隨時小心在意，您的日語口音太明顯，沒必要的時候千萬不要開口，以免遭遇危險。」

「真的有這麼嚴重？」

「哪裡有假，我們公司裡就已經有中國人員工遇害。」川喜多長政極其慎重說，「像我這樣的日本人，走在公共租界上，隨時隨地都有可能被人殺掉。殺手的作法非常高明，百發百中，瞄準誰誰就死。」

「太嚇人了吧。」江文也看川喜多長政表情異常肅穆，慢慢體會到情勢嚴峻。

「現在的上海被稱為孤島，四面都被日軍包圍，只有公共租界的中、西區和法租界不受日本控制。也因此這裡成為中國人的抗日聖地，用新聞、廣播和輿論和日本對抗。」川喜多長政頓了一頓，「還有透過暗殺手段，除掉跟日本合作的人，也就是所謂的『漢奸』。」

「租界裡不是也有日本區嗎？」

「有的，不過我把公司設在孤島裡，住家也是。」川喜多長政詭祕地一笑，「雖然危險，但相對而言，日本方面無論政府還是陸軍都管不到了。」

「這簡直像是間諜電影裡的情節，沒想到長政先生每天都過著這麼刺激的日子。」

「把你從平靜的北京叫來這種地方真是抱歉。」

「不，至少這裡沒有特務跟蹤。」江文也既緊張又興奮，「我可以聞到自由的味道。」

川喜多長政主持的中華電影公司設在江西路和福州路口漢彌爾登大樓，離碼頭不遠，車子很快就到了。川喜多長政俐落地下車進入大樓，江文也跟著加快腳步，他還沒有生命遭到威脅的具體感受，這時的心情比較像是參與一場冒險遊戲。

一走進董事長辦公室，江文也便「哇」一聲湊到窗邊，俯瞰上海林立的樓房。川喜多長政為他指點說明：「正前方是舊縣城，右邊那一片就是法租界……」

「四年前第一次來的時候還沒有這麼強烈的感覺，但是今天一看，上海簡直就是個歐洲城市。」江文也憑空伸出手掌，「這樣望出去，好像再次看見當初未能實現的巴黎留學夢想，而且近得可以觸摸似的。」

「有空的話可以坐在車裡到霞飛路去轉一圈。」

「沒想到長政先生竟然跑到上海來拍電影，而且辦公室設在這麼氣派時髦的西洋高樓上，和北京大院裡的東和商事完全不同呢。」江文也回頭看看室內，「不過這究竟是一家什麼樣的電影公司呢？」

「這是中、日、滿三國合資的公司。日本表面上是電影界合資，背後其實是興亞院和軍部。南京汪精衛先生主持的中華民國政府派了幾個人掛名，實際上都是由日本人運作。」川喜多長政從窗口俯瞰高樓林立的上海，「上海成為孤島之後，電影事業意外地更加蓬勃發展。這裡的中國電影人前年製作了二十八部電影，去年增加為四十七部，今年預計會有七十部之多。」

江文也笑說：「戰爭打得越激烈，人們對電影看得越是入迷。」

「沒有錯，只有電影能讓人暫時逃避現實的痛苦，得到娛樂。不過這些電影常常帶有抗日思想，軍部注意到這件事情，又管不到租界裡的活動，因此希望製作優良的娛樂電影來對抗，才成立這家公司。」

「我懂了，這是文化上的戰爭，就算無法宣傳日本國策，至少也要用受歡迎的娛樂片壓倒中國電影，減少抗日思想流傳。」

川喜多長政點點頭：「我是全日本最了解中國電影的人，所以被選中擔任這個職務。我要求在不違反國策的情況下，軍部不能干涉人事和經營方針，沒想到也獲得同意。」

「喔？這倒令人意外。」江文也不解地說，「既然是興亞院和軍部下令，還有南京政府參與，豈不是更加礙手礙腳？」

「這就叫做三不管。」川喜多長政把雙手抱在胸前，「《東洋平和之道》的失敗給我很大教訓，那種充滿『宣傳臭』的東西，連日本觀眾都覺得反感，中國觀眾更是不屑一顧。軍部也體認到國策電影無法成功的事實，所以願意放手讓我來做。我打算做一家純粹的電影公司，日本人負責經營管理，電影內容則全部交給中國人，製作藝術品和娛樂品。」

「問題是會有中國人願意合作嗎？」

「當然，因為拍片用的膠卷越來越不容易取得，在日本已經被軍部定義為軍需品，受到國家控制，中國這邊也是一樣。我能夠提供膠卷和製作機會，自然會有人樂於合作。」川喜多長政狡猾地笑了起來，「光這樣還不夠，中國電影人最擔心的是被當成漢奸，所以我們的劇本除了送去東京審查，同時也暗中讓重慶方面過目，確保兩邊都能接受才進行製作。」

「這真是千載難逢的特殊機運，長政先生竟然能在夾縫裡開出一條道路，而且是不受政治干擾的活動空間。」江文也大感驚奇，眼前似乎看見一線光明。「以長政先生的國際眼光，加上日本人的管理能力，只要有好的製作一定會成功的。」

「電影音樂是其中非常重要的一環，文也先生是中國音樂第一人，所以我一定要找您來合作。」川喜多長政歡然說，「至於和我們合作的中國電影人，不但和您一樣是個天才，而且也是臺灣人！」

「您說的一定是劉吶鷗吧！」江文也興奮地說。

♫

隔天中午，川喜多長政帶江文也到附近平望街口的京華酒家二樓包廂，與劉吶鷗見面。第一眼看到劉吶鷗時，江文也彷彿看見另一個自己。固然兩人外貌長得並不相像，但是彼此都有種身為同類的直覺。

劉吶鷗身材頗為高大，兩道斜飛的劍眉下目光灼灼閃動。奇妙的是圓潤的額頭上隨時都在冒汗，必須不斷拿手帕擦拭。他曾在東京留學，日語極為流利，中國話則帶著閩南腔，講話速度飛快，但好像仍趕不上腦袋裡的思緒似的。

「久仰，我是江文也。」江文也熱情地握手，「我看過劉先生拍的《茶花女》，很精采。」

「江先生寫的〈新民之歌〉曲調在大江南北都很流行，據說連重慶都在唱，真了不起。」劉吶鷗說完，彼此相視大笑。江文也用閩南語說：「你叫我阿彬吧。」劉吶鷗則道：「叫我的本名燦波或阿波就好了。」

川喜多長政在一旁覺得稀奇，因為劉吶鷗在上海以福建人身分活動，很少透露自己的臺灣出身和日本國籍，今日卻顯得十分自在。

劉吶鷗以地頭主人的姿態說：「你們要喝什麼，這裡的鐵觀音和香片都不錯——香片是臺灣熏製的，現在也不太容易喝到了。」

「啊，大稻埕，是我的老家！」江文也腦中立刻浮現亭仔腳下擺滿竹筐，女工們專注揀茶的模樣，以及走到哪裡都飄滿在空氣中的茶香。雖然他六歲就離開臺灣去廈門，但童年的記憶依然深刻，因此歡然道：「能在上海喝到故鄉懷念的滋味，真是太奇妙的緣分了。」

三人點了菜，坐定之後很快進入正題。劉吶鷗問道：「你們看過《支那之夜》了嗎？」

「太成功了！」川喜多長政說，「我是在上海看的，播到主題曲時，全場觀眾竟然跟著一起唱起來！我從沒看過一部電影可以在日本和中國都受到這麼熱烈的歡迎。」

劉吶鷗說：「這部片的成功顯示不管在東京、北京還是上海，觀眾多麼渴望不說教、不帶宣傳目的的純粹電影。」

川喜多長政頻頻點頭，接著看向江文也：「您覺得音樂如何？」

江文也說：「主題曲優美動聽，寫得不錯。不過全體來說，通俗性十足，藝術性有待加強！」

「那麼往後就等您來發揮了。」

「正有此意！」江文也一副當仁不讓的姿態。

「我們中華電影的第一個工作，就是協助滿洲映畫和東寶拍攝《支那之夜》。東寶派出招牌男星長谷川一夫，滿映則派出當家女主角李香蘭。」川喜多長政說明道，《支那之夜》描述長谷川一夫飾演的日本船員偶然在上海救了憎恨日本的李香蘭，被其美貌所震動，決定要化解她對日本人的成見。一方面，抗日組織意圖狙擊運送軍需物資的長谷川，而察覺他身陷危險的李香蘭在最後一刻發現自己已深深愛上長谷川，前往營救……

「這部片賣座完全壓過之前風行一時、帶有抗日色彩的《木蘭從軍》，算是達成了當初的目的。不過東京和重慶兩邊都不滿意，軍部認為過度渲染愛情，太過軟弱，違反強健國民精神的國策；重慶那邊則說把中國比喻為弱女子，必須依賴日本男人保護，這是日本美化侵略的手段，侮辱中國。」川喜多長政笑著補充。

「電影就是電影，日本國策也好、道德教育也罷，觀眾都是不買單的，賺不了錢還怎麼拍下去？」劉吶鷗說，「我一直提倡『軟性電影』，所謂電影這東西就是眼睛的冰淇淋、心靈的沙發椅，最重要的是讓觀眾看得痛快！」

「太有道理了！」江文也大聲附和，「音樂創作也是，音樂應該超越政治，甚至超越時代，直接引起聽眾共鳴，才是好的音樂。在這種時局底下，能拍出如此有趣的電影實在太好了，應該繼續多拍！」

「上海就是這樣的地方，阿彬要不要過來發展？」劉吶鷗熱心招攬，「電影配樂報酬高，經濟上能自立，受制於人之處就少了；上海依舊是『魔都』，而且在戰爭中魔性更強，商業貿易呈現畸形繁榮。舞廳酒吧、華洋賭場什麼都有，從京劇到爵士樂聽也聽不完。對了，還有工部局樂隊，那可是遠東第一的交響樂團，成員主要是俄國人、義大利人和猶太人。」

江文也眼睛一亮：「我聽說過這個樂團，真的有那麼好嗎？」

「他們下個禮拜天要演出貝多芬的第九號交響曲，你可以實際聽聽看。」

江文也激動起來：「我無法離開日本的一個原因，就是北京缺少高水準的樂團和懂得欣賞的聽眾，如果上海真的擁有遠東第一的樂團，我就不必再依賴東京，可以自由發表作品了。」

「上海和歐美訊息流通很快，只要你在這裡闖出名堂，全世界都會知道。」

「說實話，我最近開始有離開北京的念頭。雖然我深愛著北京的文化，但軍部的勢力無所不在，走到哪裡都被特務監視，叫人喘不過氣來，無法好好專心創作。而且過去我為了在北京創作和教書，不得不配合軍部和新民會去寫許多宣傳歌曲。」江文也顯得躍躍欲試，但一時仍有些遲疑。「不過像我這種身分的人，待在上海安全嗎？」

「不安全，臺灣人尤其不安全！」劉吶鷗斬釘截鐵，「講起來我們其實是沒有國旗的人，心情十分悲哀。日本人一聽說我是臺灣人，臉上就露出輕蔑的表情。中國人也是用特殊眼光在看我們這種充滿『日本臭』的人，只要有點和日本合作的樣子，就會被當作漢奸，甚至被暗殺。」

江文也被劉吶鷗的態度所震懾：「既然這麼危險，你為什麼仍然要待在這裡？」

劉吶鷗篤定地說：「因為只有上海同時擁有創作的條件和創作的自由，為了這兩點，我隨時做好犧牲的準備。」

川喜多長政附和道：「我也有同樣的覺悟。」

「好！」江文也慨然說，「那麼我也要加入你們的行列，一起為了未來的、自由的、純粹藝術的創作而努力！」

「歡迎！」劉吶鷗伸出手來，三人緊緊握在一起。

川喜多長政說：「那我們就從《大地的女兒》開始合作吧，這部片改編自賽珍珠的《母親》，描繪溫柔而堅強的中國傳統女性，對萬事萬物充滿無盡包容。」

「這種胸襟太偉大了，正是這個世界迫切需要的高貴情操。」江文也感動地說。

三人一頓快談，過了兩點，劉吶鷗起身說：「我還有個約，要先走一步，你們慢慢聊。」

「回頭見，燦波兄！」江文也揮揮手，等劉吶鷗離開房間，便萬分滿足地對川喜多長政說：「這趟真是來對了，我已經看到全新的創作階段在眼前展開。謝謝長政先生找我來上海！」

「我們一起努力吧……」

砰！砰砰！

外面忽然傳來三聲槍響，接著有人用日語高喊：「我被殺了，我被殺了！」江文也和川喜多長政互看一眼，同時起身衝了出去，只見劉吶鷗仰臥在京華酒家的大階梯上，胸前殷紅一片，血水順著樓梯緩緩往下流。

「快救人吶！」川喜多長政跑到劉吶鷗身邊按住他的傷口，階梯上下亂成一團，人們呼喊奔走沒個章法。江文也忽然雙腿一軟，跌坐在階梯上。

劉吶鷗身軀顫抖著，還沒死絕，但嘴裡也嗆出血來，眼見不活了。他睜大了眼睛，目光正好對著江文也，原本明亮而充滿感情的眼眸一點一滴變得黯淡，彷彿想表達什麼，卻又迷離渙散。

川喜多長政吼道：「是誰下的手？有沒有目擊者？」

旁邊一個年輕人畏縮地說：「凶手穿西裝，好像坐在樓梯口等了很久，事情發生太快沒看清楚，只聽到罵了聲『漢奸！』就開槍了……」

江文也腦中一陣暈眩，回過神時，劉吶鷗的眼裡已再無半點亮光。

♫

江文也搭上最近一班開往天津的輪船，逃離上海。

劉吶鷗的臉孔一直在他腦中揮之不去，那雙晶亮的眼睛瞪視著，像是看穿他心裡的一切糾結，又倏然黯淡死滅得沒有半點生氣。江文也好不容易下船換了火車，直到穿過北京外城，他才稍稍鬆了一口氣。

列車轉過大彎，沿著北京內城牆行駛，高大的城垣帶給他安全感，頓時積壓的疲勞排山倒海而來。倦極而眠的一瞬間，他卻再次看見了大階梯上的慘案，而躺在血泊中的人卻是睜大了眼睛的自己，四周嗡嗡吵雜一片，頓時再度驚醒，這才發覺列車已經到站停妥，乘客們正忙著從窗戶往外丟行李、紛亂挨擠著下車。

他提著行李走到車門口，看見熟悉的車站景象，頗有隔世之感。月臺上一片混亂，又讓他大感茫然。

「文也！」遠處傳來一聲焦急的呼喚，是吳蕊真來接他。

「蕊真！」江文也飛奔上前，一把將她緊緊抱住。

「文也！」吳蕊真語帶哭音，「我在報上看到劉先生遇刺，又忽然接到你的電報……讓我擔心死了……」

「我差點再也見不到妳了！」江文也對外界渾然不覺，只管抱著懷裡溫軟的身軀，一時痛哭起來。「如果劉吶鷗不是一個人先走，而是我們一起下樓的話，我可能已經一起被殺了。」

吳蕊真安慰道：「沒事的，回到家就安全了。」

江文也淚流滿面：「回家，跟我一起回家！我們不要再分開！」

一回到江文也家，兩個人便緊緊交纏在一起。江文也剛剛與死的暗影擦身而過，極度渴求著生的證明，這讓他感覺到自己仍然活著，並且將驚悸的情緒緩緩抹平。

接著幾天，兩人足不出戶，在安穩的小天地裡恣意溫存。劉吶鷗被刺的震撼逐漸退去，江文也心情趨於平靜，但精神深處的創傷卻非一時之間可以恢復。他什麼事也不能做，腦中雜念紛至沓來，從兒時到現在的回憶就像一場剪接紊亂又放不完的電影般不斷在腦中播映。外面看上去似乎已然安穩如常，但門外有什麼風吹草動都會讓他倏然一驚。

「砰砰砰！」這天傍晚忽然有人粗魯地敲門，江文也嚇了一跳。吳蕊真連忙起身：「也許是做裁縫的送衣服來了，我去看看。」門開處，吳蕊真卻赫然見到一個熟悉的身影，驚呼道：「爸！」

「蕊真，妳出來！」吳蕊真的父親吳佩華站在中庭裡厲聲喝斥，她愣在原地不知所措。

「你就是江文也？」吳佩華氣憤地看著屋裡的江文也，譏諷道：「看起來還挺斯文，不像是拐騙女學生的風流子弟嘛。」

江文也懇切地說：「吳先生您誤會了，我對蕊真是誠心的。」

吳蕊真也說：「文也是好人，他很真誠，我們是認真的交往。」

吳佩華氣急敗壞：「他是外國人，妳怎麼能跟一個外國人交往呢？」

江文也說：「我是臺灣人！」

「臺灣人不就是日本人！」

吳蕊真忙說：「臺灣人也是中國人呀！」

吳佩華不屑道：「臺灣人是日本底下的亡國奴，我絕不允許女兒跟一個亡國奴來往！」

「爸怎麼能這麼說。」吳蕊真抗議道，「臺灣是被割讓出去，又不是自願當的日本人。一般人也許不了解，您自己在冀察政府任過職，是最明白的。何況現在大家都一樣在日本統治下，還分這些做什麼呢？」

「當然不一樣！」吳佩華指著江文也鼻子，「我們中華民國新政府由汪主席領導，與日本是和平、合作的關係；臺灣是日本的殖民地，幾十年下來早都給奴化得不成樣子了。」

江文也正色說：「臺灣人最是心戀祖國，從小祖父就教我們兄弟唐詩、漢文，告訴我們不可忘本。我自己也是因為熱愛祖國文化，所以才來到北京。」

「他說的是真的！」吳蕊真接著說，「文也經常背誦許多詩詞給我聽，不管是〈長恨歌〉還是〈琵琶行〉，他都背得熟透，而且他還寫了《孔廟大晟樂章》，復興我們中國的古老文化！」

吳佩華不解：「我幫妳介紹那些高官子弟，每個都是家世良好、前途無量，妳一個都看不上眼。我就不懂，這江文也到底哪一點好，讓妳這樣著了他的道？」

「他迷人、溫柔又高尚，深深打動了我。」她甜蜜地看了江文也一眼，「我是離不開他的了。」

「妳才十九歲，不曉得人心險惡。」吳佩華將臉孔一板，冷冷說，「他在日本有妻小，妳知道嗎？」

吳蕊真聞言如受重擊，她隱約聽說過江文也在日本已有家庭，但江文也從不主動提起，偶爾說到也只是含混以對。她情竇初開，一廂情願認為江文也愛的只有自己，和元配並無深厚感情。這時聽到父親提起，心下雖然不快，卻故意挺身說：「我知道的！」

吳佩華怒道：「我送妳來讀書，念的還是師範，將來要為人師表的，妳卻這麼甘心當人家姨太太！」

吳蕊真斷然說：「文也愛的是我！」

「我早打聽過了，他的日本妻子到這兒來過幾次，街坊都說兩個人感情好得很！不信的話，妳到前院問問鄰居們去！」

「我……我從來不知道……」吳蕊真慌了手腳。

「你問問他，願不願意和日本妻子離婚來娶妳？」

江文也並不言語，但臉上一陣青一陣白，表情已經說明了一切。吳蕊真如遭雷擊，一時說不出話來，良久才問江文也：「爸爸說的是真的嗎？」

「走吧，傻丫頭！跟我回保定去！」吳佩華拉著女兒就走，吳蕊真六神無主，踉踉蹌蹌地跟著往外出去，眼神絕望地看向江文也。

「蕊真！」江文也如夢初醒，追出去喊道：「我對妳是真心的，請妳相信我！」

「你還想幹嘛？」吳佩華推了江文也一把，「我警告你，別再靠近我女兒。」

♫

江文也還沒從上海的驚魂中徹底恢復，吳蕊真走了之後又失去精神支柱，整個人失魂落魄、茶飯不思。

連著幾天，特務橋本徹前來拜訪，提醒他務必趕緊收拾行李回東京，出席九月三十日在寶塚劇場舉行的紀元二千六百年奉祝藝能祭，至於火車票和船票都已經幫他準備好。江文也表面敷衍，實際上並沒有心情去想這些，整日裡只是唉聲嘆氣。

這天，和他最交好的學生王克智來找他，一進門就嚇了一跳：「江老師，怎麼才幾天不見，您就憔悴成這樣？」

「沒事。」江文也勉強一笑，「想聽唱片兒還是彈鋼琴，你自個兒玩吧。」

「一定是蕊真的事，讓您傷神了。」王克智痛心疾首，「老師對蕊真用情如此之深，她要是有勇氣就應該向父母據理力爭才是！」

兩人交往之事在學校裡早已不是祕密，但江文也有苦難言，無法向王克智分說明白。

王克智問：「您和蕊真還有聯絡嗎？」

「寫了幾封信，也打過電話，但她的家人一聽說是我就立刻掛斷了。」江文也心念一動，「對了，你可以幫我一個忙！」

王克智甚是機靈：「幫您打電話！」他喜鵲一般迫不及待拿起電話就撥，接通之後倒是冷靜，裝模作樣地說：「請問是吳公館嗎？我叫王克智，是蕊真的同班同學。她幾天沒有到學校，同學們都很關心她，我也有些功課方面的事情要跟她說……好的，謝謝您……」王克智摀住話筒，對江文也擠眉弄眼，接著又發話道：「蕊真啊，妳等一等。」

江文也一把搶過電話：「蕊真！」電話那頭吳蕊真一聽是他的聲音就哭了：「文也！」

江文也急切地道：「蕊真，妳收到我的信了嗎？我信上都說了，我對妳是一片真心！」王克智在一旁幫腔，對著話筒喊道：「江老師思念過度，整個人瘦了一大圈呢！」

「我知道，我都知道……」吳蕊真哭道，「我好想你！」

「我也很想妳——回北京來吧！」

「我走不了，爸媽整天看著我，一步也不讓我出家門。」

「妳再不回來，我都活不下去了！」江文也殷切地喊著，吳蕊真卻只是一個勁地哭。

「蕊真……」

「我爸爸回來了，不能再說了……」吳蕊真無奈地匆匆掛斷。

「蕊真，蕊真！」江文也悵然若失地掛上電話，但一想到吳蕊真對自己的感情並沒有改變，又生出無窮信心。他對王克智道：「我要再請你幫我一個忙，這次要麻煩你到保定去一趟！」

♫

王克智拿著江文也的兩封信到保定吳家，謊稱來找吳蕊真玩，吳家人見是個單純的年輕人，不疑有他，就讓王克智進屋。王克智天真爛漫地和吳佩華夫婦敷衍，拉拉雜雜說了許多學校裡的瑣事，就是絕口不提江文也，讓他們慢慢失去戒心。等吃過中飯，吳佩華夫婦進屋睡午覺，他才把吳蕊真拉到一旁說：「江老師派我來接妳回北京！」

「他好嗎？」吳蕊真早已猜到。

「老師想妳得緊，真的是形銷骨立了。」王克智取出那兩封信，一封是給吳佩華的，信中再三說明自己的誠心，請他成全。給吳蕊真的那封非常簡單，上面只寫著一首詩：

為妳，消瘦了容顏
為妳，失興了世事
是妳，把我這個龐大的樂器，震得粉碎

吳蕊真一看就哭了，但她隨即擦乾眼淚下定決心：「我跟你走！」她回房間匆匆寫了封信給父親，連同江文也的那封一起放在桌上，然後和王克智一溜煙離開家門。

♫

江文也在家裡等得心焦難耐，儘管知道王克智來回一趟至少得花半天工夫，他還是一早就穿上最帥氣的一套衣服，隨時準備出門。但隨著時間過去，他又開始忐忑不安，胃裡酸緊得像是被人捏住似的，生怕吳蕊真不願跟著回來。

好容易挨過中午，他實在等不下去了，決定先到約定會合的北海公園去。正要動身時，卻有人找上門來。

「江先生。」來人是橋本徹，他對江文也慘白的臉色感到詫異，「你的病又更嚴重了嗎？」

江文也這幾天都用身體不適為藉口拖延回日本的時間，於是趁勢說：「確實更加不舒服了。」

「要請醫生嗎？」

「早上剛看過。」
「午飯吃了嗎？」
「沒有。」
橋本徹知道江家不設廚房，一向外食，因此問道：「要不要給你帶點東西？」橋本徹出身貧寒，因為無法升學才去讀憲兵學校，本性不壞。自從露面之後，江文也並不輕視他，彼此漸漸結成朋友。
「沒關係，謝謝你。」江文也誠懇地感謝他。
橋本徹誤以為江文也換好衣服是準備出發回日本，關切道：「你病成這樣還準備趕回東京，真是太辛苦了。但為了出席至為重要的奉祝藝能祭，也只能請你在路上多加保重。」
「我原本也是這樣想，但今天太過疲倦，起得太晚，看來趕不上船班。」江文也咳嗽兩聲，「真是糟糕。」
橋本徹遲疑了一下說：「其實山家大佐替你留了一個機位——他說除非萬不得已，否則不要告訴你。」
「什麼時候？」
「後天早上九點，再晚就來不及了。」
「我明白了。」
「那你這兩天多休息，我後天八點開車來接你。」
「好，謝謝你。」

橋本徹走了之後，江文也又等了一會兒確定他離去才出門，經過這麼一耽擱，時間已經晚了。他們約好在北海五龍亭見面，江文也從地安門西皇城根進北海後門，遠遠就看見兩個熟悉的身影在亭子裡眺望揮手，他急忙奔跑過去，和吳蕊真緊緊相擁。

「看你跑得像個參加賽跑的小夥子似的。」吳蕊真笑著幫他擦去汗水。

「我是小夥子，和妳在一起我就是個小夥子。」江文也貼著她臉道，「別再離開我了，只要我們在一起，就會永遠青春，永遠快樂，永遠美麗！」

♫

兩天後，江文也一大清早就把吳蕊真喚醒，說要出門。

「這麼早出門，又像是要下雨呢，去哪兒？」

「我想去頤和園，去我們的後園路。」

他們到西直門叫了兩輛洋車，搖搖晃晃向海淀拉去。往郊外跑的車都舊，車夫穿著粗布褲褂，渾身上下都是黃土，車圍和墊子上也都是黃土。郊外地面不平，距離又長，不能像在城裡一樣小跑，只能穩穩緩拉。然而放下雨布遮蔽了四周風景，倒也有種與世隔絕的安然。

走了兩個多小時抵達頤和園，兩人一進大門就往西邊繞到他們口中的「後園路」，這裡平時遊人就少，雨中更是杳無人跡。他們挽手漫步，默默欣賞風景。四下寂靜，只有兩人的腳步聲，還有松鼠在枝頭跳躍時發出的簌簌聲響。

他們在喜愛的賅春園廢墟停下，仰頭呼吸著清冷的空氣，吳蕊真快樂地張開雙手轉起圈來，等轉暈了頭就往江文也懷裡倒去。

「妳看這裡幽靜得好像世界上只有妳和我。」江文也無限寬慰地說。

「如果真是這樣就好了。」吳蕊真故意放鬆身體讓江文也托著。

江文也輕輕唱起自己為徐志摩〈我有一個戀愛〉這首詩譜曲的片段：

我有一個破碎的魂靈，像一堆破碎的水晶，散布在荒野的枯草裡——飽啜你一瞬瞬的殷勤……

我坦露我的坦白的胸襟，獻愛與一天的明星；任憑人生是幻是真，地球存在或是消泯——太空中永遠有不昧的明星！

吳蕊真聽著，忽然察覺江文也愣愣地出神，抬頭問道：「你在想什麼？」

「我在想，這個時候我原本應該在飛往東京的飛機上。」江文也淡淡地說，「而現在我人在這裡，就表示明天的舞劇演出，天皇、皇族和上千權貴都出席了，只有作曲家席一個是空的！」

「奉祝藝能祭！」吳蕊真跳了起來，「我完全忘了，你不去真的不要緊嗎？」

「與其去陪日本天皇，我寧可陪妳在這裡看雨！」江文也溫暖地一笑。

吳蕊真摟著他的脖子，眼泛淚光：「你實在對我太好了，我真的值得嗎？」

「值得，一千萬個值得。」江文也深情地看著她，「妳是我心中最美的一段韻律，從此我就叫妳『韻真』好嗎？」

「好啊，當然好！」

江文也仰頭看天：「如果能夠什麼都不去理會，兩個人一直在這裡靜靜看著雨就好了。」

♫

「你滿有一套的嘛，把憲兵特務玩弄於股掌之上。」山家亨面無表情地說。

江文也去頤和園的隔天就被另一個日本特務帶來中央公論社。他東張西望一番，問道：「橋本怎麼不見，今天為什麼換了人來叫我？」

「他沒能將你送上飛機，甚至連你的行蹤都無法掌握，已經被調去前線，昨晚就連夜出發了。」

「啊！」江文也叫了一聲，「怎麼會！」

「這不是理所當然的嗎，難道你以為這麼做一點後果也沒有？」山家亨睥睨說，「擔心你自己吧，蔑視天皇陛下親自出席的盛典乃是不敬的大罪！」

「我病了。」江文也說。

「是戀愛病吧。」山家亨雙手交疊往後靠在椅背上，「吳蕊真，一九二〇年生，保定人，北京師範學院音樂系三年級。父吳佩華，前冀察政務委員會財政處專員，現為無業人員。」

「我的事和其他人無關！」江文也警覺起來。

「對付這些人就跟捏死螞蟻一樣簡單，也一樣無聊，我沒那種閒工夫。這次你的缺席引起東京方面老大不高興，弄出這樣對陛下失禮的場面來，軍部非要用不敬罪來治你，據刑法判處三個月以上、五年以下徒刑。」山家亨說到這裡故意頓了頓，讓江文也提心吊膽了老半天。「不過我提出報告，說你實在病得很嚴重，不堪長途旅行，這才把事件平息下來。」

「你這麼做只是為了掩飾自己的失職罷了。」

「呦，你忽然長起心眼來了！不過你以為我是何等人物，這點子事還需要掩飾？」山家亨懶懶地說，「江教授很幸運，『大東亞共榮圈』的國策剛發布，日本和南京汪政府也還在蜜月期。作為軍部在中國進行文化戰的樂官，你還有點用處。這次的事，我就當作藝術家偶一為之的任性，暫且不予計較。」

江文也抿著嘴說：「我不想再跟宣傳之類的事情扯上關係。」

「內閣情報部已經提出了——音樂乃是軍需品，作曲家要致力於創作，帶給國民勇氣。」山家亨話中毫無威脅之意，但語氣冰冷得嚇人。「你自己非常清楚，一旦沒有師院的聘書，也沒有任何作曲委託，你立刻就一文不名了。何況物資越來越吃緊，不允許非必要的旅行，到時你連往來日本和中國的船票都買不到。」

「我總有辦法活下去，也不一定非得要回東京。」江文也嘴上這麼說，語氣卻顯得很虛弱。

「不要再想要逃避，你已經沒有別的地方可去。」山家亨像是個看穿他一生命運的卜者，語氣悲憫而專斷。「你從工學校畢業，卻放棄當工程師而變成音樂家。覺得聲樂沒有前途，就斷然轉向作曲。在日本待不住，幾番想去歐洲不成，於是前來中國。現在連北京都厭倦了，又想躲進上海孤島，可是馬上又被劉吶鷗的事情嚇壞了——要知道人是無法和時代潮流對抗的，你只能順勢而為。」

江文也沉默不語。

山家亨見他已被懾服，提高聲音道：「為了宣揚大東亞共榮圈，陸軍、海軍、外務部和南京的中華民國政府合辦，以汪精衛主席名義在中國、日本和滿洲徵募〈保衛東亞之歌〉，將會選出正、副選曲。明年一月截稿，四月發表得獎者。正選歌詞由柯政和教授作曲，副選就由你負責。這是至高的榮譽，也是政府對江教授作曲地位的認可。」他似笑非笑地加了一句：「對了，潤筆費有五百元，等於你兩個多月的薪水啊！」

第十六章　永恆的微笑

吳佩華再次來到江文也家，這次他進屋裡坐下，卻不住唉聲嘆氣，艱難地說：「蕊真堅決要跟著你，不惜離家出走，我也無話可說了。」他指著吳韻真罵道：「妳傷透妳媽的心了！」

吳韻真見父親不再反對，一半欣喜一半抱歉：「讓爸媽傷心，我也很難過。不過請您放心，我和文也在一起很幸福。」

江文也暗暗鬆了口氣，恭敬地說：「謝謝吳先生成全。」

「我還沒答應呢，你要娶蕊真得有個條件——必須先跟日本妻子離婚！」吳佩華激動地指天畫地，「我們吳家雖稱不上富貴，大小也在政府裡有過位置，蕊真斷沒有做人家姨太太的道理！」

「這……」江文也面有難色，吳韻真在一旁跟著焦慮起來，她自然希望江文也只有她一個妻室，但又怕話說僵了激怒父親。

吳佩華益發不滿：「怎麼，不願意啊？要是辦不到那就免談！」

吳韻真見江文也悶不吭聲，喊道：「文也！」

「我的日本太太現在是肺病第三期，我不能在這個時候拋棄她。」江文也情急之下脫口而出，姿態自然得連自己都暗暗訝異。

「唉呀！」吳佩華大出意外，「怎麼會有這樣的事！」

「你之前怎麼都不說？」吳韻真心疼地說，「你對結髮妻子有情有義，我只有更加敬佩你，何苦悶在自己肚子裡？」

江文也既已撒了謊，說起話來就流暢了：「日本太太總算是待我有恩，我要是提出離婚，實在太殘忍了。」

「唷——」吳佩華重重嘆了口氣，心想這確實強人所難，反正那日本太太不久人世，離不離婚也無甚差別，便不再堅持。接下來幾天吳佩華讓江文也帶著吃遍北京知名餐館，對他的反感逐漸消除，覺得他確實是溫文優雅的藝術家，最後慎重地託付女兒終身。

江文也依照郭柏川的例子，在北海仿膳擺了一桌酒席宴請至交好友，完成了和吳韻真的婚禮。在婚禮上，江文也再次演奏獻給吳韻真的《小奏鳴曲》，這次更加投入旖旎夢想的情調，贏得賓客們滿堂喝彩，吳韻真更是感動不已。

然而一個月之後，江文也忽然說日本妻子要來北京，請吳韻真暫時搬回學校宿舍。吳韻真正沉浸在新婚喜悅裡，忽然卻要讓出愛巢，不免疑惑：「你不是說她得了三期肺病，怎麼還能這樣千里奔波？」

江文也解釋道：「日本國內缺糧缺得凶，就算有糧票也買不到東西，病人無法調養身體。北京的日本人配給還供應大米，所以我讓她來這兒補充一些營養。」

「當真是這樣嗎？」

「當真如此。」

吳韻真不情願地開始整理行李，甚且仔細將喜幛、喜被和窗戶上貼著的大紅「囍」字一一親手收拾起來，不留半點新婚氣息，省不得暗自神傷。沒想到清理書桌的時候，偶然發現了一張乃ぶ寄來的明信片，她幼年時在滿洲待過，懂得一些日文，看到信上寫著「動身前往北京待產」之語，頓時渾身如入冰窖，傷心欲絕地質問江文也：「你為什麼要欺騙我？」

江文也懊悔不已，急著辯解：「我年輕的時候非常窮困，她變賣了所有值錢的東西支持，我才能有今天，對我有恩；但我無法失去妳，情急之下才對妳父親說她得了肺病。我並沒有欺騙妳的感情，我深深愛著妳。」

「所以你兩邊都愛。」吳韻真難以置信，痛苦萬分。「一邊是日本妻子，一邊是中國太太，到哪裡都能左右逢源，這就是你最理想的人生！」

「妳只需要知道我對妳一往情深。」江文也按著她的肩膀，「我為妳寫了《小奏鳴曲》，我從來沒為別人這麼做過。妳帶給我無窮靈感，是我生命中最重要的人。」

「不要再說了。」吳韻真撥開他的手，「總之我走就是了。」

「這只是暫時的……」

「我不知道還能不能相信你。」

「相信我。」江文也扳過她的身子，篤定地說，「我已經下定決心，不再去尋找遠方虛無飄渺的夢土，北京就是我此生的歸宿，而妳就是我的未來。」

♫

「下雪了。」乃ぶ踏進受壁胡同的江家大門時，抬頭看了看天空，細密的雪花冰涼地在臉上一啄一啄。

「今年初雪來得好早，都還沒到舊曆新年呢。媽媽一路疲累了，先休息一下吧。」江文也右手抱著一歲半的庸子，左手牽著剛滿六歲的純子，一面指揮門房把行李提進家裡，又忙著安頓身懷六甲的乃ぶ在客廳坐下。

「這條路我走過好幾趟，已經習慣了，幸好沒有遇到大風浪。」乃ぶ仰著頭張望屋內的每一個景物，雖然她在這裡住過好一段時間，但每次來都還是有種陌生的感覺。

江文也的視線跟著她目光移動，不免有些心虛，生怕有什麼吳韻真沒收拾到的東西，於是開口轉移她的注意：「我請妳帶的東西都帶來了嗎？」

「都在棕色那箱裡面，用報紙包成一包。」乃ぶ起身打開行李，找出替江文也帶的東西，純子在一旁蹦蹦跳跳幫忙。

「針、鉛筆、甜點，還有驅蟲藥！」江文也像孩子般一件又一件把東西排在桌上，「感動得叫人流淚，這下得救了，謝謝媽媽！」

乃ぶ不禁莞爾：「真不知道你一個人在北京怎麼生活？」

江文也興味盎然地打開包裹的日文報紙讀了起來，每個角落都不放過，一邊炫耀式地說：

「最近阿川教我一件事——報紙要從下方讀起才能得知真相。」
「那你發現什麼真相了？」
「南方戰線的重寶，驅蟲藥大特價！」江文也指著報紙下方的廣告，兩人一陣大笑。
「餓了嗎？餓的話就去吃飯。」
「還不餓，晚點再去。」
「那我先去工作，有什麼事的話叫我一聲。」
「你去忙吧，這裡也是我家呀。」乃ぶ笑問，「現在在寫什麼？」
「舞劇《香妃》，就是兩年前開始構思那個。」
「總算！」乃ぶ起身走動，看見鋼琴譜架上放著一份樂譜手稿，隨手拿起來瀏覽，「《小奏鳴曲》，這是新的作品嗎，沒聽你說過。」
「啊，因為還只是草稿而已。」
「是什麼樣的曲子呢，彈來聽聽。」
江文也接過樂譜坐上鋼琴，有些心虛地彈奏起來。他降低曲中的戀愛情緒、強調中國民歌風情，彈了四小段之後，接下來原本應該是描寫他與吳韻真定情的〈在後園路〉，江文也刻意停下來彈了幾個分解和弦，一邊說：「後面還沒有想得很清楚，不過全曲大概就是這樣的東西。」
「嗯。」乃ぶ不置可否。
「來聽唱片吧。」江文也走到唱機旁，拿起一張簇新的唱片。「勝利唱片剛剛出版了《孔廟大晟樂章》，是由古爾利特指揮東京交響樂團的錄音，水準很高。」

一家人坐在椅子上聆聽，純子很快失去興趣，拉著庸子到中庭玩耍。乃ぶ聽了兩個樂章之後悄悄掩面打了個呵欠，江文也敏銳地問：「累了嗎？」

「不，不累。」乃ぶ端正坐姿說，「抱歉，我對支那音樂還是不太能理解——如果可以的話，我想聽《臺灣舞曲》。」

「好！」江文也俐落地更換唱片，喇叭裡隨即流瀉出熟悉的旋律。

「啊，好懷念。」乃ぶ像是鬆了一口氣，「以前阿彬不管腦中冒出什麼想法，都會立刻彈給我聽，然後一起討論。對了，那天也下了雪，而且是數十年罕見的大雪，阿彬渾身全白像個雪人一樣抱著《臺灣舞曲》的總譜回來，嚇壞我了。結果你還徹夜修改樂譜，直到天亮……」

「是啊。」江文也淡淡說，「我記得那天是二月四日，隔天體育協會截止收件。好快，竟然已經是五年前的事了。」

「那時我們雖然窮困，但是心裡充滿希望。」乃ぶ捧著肚子，臉上帶著憧憬聆聽音樂。「我最喜歡這一段，經過漫長的醞釀，弦樂終於奏出氣勢宏大的旋律來，真是動聽。」

「我好久沒聽這首曲子了。」江文也表情變得有些微妙，「回想起來，當時還真是任性呢。」

「怎麼說？」

「那時我連『主音』和『屬音』都分不清啊，現在真是無法想像，明明一竅不通卻敢寫出這麼龐大的作品，甚至還得了大獎，誰能相信？而且雖然叫做《臺灣舞曲》，其實並沒有用上任何臺灣音樂的素材，完全都是憑空想像，甚至帶著日本色彩和聲調。」

「日本色彩和聲調不好嗎？」乃ぶ語氣微微一沉，「而且你以前不是最愛說，不使用實際的素材也沒關係，那是具有詩人氣質的作法。」

「也許我老了，這種話現在聽來只覺得任性啊。」江文也哈哈笑了起來。

「是啊，阿彬已經變成大人了。我每次來北京，都更加覺得阿彬不再是以前那個年輕氣盛的小夥子，而是氣派堂堂的大教授。」

「確實我也快三十一歲，得有些大人的樣子。」

「那麼，現在的你已經不再喜歡這部作品了嗎？」乃ぶ拿起《臺灣舞曲》的唱片封套，顯得有些失落。

「當然喜歡呀，這是我創作生涯第一號代表作，也是我永遠的驕傲。」這時音樂演奏完畢，江文也拾起唱針，把唱片仔細放進封套裡收好。「只是以後我不會再用這種方法來作曲了。」

♫

乃ぶ在北京待了兩個月，有一天忽然說要回東京。江文也詫異地問：「都懷孕八個月了，還要帶著純子跟庸子舟車勞頓，有什麼理由非得要走呢？」

乃ぶ挺著肚子說：「白米和麵粉我吃夠啦，寶寶感覺也很健康，我們親子可以回去了。」

「是不是我太忙沒有好好陪妳？好！接下來我推掉無關的事，專心在家照顧媽媽。」

「不是啦。」乃ぶ平靜地說，「我很好，也不用人照顧。我只是一直都不習慣北京的生活。」

「怎麼會？北京不是很好嗎，妳來過這麼多次，我還以為妳已經漸漸習慣了。」

「北京當然好，大體上都很喜歡，但有些地方始終無法接受。」乃ぶ看著院子裡緩緩飄落的雪花，不由得心頭一暗。她其實察覺到種種可疑跡象，但不願弄清楚也不願相信，只說：「昨天我看到揹著袋子歸去城外的農家女，還有拉著泥車出城門的驢子，忽然覺得淒涼又感傷。我無法忽略在這座華麗都城背後，有許多人住在那樣的土房子、長眠在那樣的『土饅頭』的事實。太多中國人過著窮困卑微的日子，他們為了賣出一點東西拚命討好你的樣子讓人看了很傷心。」乃ぶ說著說著竟流下淚來，「我無法對這一切裝作視而不見。」

「妳怎麼啦？」江文也溫柔地摟著她，「哪裡不舒服嗎，平常不會這樣的。」

乃ぶ見他真摯的模樣，心中更加痛苦，隨口說：「可能不習慣這裡的天氣吧，也覺得衛生條件不是很好。」

江文也說：「我帶妳去看過協和醫院的外國醫師啦，那裡的醫師和設備都不會輸給東京。」

「總之在這裡無法安心。」乃ぶ擦去眼淚，決絕道，「生產的時候還是在習慣的地方比較好，對寶寶和我都是。」

「話雖如此……」江文也還是無法放心，「真的不要緊嗎，自己回東京？」

「不要緊的，別擔心。」乃ぶ看著江文也，傷感又堅強地一笑。

既然已經做出決定，江文也隨即幫乃ぶ安排最近的船班，向學校請了兩天假陪她和兩個女兒坐火車到天津，直到送上輪船為止。

不久後江文也接獲電報，乃ぶ產下第三個女兒，江文也為她取名為「和子」。寒假時江文也返回東京，看到乃ぶ與和子都很健康，非常開心。親子五人和樂融融，溫馨快樂更勝平常。

♫

江文也想參加聯盟例會，詢問活動時間，卻錯愕地聽說聯盟解散了，連忙把箕作秋吉和清瀨保二找出來打聽原委。

「為什麼聯盟要解散？」江文也問。

「音樂現在已經變成『軍需品』，由國家統制，作曲家也受到彈壓。」清瀨保二搖頭說，「最近一年憲兵和特高每個月都會到聯盟辦公室來查問『有沒有異狀？』煩都煩死了，反正聯盟也不能做什麼事，解散了倒好。」

箕作秋吉解釋道：「不只是我們日本現代作曲家聯盟，其他包括黎明作曲家同盟、新音樂派和新音樂聯盟等所有的音樂團體全都解散，合併到大政翼贊會⑭傘下的『大日本音樂文化協會』。」

江文也問：「會員們還有聚會嗎？」

箕作秋吉說：「聯盟已經解散，不能再私下舉辦活動。軍部甚至指示，以後不能舉辦『沒有必要的音樂會』。」

江文也奇道：「音樂是人的精神糧食，當然都是必要的啊。」

---

14 大政翼贊會：昭和十五年（一九四〇）第二次近衛內閣為了集中權力，推動「一國一黨」的新體制運動，禁止結社，所有政黨解散後併入大政翼贊會，使日本成為一黨專政國家。

箕作秋吉一陣苦笑：「必要與否，要看是否符合『音樂臣道實踐』，也就是對戰爭士氣有沒有幫助而定了。」

清瀨保二懊喪地說：「我被指派去參加新協會的結成式，情報部、參謀本部、內務省和翼贊會都派員指導。典禮一開始先進行宮城遙拜，然後唱〈君之代〉、為戰歿的護國英靈默禱……最後萬歲三唱，完全是政治集會。我負責朗讀宣言，內容都是什麼『銃後臣民恪遵職域奉公至誠，以雄渾壯麗樂曲昂揚國民精神情操』這類的東西，叫人頭皮發麻，我一直想要逃走。」

「新音樂結束了。」箕作秋吉下了結論，「以後只能用日本民謠素材，創作時局歌曲。」

江文也說：「軍部的人聽得懂嗎，如果裝個樣子繼續寫新音樂的話如何？」

「大日本音樂文化協會的會長是山田耕筰，怎麼騙得過他？」清瀨保二嫌惡地說，「據說年中還會組成『音樂挺身報國隊』，也是由山田出任隊長。」

「音樂挺身報國隊？」江文也莫名其妙，「那是什麼東西？」

「誰知道。」清瀨保二絕望地抱著頭，「總之是我們不得不加入的組織──連你也一樣。」

♫

這次江文也回東京，參加了由勝利唱片公司主辦的「管弦樂曲懸賞募集」，睽違數年再次投入原本已決心徹底退出的日本音樂界競賽──這也是身為「日中音樂橋梁」須盡的義務。他提交的作品是描寫北京風物的《碧空中鳴響的鴿笛》，所謂鴿笛是綁在鴿子長翎上的哨笛，北京人喜歡養鴿子玩，聽高低粗細不同的笛聲呼呼繞空長鳴，充滿平靜的閒情。

結果不出意料，江文也還是得了第二名，第一名則是伊福部昭所寫的《交響譚詩》。入選作品獲得錄製成唱片的獎勵，因此江文也和伊福部昭再次相聚，一起參與錄音工作。

當江文也聽到《交響譚詩》從劇力萬鈞的第一主題淡淡地轉移到孤寂哀傷的第二主題時，他忍不住拍了拍伊福部昭的肩膀。伊福部昭正沉浸在自己的音樂情緒中，嚇了一跳，轉頭看時，江文也正按著前額輕輕點頭，完全領略曲中的幽微意涵。

換場時伊福部昭到戶外抽菸，江文也跟著出來，一起望著陰沉的天空。

「家兄勳去年過世了。」伊福部昭說，「《交響譚詩》是獻給他的悼歌。」

「原來如此，確實是非常深沉的曲子。兩個主題轉換時的對比很強烈，有種生命無常的衝擊性。」江文也佩服地說，「雖然比賽輸給你很不甘心，不過這曲子寫得真好。」

「謝謝你。」

「聽得出來，伊福部君和令兄感情非常深厚。」

「嗯，我們年齡相近，我對音樂產生興趣也是受到他的影響。」伊福部昭朝著天上灰色的雲幕吐了一口長長的煙，「開戰之後，哥哥被海軍徵召研究夜光塗料，受到放射線傷害，忽然就過世了。」

「啊，那真是太愚蠢了，一個優秀的青年文化人才為了這種理由死去。」江文也遺憾地說。

伊福部昭看了他一眼，有些感動地說：「通常人們都會說，令兄為國捐軀令人敬佩，請節哀云云。江君還是和以前一樣率直，說出了我無法在人前表露的心聲。」

「為了開發武器而犧牲文化人才是最沒有價值的事。」江文也搖搖頭，轉過話題問：「第二主題聽起來有點熟悉，是從《日本狂想曲》變化而來的嗎？」

「沒錯，瞞不過你。」

「所以你還是堅持你的北方原始主義？」

「應該說是徹底擺脫文明，追求更加純粹的原始主義。諷刺的是，這樣的音樂被官方視為具有北國特色，能夠豐富『大東亞』的內涵，所以獲得認可。」伊福部昭把菸頭丟在地上踩熄，「哥哥的死讓我對現代文明產生懷疑，飛機也好、炸藥也好，還有放射線，原本都應該是提升人類生活的發明，結果卻變成殘酷的殺人武器。這樣充滿暴力的現代文明究竟有何意義？」

「我去北京之後，也得到跟你類似的感想。像中國那樣古老而美好的文化，在現代文明面前被壓迫得抬不起頭來，剩下的只有苦難。」江文也跟著沉思起來，「我也下了決心，捨棄所謂的新音樂，投入古老的傳統裡去，賦予新的生命。」

「真令人期待。」

「雖然往後的道路不同，一起努力吧。」江文也拍拍伊福部昭，「祝福你。」

♫

同時間，東寶映畫的松崎啟次邀請江文也為正在籌拍的紀錄片《大同雲岡石窟》譜寫配樂。能夠在戰爭時期前往交通不便的山區拍攝，背後當然又是軍部主導，目的在發揚大東亞的輝煌文明。由於機會難得，江文也非常興奮地答應下來。

為了討論相關事宜，江文也開學後不忙著趕回北京，在東京待到三月底，這時櫻花都幾乎滿開了。離開日本前一天，江文也陪著一家人出去散步。洗足池雖稱不上是什麼櫻花名所，但以供奉七福神之一「弁財天」的小島為中心，種植了不少櫻木。隔著水面望去，大小高低的櫻花形成一片花牆，如同雲霞煙霧般占滿視線。

純子和庸子跑來跑去，玩得不亦樂乎，江文也抱著才幾個月大的和子與乃ぶ愜意漫步。一陣風過，撲來一片櫻吹雪，置身其中讓人以為春天沒有盡頭。孩子們歡然笑鬧，夫婦兩人也沉浸在幸福之中。

「今年什麼時候來北京？」江文也淡淡地問。

「和子還小，也許等秋天再去吧。」乃ぶ仰頭沐浴著春風，「春天還是日本好啊！往年這個時候你已經在北京上課，說起來我們已經好幾年沒有一起看櫻花了呢。」

「北京的春天也很美喔，臘梅、玉蘭、杏桃、海棠輪流開放，想看櫻花的話也有不少。如果妳來，我們可以一起欣賞各種不同的花。」

乃ぶ輕輕搖了搖頭，良久才說：「在北京的阿彬不一樣。」

「哪裡不一樣？」

「好像放出籠子的鳥。」乃ぶ面帶笑容欣賞花海，卻又細聲說：「真討厭。」

江文也沉默半晌，忽然停下腳步讚歎：「日本的櫻花畢竟還是天下第一！」

乃ぶ看著滿樹粉白的花瓣說：「以前在上田，每到櫻花開放，放眼望去都是花海，阿彬卻總是故意躲開人群，獨自到偏僻的地方去踏青，甚至睡一整個下午，直到賞花的人都散去了才肯回家呢。」

「我其實並不討厭櫻花，只是不喜歡大家用賞花為藉口在樹下唱歌胡鬧，喝得爛醉如泥，根本煞風景。我最討厭喧鬧，寧可放棄美麗的花，尋找屬於自己的清靜地方。」江文也生出無限感慨，「然而現在卻是個人人都必須在花下泥醉的時代，不允許你不欣賞花瓣飛落，也不允許你不跟著唱一些瘋瘋癲癲的歌曲。」

「說到唱歌，中學時你每天都故意從我家旁邊經過，一邊大聲唱歌，連下人聽見都知道是那個愛唱歌的阿彬來了。」乃ぶ一臉甜蜜地看著江文也，「那時你說，無論我去什麼地方，你都會追過來！」

「是啊，無論妳到哪裡，我都會追過去唱歌給妳聽。」江文也會心一笑，「妳現在想聽什麼，古諾？舒伯特？還是馬斯奈？」

「我最喜歡《生蕃四歌曲集》中的〈搖籃曲〉，你可以再唱一次嗎？」

「好啊！」江文也搖晃身體哄著懷中的和子，一邊悠悠唱了起來：

靜靜地滑行吧，摯愛的我兒。向大海出航吧，去吧！沒有鯨魚，也沒有鬼怪。搖晃著搖晃著，摯愛的我兒，靜靜地滑行吧。

歌聲還沒結束，乃ぶ已然淚流滿面。

♫

江文也一回到北京，山家亨就來約見。「保衛東亞之歌」徵募結果剛剛發表，主辦單位宣布共有三千三百二十餘篇來稿，經過多次審查，選出了正選曲〈保衛東亞之歌〉以及副選曲〈東亞民族進行曲〉，作曲者分別是南京國民黨中央黨部祕書高天棲，以及居住在東京的二十歲青年楊壽聃。從得獎者的身分和居所，不難看出政治上運作分配的痕跡。

正、副選曲按照計畫由北京師院教授柯政和和江文也負責作曲。江文也從山家亨手上拿到歌詞，回家之後只花三十分鐘就把曲子寫出來，很快丟到腦後，專注地譜寫起構思許久的《香妃》舞劇音樂。

不久後，兩首「保衛東亞之歌」唱片正式出版，在日本勢力範圍內反覆廣播，也對重慶國民政府和中國共產黨的治理區強力放送。雖然〈東亞民族進行曲〉是副選曲，但由於江文也譜寫的曲調優美動聽、琅琅上口，反而比正選曲流傳更廣，幾乎成為汪精衛政權的代表歌，甚至連重慶大後方都有人傳唱：

大地湧起和平的呼聲，激動了萬里的大進行。東亞民族，聯合起來，互相獨立，共同防共。我們是開闢荒野的先鋒，我們是創造文明的英雄。大眾齊醒，大眾齊醒，擔負復興東亞的使命！

♫

「沒想到能在北京的青樓和江君聚會，真是奇緣！」山田耕筰舉杯豪飲，滿足地說，「北京果然是好地方，難怪事變之後，無數日本文人和藝術家趕搭這股支那趣味的熱潮，前來朝聖。」

山田耕筰前來北京訪問，並在師範學院發表演講。這天山家亨接待他吃過晚飯，到戲院聽場戲，然後到八大胡同的百順胡同青樓上喝酒叫條子，江文也全程作陪。

「江君在北京如魚得水，不僅創作進入爆發期，聽說感情方面也很得意呀。」山田耕筰哈哈大笑，熱情地搭著山家亨肩膀，「你看，我當初推薦他是正確的吧。」

山家亨附和道：「江教授的作品受到廣大歡迎，對新政府很有貢獻，這都是山田教授推薦的功勞。」

江文也新奇地看著山田耕筰，率直說：「老師看起來真開心，和平常在日本很不一樣，簡直判若兩人。」

「人在不同場所有不同的職責，我在北京只是一介訪客，不妨就用本來面貌和你相見。」山田耕筰露出親切而帶著體諒的眼神，「江君現在應該能夠理解我的苦衷了吧！我曾說日本國民的文明素質還沒提升，無法欣賞音樂藝術，音樂家創作太深奧的作品根本沒有意義，必須先推廣平易近人的音樂教育，當時諸君還不以為然。支那國民素質比日本更落後，江君在這點上必然有深刻體會。」

「我已經捨棄前衛的新音樂，但仍然保留新音樂的精神，用最簡單的手法創造最豐富的音樂。中國傳統音樂裡有取之不盡的素材，只要好好整理，就能寫出讓聽眾喜愛的作品。」

「喔，言下之意，你不打算做支那的葛令卡，把西洋音樂的種子引進這片荒地？這可是千載難逢，歷史留名的大好機會啊！」

「我並不覺得中國是音樂的荒地，中國也不需要葛令卡。」江文也樂觀地說，「中國有自己的樂器和旋律，憑什麼說中國沒有自己的和聲和對位法？如果真的沒有，我就創造出來，如果只是被湮滅了，我就去研究復興起來！」

「哈哈哈！江君還是這麼充滿幹勁，一點也沒變啊。」山田耕筰這時已有七分醉意，樂不可支，又向山家亨邀起酒來。

一會兒姑娘帶著兩個琴師來了，講了兩句應酬話便演唱起來，山田耕筰搖頭晃腦聽著，顯得十分享受。數曲唱罷，姑娘欠身致意一番便即離去。

「風情絕佳！只可惜音樂還是簡略了點。」山田耕筰看著姑娘的背影隱沒在門外，慨然說，「這次我到北京師院演講，感到一件很矛盾的事，我曾經在世界各國發表過無數演講，卻是第一次有這種感覺。日本和支那明明同文同色，就是像兄弟一樣，卻無法彼此溝通了解，甚至需要借助第三國語言來翻譯，實在叫人唏噓。我從以前就認為這是兩國無法確立和平的原因之一，為了打破語言障礙，我決定用中國題材寫一齣歌劇，獻給中國人民！」

山家亨湊趣地問：「真是了不起的志向，請問山田教授打算用什麼題材來創作呢？」

「香妃！」山田耕筰興奮道，「我幾年前第一次讀到這個故事就深受吸引——在帝國的極盛時期，雄才大略的乾隆皇帝聽說西域有一名周身煥發異香的美人，便下令駐守前線的大將軍出兵把美人帶回宮中。香妃失去丈夫和親人，又遠離故鄉，終日悲傷，乾隆為了討她歡心而興建廣大的伊斯蘭宮殿，繪製大幅風景畫，最終卻還是無緣，徒留遺恨。這樣的故事太有意思了。」

「啊，我也正在寫《香妃》的音樂，只不過是用無臺詞的舞劇來表現。」江文也詫異地說。

「這件事我也聽山家先生說了，真是有志一同！可見這個題目確實能夠引起共鳴。」山田耕筰高舉雙手，張揚地說，「歌劇的最高潮，是皇帝遞給香妃一把匕首，抵住自己的胸口說『如果妳還恨我的話，就用這把匕首殺了我』，這種坦蕩的胸襟是對異國美人最大的愛情表現，就算是鐵石心腸也不能不動容，太浪漫了。」

「我的故事和老師不一樣，沒有這樣的情節。」江文也淡淡地說，「香妃只有思鄉的哀怨和亡國之恨，唯一能做的就是以自殺作為威脅來保全自己的尊嚴。」

山田耕筰搖搖頭，大著舌頭說：「這樣太缺乏戲劇性啦。」

「皇帝身旁護衛眾多，把匕首遞給香妃只是作作樣子，她不可能有機會動手，而且就算殺了皇帝也無法讓親人復生。」江文也說，「不如呈現香妃的高潔，更能引起觀眾共鳴。」

山家亨冷不防插口：「總之香妃最後都會被太后賜死，無論什麼版本都是同樣的結局。」

「這就是悲劇的力量！」山田耕筰興沖沖取過提包，遲鈍地摸索了老半天，最後掏出一份樂譜，「其實我已經寫好序曲，江君不妨看看。」

江文也仔細閱讀起來：「老師用了一些東亞甚至西亞的旋律，不過整體依然是後浪漫派的聲響，似乎還有一點華格納的風格。」

「沒有錯，這就是我一直堅持的創作風格，在最成熟的德奧音樂原理上，適度放入東洋音樂元素。」

江文也取出一張空白樂譜，飛快地寫上音符：「我還在構思階段，不過基本的想法是這樣，請老師指教。」

「嗯，這是皇帝的動機？完全是支那傳統旋律，全部使用五聲音階……配器很簡單啊。」山田耕筰醉眼迷離，把酒水滴落在樂譜上也沒發現，身軀搖搖晃晃，隨時都會醉倒。「太有意思了，雖然題材相同，音樂卻完全不一樣！究竟是德奧正宗還是簡單的民族風更能打動日本和支那聽眾，不，應該說打動全世界的音樂欣賞者呢？真是迫不及待想看到結果啊，哈哈哈！」

「配器雖然簡單，但我能創造出十分豐富的效果，更重要的是掌握中國音樂的精髓，也就是意境。譬如這段〈香妃的鄉愁之舞〉——」江文也瞑目起舞，唱起一段充滿中亞風格，緩慢而悠遠的哀愁旋律。他緊閉雙眼，霎時彷彿置身在清冷寂寥的伊斯蘭宮殿裡，殿外圍繞著高聳的中國宮牆，而哀戚的美人望向即將隱沒在牆外的夕陽，伴著自己的長影幽幽獨舞。

旋律在不同音色的樂器間遊走，不斷反覆卻又有永不停止的細微變化。這是不帶激情的沉沉悲慟，是永遠無法企及的思念，是沒有盡頭的尋覓和失落。儘管她的心飛得再遠，家園也僅剩下一片荒土，親人都已成為枯塚，這世上已經不再有可以稱為故鄉的地方，只有這華麗而虛假的宮殿牢牢地將她囚禁。

江文也指揮著想像中的樂團，提點樂手依序獨奏：長笛、單簧管、雙簧管，樂思盤旋纏繞，捉摸不住，卻又揮之不去。忽然間，弦樂如海上巨浪般緩緩湧動，人的心緒只能隨波上下，不由自主，而天空中白雲悠悠無盡。

江文也默默流下眼淚，隨著心中的音樂旋轉起來，一時忘了自己身在何處。

另外一邊，山田耕筰早已趴倒在桌上不省人事，山家亨拾著酒杯冷眼不語，斗室裡鴉雀無聲。

♫

東寶映畫《大同雲岡石窟》紀錄片勘景隊伍開拔前往山西，江文也作為配樂者，為了親身體驗現場氣氛也隨隊出發。他帶著吳韻真同行，當作兩人的蜜月之旅。雲岡在日本勢力範圍內，一行人搭乘平綏鐵路快車，早上八點零二分從西直門開車，當晚九點四十五分抵達大同縣，在當地歇宿一晚後再轉搭破舊的汽車前往雲岡。

雖然旅程勞頓，但江文也不減興奮，他嚮往雲岡石窟已久，非常期待親眼見到這中國文明的偉大遺產。一路上，吳韻真卻顯得有些悶悶不樂。

「怎麼啦，身體不舒服嗎？」江文也問。

「沒什麼。」吳韻真其實仍對江文也欺騙她的事耿耿於懷，猶豫了很久才決定一同前來，但即便出發了，還是滿肚子委屈。

「妳該不會以為我又幫日本人做宣傳，這才不高興吧？」江文也一笑，「這是一部介紹雲岡石佛的紀錄片呀，是在宣揚中國文明的偉大，跟政治一點關係都沒有。」

「這畢竟是日本軍部的製作，要不是背後有什麼目的，日本人幹嘛好心幫你宣傳。」吳韻真刻意和他唱反調。

「他們當然是想宣揚大東亞文明那一套，不過片子拍出來，中國人看了增加民族自信心，聽了我的音樂更是大受鼓舞，豈不是好事一樁？」江文也樂觀地說，「中國人現在沒有能力自己拍這樣的電影，我們剛好借日本人的力量來完成！」

隊伍來到雲岡，江文也一下車就被洞窟中高聳而線條柔美的石佛震撼了，驚愣良久，完全忘了前來的目的。他一窟又一窟看去，好似夢遊般不住喃喃自語，文不加點地在筆記本上飛快地用日文寫著一首長詩，全副心神都沉浸在這無限的靜謐與和暢之中。

「不可思議，不可思議！何等偉大的單純，何等無限的流動。在這茫漠之中，不過只是一座荒山的石頭，卻開啟了光的大門。」江文也激動地讚歎，口中喃喃念著詩一般的語言：「我可以聽見嘹亮的敲打聲，看到石片四處飛散出來。山壁上滿滿都是工匠的手正在敲打，手多得像是洪水一般上下流動、交錯融合，各式各樣的手，像光一樣的手。」

吳韻真原本沉浸在怨懟的情緒中，這時也深深折服了。她看著安靜的石窟，耳中聽見呼呼的風聲，感動地說：「我看到的是永遠的寧靜，你說那些手曾經忙著敲打，但他們雕刻出來的微笑是永恆不變的。」

江文也頻頻點頭：「北京城的歷史才不過五百年，就算再華麗也還是屬於凡間。而這些佛像誕生在一千五百年前，微笑千年不息，好像早已預知我的到來，又憐憫著我的渺小。」他癡癡看著大大小小的佛像，「每一尊佛像裡都棲居著高貴的靈魂，就算斷臂、缺耳、首級被盜走，甚至整個崩塌，也不減損半分的美。」

「我看著倒挺難過，明明是這樣美的東西，人們卻不懂得珍惜，非要從山壁上敲下來，帶回去滿足一己私欲。」

「文明的歷史就是如此，這也讓流傳下來的部分更加珍貴。」江文也揪心地說，「當年的雕刻工匠們也許各自懷抱著種種現實煩惱，他們未必個個都是高尚完美的人，但在下鑿的時候，眼裡、心裡只有佛。他們不理會世間的戰亂痛苦，就在這裡敲打一輩子，把全部的生命都貢獻給美。千年之後，煩惱和痛苦早已隨風消逝，只有這微笑留存世間，安慰著我們。」

說話間，遠處忽然傳來一陣火藥爆破的聲響，江文也驚恐地彎下腰，又急著張望石窟，生怕佛像群就要在眼前崩毀。旁邊一個當地人一派輕鬆地笑說：「放心，那是外面在開路，好讓汽車更容易進來。這石壁穩當得很，傷不了的！」

江文也驚魂未定：「這一聲響把我從千年的懷想中炸醒，一瞬間拉回到現代。剛剛我心跳得好劇烈，連呼吸都覺得困難。」

「美好的東西總是如此脆弱，難為它們能在這裡屹立上千年。」吳韻真忽然大感生命渺小短暫，不覺間緊緊牽住了江文也的手。

經過這番周折，眼前的佛像看起來大不相同。祂們依然壯麗無匹，神魂卻暫時隱沒不見。江文也定定心，冷靜地走動欣賞，一時不再言語。等到整個看完一輪，吳韻真問道：「你的電影音樂有靈感了嗎？」

「音樂就在石頭裡面，這些雕刻本身充滿了音樂性。」江文也感觸良深地反問：「妳知道音樂創作是怎麼一回事嗎？」

吳韻真搖搖頭：「你倒說說看。」

江文也看著線條的韻律，良久才說：「我年輕的時候在音樂學校，學的是德奧浪漫樂派，那是要把對的音符放在正確的位置上，發出優美的音樂。不過這套方法已經失去生命，也不是屬於這個時代的聲音。

「我曾經拚命當一個最前衛的新音樂作曲家，故意把傳統上認為是錯誤的音符，放到不適當的位置上，藉此刺激聽眾的感官和情緒。回想起來，我自己就是那顆錯誤的音符，占據了人們認為不適當的位置，所以被當成一段噪音；我也曾轉向原始主義，無視於音符或位置的對錯，放縱任性地表達內心。但這些都無法帶給我真正的愉悅。

「如今，我尋找的是超越對與錯的藝術，超越自我，也超越時代。就像眼前諸佛，微笑疊著微笑，寂光疊著寂光，靜謐疊著靜謐……」他看著佛像豐穰圓滿的肌理，以及高貴美麗的線條，平靜地說：「終有一天，現在我們遭受的痛苦都會消失，而後世的人們將會看到我永恆的微笑。」

♫

當年十二月八日，日本偷襲珍珠港，開啟大東亞戰爭的序幕。

在這年的最後一天，吳韻真產下他們的長子，取名江小文。當晚江文也興奮地將《北京銘》詩集最後幾篇完成，將兒子的小名喚作「阿銘」。

民國三十一年（昭和十七年）二月，仿效「翼贊體制」的北京音樂文化協會成立，江文也成為會員。六月時他正式加入大日本音樂文化協會，陸續創作了《一宇同光》和電影配樂《為世紀神話的頌歌》、《陸軍航空戰記：緬甸篇》等時局作品。

這段期間，舞劇《香妃》在北京新新大劇院上演，他也完成了《第一交響曲：日本》和《第二交響曲：北京》。他的論文《上代支那正樂考》、詩集《北京銘》和《大同石佛頌》分別由東京的大出版社三省堂和青梧堂出版。在紙張受到嚴格管制的大戰時期，能夠一口氣出版三本著作，當然是獲得軍部的格外關照。

此外，他以《為世紀神話的頌歌》一曲參加東寶映畫舉辦的《射擊那面旗》戰爭映畫配樂公開徵選。這是他最後一次參加日本的音樂比賽，最終依然獲得如同「指定席」般的第二名。

♫

文也獨自站在天壇丹陛橋中央。

「人的上邊戴載著一，那就是天。」文也仰望高遠無垠的蔚藍天空，撩了撩長袍衣襬，「光搖醒了光，光呼應了光。」

「天只是一個象徵，也是現實的反應。」一旁邊傳來另一個聲音，那是穿著白西裝、頭戴巴拿馬帽的阿彬。他淡淡地說：「天壇再偉大，也是建築在現實上。」

「這裡的時間像一個絢爛的結晶，凝固停止了。」

「時間永遠不會停止，大時代的掙扎，大民族的苦難就在那裡不斷翻滾著，只要你肯低下頭看就會發現。」

「啊，前不見古人，後不見來者！」

「這於你只是一句經文，起不了愴然而涕下的感情。」

「我該往哪裡去呢？」文也指著前後，「北邊是現實的宮殿，南邊是通天的祭壇，總之我不能在這裡駐足。」

阿彬比著東西兩側的階梯：「你也可以從這裡走下舞臺，去沒有人泥醉歌唱的地方踏青，或在林蔭下好好睡個安靜的午覺。」

「不，這裡離天這麼近，我怎能有片刻停止仰望！」

秋陽底下，雲洞裡的光柱如同天帝降臨的階梯，又隨著雲朵飄蕩而緩緩移動。一切是那麼安靜，文也看得如癡如醉，久久不語。

「該是我離開的時候了。」阿彬說。

文也倏然一驚，不捨地說：「也許在將來的某個時候，我們會再見面吧。」

「當你想起某個旋律的時候，我們會再見面的。」

阿彬伸出了手，文也和他緊緊地握著。一回神時，丹陛橋上只剩下他自己，雙手握著的只有虛空。

FINALE 阿里山的歌聲

一九七八年，北京。

北京的春天短，洪水似的新綠一下子席捲全城。各處公園繁花盛開，牡丹、芍藥、丁香、玉蘭、丹桂和辛夷樹輪番開放，爛漫妖嬈，好一片春境天。空地上有人三三兩兩地放著風箏，箏上背著弦弓，嗡然彈響。天空中還有鴿群來回繞飛，鴿笛呼呼長鳴。雖然放箏和放鴿的比不上從前人多，畢竟顯出一點閒逸的情致來——延續十年的文化大革命，已經在一年半前正式宣告結束。就像這春寒料峭的天氣，人心還未完全解凍，也已經慢慢放鬆了。

東四馬大人胡同裡，一個老人從僅僅十平米的「兔子窩」裡走出來，倚門看著天上的風箏和鴿群。與其說是看，事實上他是在聽那弦弓和鴿笛交織的音響，聲音雖然單調，對他來說卻像是天上仙樂般令人著迷。

「門口風大，小心著涼了。」屋裡的老妻喚道。

「不礙事，我出去走走。」那老人說。

「真難得，你平常都不願意外出的。」老妻取過一件破外套給他披上，「走走也好，就是要留神。你得過肺氣腫和腦血栓，別走太遠，有一點不舒服就趕緊回來。」

「好，好。」老人一心掛念著箏笛，匆匆穿了外套就走。他穿過胡同裡的巷子來到隆福寺遺址，這座從前的京師巨剎、最熱鬧的廟會處所，在前年的唐山大地震中倒塌，殿宇全數拆除殆盡，化為廢墟，讓人看了不勝唏噓。只有年輕小夥子樂得當作遊戲場，在上頭放起風箏來玩兒。

老人看了一會兒，尋個角落靠牆坐下休息。他從菸盒裡取出最後一根菸點上，看著美麗的天空，心念一動，把空菸盒拆開，從口袋掏出一根短到不能再短的鉛筆，用日文寫起詩句來。他動作遲緩但無比耐心地寫著，慢慢將菸盒背面寫滿文字。

他滿足地拿起菸盒自己讀了一遍，收好鉛筆，這才發覺身旁不知何時坐著另外一個人。

「老先生好逸興，在這裡寫詩呢。」那人笑道。

「隨手寫幾句打油詩罷了。」老人看著對方，說不出的親切熟悉，良久才張大嘴巴驚喜地道：

「阿彬……你是阿彬！」

「多年不見，你好嗎。」阿彬說。

「老了、病了。」老人仔細端詳阿彬，一時嘆道：「你都沒變。」

「三十六年過去，怎麼可能沒變。」

「三十六年了啊！我感覺好像已經過了三世人。」

「是啊，從日本變成民國，再從解放到打成右派，這些年你吃了不少苦。」

「呵呵，我都講這是風神的玩笑，一場惡作劇！在像這樣的春天，常常有氣象的變化，平地裡不知哪裡吹來一陣邪風，可以把你舞得團團轉。這時候你只能把眼睛閉起來，乖乖聽這個風神的即興演奏，好好享受這個風浴的好機會！」

「你真是看得開，不過你其實有很多機會躲開風神的作弄呢。抗戰勝利的時候，有人好心提醒你要找個地方避一下，你沒放在心上，結果就被以漢奸罪抓進牢裡去了。」

「我本來以為把《孔廟大晟樂章》獻給政府就能表達我的清白，沒想到反而被說成是為日本宣傳的證據。唉呀，那次我嚇得要死，頭一回被抓，也不知道下場怎樣，每天晚上都睡不著覺。好在關了十個月以後，政府說臺灣人屬於日本籍，替日本政府做事無罪，才把我放出來了。」

「不過你也沒因此學到教訓。」

「對啊，呵呵呵。四九年時我們音樂系上的主任要去香港教書，好心來邀請我一起去，他在客廳坐了一整個下午都不好意思開口，最後實在急了，才講白了說我要是留下來，可能又要被抓，勸我一定要跟他走。」

「你也真鐵齒！」

「像他們北京人講的——沒那根弦！我真心感覺換了政府也不錯，寫了《更生曲》、《狂歡日》，用陝北民歌歌頌革命，結果還不是沒用！」

「四九年還沒事，五七年反右就逃不過了。你也實在太土直，竟然在『大鳴大放』的時候講真話，說什麼『我拋棄一切回到祖國，十幾年來卻得不到祖國的溫暖，新中國同樣是歧視臺灣人！』活該倒楣。」

「五七年，我配合革命形勢，把謝雪紅寫二二八的長詩譜成《第三交響曲》歌頌臺灣人的革命。另外還寫了歌頌鄭成功收復臺灣三百年的《第四交響曲》，哪想得到這些東西也被打成『反革命』！」

「右派這頂帽子一戴上，災難就沒完沒了，說你是『惡名昭彰的老牌漢奸』。」

「尤其是文革的時候抄家、批鬥、勞改，被派去掃廁所、下農村鍛鍊，搞到吐血、中風……」

「太太熬不過，自殺了兩次，幸好都救回來。孩子們也都被連累，無法上好學校、找到好工作，好在他們都很懂事，也都很爭氣。」

「只遺憾四三年戰況吃緊之後再也不能到日本去，原本以為過幾個月就能回去，誰知道這一別就再無機會見面。妻子一個人必須照顧四個女兒，實在辛苦她了。」

「幸虧天氣放晴了，不再有邪風了。」老人瞇著眼睛望向遠方。

「你寫出屬於你的永恆微笑了嗎？」

老人起勁地說：「我寫了《汨羅沉流》、《小交響曲》、《典樂》……這些都是我的石佛、我的微笑。你信不信我還寫了很多天主教的聖歌，受到梵蒂岡的教宗賞識，還派特使來見我！」

「近年來你還寫曲子嗎？」

「戴著右派的帽子，教授資格也給剝奪，我就算想寫他們也不讓我寫。」老人笑著指指腦袋，「不過這個地方他們管不著，我腦子裡還在不停地寫。我把弟弟當年採集的臺灣民歌改寫了一百首，幸好抄家時沒有被抄走。我也用這些素材在構思一首曲子，叫做《阿里山的歌聲》。」

「《阿里山的歌聲》！你開始想家啦？」

「人老了、病了，特別懷念故鄉。一世人到處轉來轉去，想一想最終還是自己的家鄉好。」

「你不是第一個作品就寫了《臺灣舞曲》？」

「那都是靠幻想出來的，這次的不一樣，我用了實地採集的民歌，要來寫一首真正有臺灣音樂元素的曲子。章節我都想好了——出草、山歌、豐收、日月潭月夜、酒宴……」

「我有時會想，如果你當年留在日本，或者去了歐洲、美國，現在會有多麼大的成就！」

「已經過去的事，再想它又有什麼用？」

「活了快七十年，你覺得自己到底是哪裡人？」

「都是！臺灣、日本、中國，你看我給這三個故鄉各寫了詩。」他掏出那張菸盒紙。

「這張紙頭那麼小，也能寫得下三首詩？」

「上面空間雖小，但我的心思飄得很遠。」

溫暖的春風吹著，老人的心深深沉浸在一生的回憶中。

「文也，文也！你怎麼在這裡睡著了？」老妻搖醒在牆角打盹的老人。

「天氣太舒服了。」老人微微一笑，看見老妻表情有異，忙道：「我沒事，你看我好得很！」

「文也，你摘帽了！」

「什麼？」

「你摘帽了！」老妻激動地將一張文件遞給他看，這是中央音樂學院黨的臨時領導小組所核發，「摘掉江文也的右派的帽子」正式文件。

「我摘帽了！」老人捏著文件看了又看，雙手微微發抖。

「他們還要給你恢復教授職務和待遇。」

「終於熬過去了，我可以再作曲了！」老人激動地站了起來，老妻連忙扶著他道：「都過去了，回家吧，我們回家。」在路人溫暖的眼神中，老人和老妻互相攙扶著走回家去。

一進家門，老人卻不休息，急著開始翻箱倒櫃起來。

「你幹嘛呢，怎麼才一回來又忙活著？這麼天大的好消息，應該放鬆心情好好慶祝一下。」

「我要找文光採集的樂譜，我要作曲！」

「來日方長，你可以慢慢寫呀，別太興奮弄壞了身體。」

「我滿腦子都是音樂，快要溢出來了。已經浪費了這麼多年，不能再拖延了，我要趕快把它們都寫下來。」老人從一堆雜物中小心翼翼地取出一包樂譜，這是超過四十年的古物，紙面都已經泛黃脆裂了。他慎重地在桌上打開，看著上頭工整的筆跡，鼻頭一酸，隨即拿出一些舊譜紙，在標題處寫上《阿里山的歌聲》，隨即埋頭振筆疾書起來。

♫

幾天後，東京洗足池的瀧澤家收到了一件意外的包裹，是從北京寄來的。老婦人顫抖著雙手無法拿穩，在大女兒協助下打開一看，裡面是用簡陋材料細心包裝的兩冊自製詩集。其中《向日葵頌》的封面上寫著「送給純子、庸子、和子與菊子——只要朝向太陽不斷生長，就能長得好喔」。

另一本《落葉集》則註明「送給媽媽」，翻開書頁，第一首詩寫著：

葉子落下　靜靜地落下
沒有理由
總歸是秋天　簌簌而落

飛翔而前
人與葉子都是　無時無刻都是
朝著太陽那一邊
故鄉的方向
飛翔而前

試著把落葉焚燒
把深深堆埋的落葉挖掘開來
是我的骨骸

老婦人雙手按住詩冊，泣不成聲。

♫

老妻在深夜醒來，發覺老人不在身邊。書桌燈亮著，老人依舊伏案寫個不停。

「先歇著吧，你已經寫了幾天幾夜了，身體熬不住的。」老妻擔心地道。

「就快好了，就剩最後一個樂章。」老人絲毫沒有起身的意思。

「既然剩下不多，明天再寫吧。」

「很快的，讓我完成它吧。」

老妻過去為他披上破外套，雙手按在他的肩上，老人含笑回頭，輕輕拍了拍她的手。老妻看到樂譜上的字跡依然工整，懷念起年輕時看他寫作的樣子，這已是許多年不曾見過的情景了。

桌上一角放著一張賀年卡，老人在上面寫了詩作紀念：

南海白鷺著了迷，隨風飄然落古城，
和光同塵無憂慮，披星戴月也清明。
水泡幻黑默默破，蝸牛角上碌碌爭，
四十寒暖一瞬間，不知乾坤此狂生。

老妻看了欣慰地一笑，暗想儘管過了這麼多年、發生這麼多事，她的丈夫還是像年輕的時候一樣，始終沒變。於是道：「我先回去睡了，你千萬別勉強。」

♫

天亮了，又是一個春風和煦的大好天氣。

老妻朦朦朧朧地睜開眼，老人依然不在身邊，探頭一看，他竟趴在桌上睡著了。「唉呀這可真是，寫累就趴在桌上睡覺，會著涼的。」老妻起身過去搖了搖老人，忽然大驚失色，只見他臉色蠟黃，全身虛汗淋漓，幾近虛脫，莫不是腦血栓復發了！

老妻大喊：「救命啊！快來幫忙，救命啊！」大雜院裡的鄰居們聞聲而出，亂成一團，大家七手八腳地拆來一片門板，把老人放在上面用棉被蓋好，讓幾個小夥子飛奔著抬往醫院去了。狹小的屋裡一下子恢復安靜，只有微風輕輕掀著樂譜一角，彷彿吹奏出來自遙遠的歌聲。忽然一陣風把樂譜吹散了一地，露出封面上用日文題寫的一首詩：

島的記憶
朝夕撫摩
好的也罷壞的也罷
島啊！謝謝你！

北回歸線上
來回跳動的熱的一點
無論什麼都立即全心投入的熱衷

腳踏在土地上
讓玉山所看顧、以鮮豔欲滴的水果
滋養的裸身成長

颱風
以透過狂亂光線的激烈
每天每日
於光之颱風中
如癡如醉

陽光悄悄爬過一張張樂譜，又爬到牆上消失不見。夜幕低垂時，屋子裡幽暗下來，所有東西都失去了顏色，只有滿地樂譜上的音符們隱隱閃動，彷彿石窟裡鑲嵌著的璀璨寶石，又像是一抹抹淺淺的微笑。

後記

這部小說的創作過程，伴隨一段稍微曲折的日子。最戲劇性的瞬間發生在初稿即將完成的那個月，我意外撞斷右手第五掌骨，很奇怪地並不痛，只是手掌坍塌變形，渾身直冒冷汗，精神很受衝擊。等到稍微定下心，第一個浮出念頭是工作不能因此有所耽擱。

花兩天住院開完刀，右手裝上石膏無法打字，於是我拿一支附有橡皮擦頭的鉛筆，用橡皮筋綁在石膏上當作「義肢」敲擊鍵盤，畢竟將作品如期完成。

寫作本身也遭遇到意料之外的困難。江文也的生平事蹟最初吸引我之處在於，一個充滿天賦與遠大理想的敏銳心靈，受惠於帝國現代教養而得以攀上文明階梯的高峰，卻始終消除不了殖民地出身的烙印，更必須在荊棘密布的體制中設法安頓自己。透過小說，我希望設身處地去理解，他是如何踏出每一步，而他的人生是否可能有不同的歷程與結局？

然而出於對筆下人物的代入與同情，不知不覺開始為他那些受到非議的政治與情感選擇加以開脫，或至少委婉地做出解釋。如此越寫越感失真，連自己都無法說服，乃至於寸步難行。

最後還是江文也的音樂領著我走向該去的地方。無論他曾做出什麼樣的決定、留下何種身影，又被時過境遷的後世賦與或正或反或者差堪同情的評價，他的音樂都始終纖細地袒露出真實的內心。銳不可當的少年英氣，奮勇突圍的前衛姿態，受到古老文明啟發的廣大悠遠，都是從靈魂深處裡歌唱出來。

我反覆聆聽他的作品，深深浸潤其中。小說殺青那天，一邊聽著舞劇《香妃》，忽然被一段極其優美而揪心的旋律攫住，這是〈香妃的鄉愁之舞〉，即便已然聽過無數次，仍在瞬間觸動於那無邊無際卻又沒有絲毫可堪憑藉的愁懷，既熱切又清寂，永遠漂浮著但無法飛翔，而依舊不曾有一刻停止思慕與追尋。

故事終於在這音樂中安靜著陸，不再有話。遠處似乎還縈繞著一點餘韻，幾乎杳不可聞，但只要靜下心就能聽見。

感謝全球華文文學星雲獎對這部作品（原題名《斷章》）的肯定，以及評審老師們的鼓勵；感謝印刻出版社總編輯初安民先生和副總編輯江一鯉小姐溫暖地給予我多方面的支持與協助；感謝黃耀進先生在我赴東京考察期間的熱誠接待，以及對日文翻譯的指導；感謝兩位匿名審查人對音樂專業內容的詳盡審訂，大幅提升了相關敘述的正確性。

特別感謝陪伴我的家人，捨此，我無法完成任何作品。

文學叢書 629

風神的玩笑：無鄉歌者江文也

作　　者　朱和之
總 編 輯　初安民
責任編輯　林家鵬
美術編輯　陳淑美
校　　對　朱和之　陳佩伶　林家鵬

發 行 人　張書銘
出　　版　INK 印刻文學生活雜誌出版股份有限公司
新北市中和區建一路249號8樓
電話：02-22281626
傳真：02-22281598
e-mail:ink.book@msa.hinet.net
網　　址　舒讀網 http://www.inksudu.com.tw

法律顧問　巨鼎博達法律事務所
施竣中律師
總 代 理　成陽出版股份有限公司
電話：03-3589000（代表號）
傳真：03-3556521
郵政劃撥　19785090 印刻文學生活雜誌出版股份有限公司
印　　刷　海王印刷事業股份有限公司

港澳總經銷　泛華發行代理有限公司
地　　址　香港新界將軍澳工業邨駿昌街7號2樓
電　　話　852-2798-2220
傳　　真　852-2796-5471
網　　址　www.gccd.com.hk

出版日期　2020年 6 月 初版
ISBN　978-986-387-329-7

定價　380元

本書由 公益信託星雲大師教育基金 授權出版

國家圖書館出版品預行編目(CIP)資料

風神的玩笑：無鄉歌者江文也／朱和之 著.
--初版. --新北市中和區：INK印刻文學，2020. 06
面； 14.8 × 21公分. --（文學叢書；629）
ISBN 978-986-387-329-7（平裝）

863.57　108022204